FOR LOVE

盛夏里的蔷薇枝条四蔓，
开成一簇簇，一丛丛，筛下一城的阳光。

FOR LOVE

因为爱情

梅子黄时雨

作品

FOR LOVE

因为爱情

梅子黄时雨
作品

吉林出版集团
时代文艺出版社

图书在版编目（CIP）数据

因为爱情 / 梅子黄时雨著. -- 长春：时代文艺出版社，2011.7
ISBN 978-7-5387-3688-5

Ⅰ.①因… Ⅱ.①梅… Ⅲ.①长篇小说－中国－当代 Ⅳ.①I247.5

中国版本图书馆CIP数据核字(2011)第133237号

出品人　陈琛
责任编辑　魏洪超

因为爱情

梅子黄时雨　著

出版发行/吉林出版集团　时代文艺出版社
地址/长春市泰来街1825号　时代文艺出版社　邮编/130011
总编办/0431-86012927　发行科/0431-86012939
网址/www.shidaichina.com
印刷/三河市祥达印装厂
开本/710×1000毫米　1/32　字数/200千字　印张/8.25
版次/2011年8月第1版　印次/2011年8月第1次印刷　定价/25.80元

图书如有印装错误　请寄回印厂调换

目录 CONTENTS

目录

CONTENTS

Chapter01

有生之年，狭路相逢

她没有注意到，路边，一辆黑色的车子随着她的离开，良久后，也驶离了……

原本应该是阳光明媚的午后，此时已经被狂风暴雨所覆盖了。雨下得极大，仿佛是从天空中倾倒下来一般，如几何线条般直直落下。楼绿乔站在大厅里，隔着清透的玻璃，这么望去，大厦四周一片水汽腾腾，能见度大概只有短短几米的距离。天气预报里是说有台风登陆，明明说是今晚后半夜的，可现在还只是下午，竟然已经风大雨大到这种程度了。

她无奈地叹了口气，当真是人算不如天算。早知道下午就窝在办公室里不出来了，可没有办法呀，谁叫她苦命啊。谢小珊这个女人，把什么都扔给了她，挂着一个主编的名头，每天在她面前悠闲地晃来晃去。她好几次恨得牙痒痒的，真想把杂志扔到她身上，挥臂大喊："老娘我不干了。"

事实上她也这么干过，但谢小珊只是笑眯眯地把她扔过去的杂志接到了手上，一副猫安慰老鼠的表情："好了，知道你做得辛苦。"一边说还一边在她面前甩了甩杂志："可你想想这一本杂志都是你一把屎一把尿地拉扯长大的，如今已经是杂志里数得上的本本了，你舍得放弃吗？OK，好，只要你一句话，你说放手，我马上将这个杂志社给转手了。然后我们把钱分了，从此分道扬镳，再无牵扯。你以为老娘我每天想看到你这张后妈脸啊，好像我欠你多少钱似的……”

这个女人，明知道她说的只是气话，竟然还在她面前夹枪带棍，口若悬河，滔滔不绝。

当年她毕业后，黯然回国，除了几身换洗的衣服外，什么也没有。而谢小珊也刚从英国回来，两人一拍即合，决定代理一本国外的时尚杂志。创业时的钱也全部是谢小珊一个人出的，她那时常常不怀好意地打趣道：“楼绿乔，你可得给我拼了性命干。老娘我就这么一点儿嫁妆，还是从小攒到现在的，不要给我倒腾光了。否则到时候，老娘嫁不出去，棺材本也没有了，只好一辈子缠着你不放。你给我小心了！”逗得当时心情黯然的她，一脸的笑容。

一晃眼，竟然已经几年的时间了。可那时候的一切都还历历在目。跟谢小珊两个人在豆腐般大的办公室里什么都亲自动手，又做打杂又做小妹还兼做搬运工。就这么的，竟然也熬出来了。

她撑着把在风雨中飘摇的伞，十分狼狈万分凄凉地躲在公交车站台上，浑身已经湿透了。终于见识到了什么叫屋漏偏逢连夜雨，昨天下午车子才进4S店维修，现在就碰到了台风。看来她该去买张彩票，按她的命中率，保买保中。

拦了好久也拦不到计程车。计程车这个东西，平日里你不想拦的时候，老是觉得有很多很多的空车在你眼前晃悠，可等你要拦了，它偏偏都是客满了的。她颓然地仰天长叹，看来今天的运气是背到极点了，连搭计程车的命也没有。

百般无奈之下，只好拿出了电话，拨给了谢小珊：“女人，快到××大厦来接我。来晚了就等着给我收尸吧。”不过，就算谢小珊驱车在这种大雨中赶过来，最少也要个把钟头吧。但实在也是没有办法的办法了。再等下去就是下班高峰了，更没有车了。

大概唯一要庆幸的是自己穿了一件黑色的上衣和黑色的铅笔裤，虽然现在已经湿透了，湿漉漉的，紧紧地贴在了身上，如第二层肌肤一样，虽然难受，但还不至于有春光乍泄的危险。

一阵又一阵狂风不停吹来，湿淋淋的她马上感到了几分冷意，忙抱紧了自己，准备回大楼的大厅，等谢小珊来接。刚要转身，就听到身后有汽车喇叭在叫。一辆黑色欧洲名车优雅地在她所站的位置边上停了下来，正朝她按喇叭。

她疑惑地抬起了头，那个开车的人，一张很普通的脸，但她可以确定是不认识的，应该不是在叫她。转身要走，只听一个曾经非常非常熟悉的声音从身后传了过来："小乔，是我。上车吧。"

曾经那么那么的熟悉，所以这个人就算是化成了灰，她也能听得出来这个声音。世界真的是好小，S市更是小，怎么就这么碰上了呢。曾经以为一辈子也不会再见的人，竟然在大雨滂沱的台风天，在这小小的公交车站上，就这么容易地给碰到了。

可她没有回头，也没有停顿，反而加快了脚步。他推开了车门，追了上去，一把拉住了她的手："小乔，是我……秦慕天。"她当然知道是他，会这么叫她名字的，天底下大约也只有他而已。正因为是他，所以她才要走。所谓一朝被蛇咬，十年怕井绳。

她慢慢地转过头，隔着不断坠落的雨丝，眯着眼睛看着他，平静如水地道："对不起，我不认识你。你认错人了。请你放手。"黑白分明的眸子，一片的清冷和漠然，仿佛看到的只是陌生人，仅仅是个奇怪的陌生人而已。

他愕然地站在那里，但瞬间便已经明白过来她是不想看见他，那上仰的声线渐渐低了下来，到最后竟带了几丝哀求的味道："雨这么大，有什么话我们到车子里再说吧。"雨不断地打在他身上，在银灰色的修身西服上慢慢地，深浅不一地晕染开去。

他的手依旧还是如此的厚实，掌心依旧还是如此的温暖灼热，仿佛很多年前他牵着她的手时的感觉……心里某个地方刺痛了起来，她嫌恶地用力甩掉了他的手，仿佛上面有细菌似的，一不小心就会让人致命。再次冷冷地道："请你放开，我不认识你。"

如果当年她没有认识他，该有多好。是的，如果一切能重头来过的话，她宁愿从来都没有认识过他。

他的眼神深邃黑沉，望不见底，此时居然满满地都是怜惜和不舍："你要去哪里？我送你……"她没有理他，仿佛他就是一个莫名其妙的陌生人，连看一眼也是多余的，转身，头也不回地朝大厦的大厅冲去。动作迅速得好似后面有狼群在追赶。

他一个人愣愣地站在那里，手还是保持着被她甩过后的姿势，这么僵着，无力移动。任雨滴不停地打在身上。望着她离开的方向，呆呆地站着。

是他的原因，造成了现在这个局面，让她离开了他的身边，如今的一切都是他造成的，他是活该。她今天这种反应对他已经是客气的了。还记得两人分手那天，她狠狠地在他脸上甩了很多个巴掌，眼里是满满的恨意："秦慕天，这辈子不要让我再看见你……"

加州的日子如同钻石般璀璨生光，耀眼夺目。那或许是他一生中最幸福的日子。她曾经拖着他的手，坚定而赖皮地说："我不管，秦慕天，我就是要和你在一起。"就算她爸妈反对，她大哥反对，全世界的人都反对，她还是要跟他在一起。

他深深地凝视着她，深如天空的颜色里头闪着点点星光："小乔，你以后会后悔的。"

她笑着，自信满满地摇头，大而圆的杏眼微眯着，如同欲放未放的玫瑰，夺目而娇媚："不，我楼绿乔从来不会后悔。我要和你在一起。一辈子赖着你！”她自然知道这么做的后果，父母大哥肯定会断了她所有的经济支持。早在知道和她交往的是他的时候，母亲就以断供作要挟了。

她拉着他：“走，秦慕天。我们去买戒指去。”他反手将她拥在了怀里：“小乔，不是我不想跟你结婚。等我们回国了，等我作出点成绩了，你爸妈他们能接受我了，我们再结婚。我希望能给你好一点的生活品质。”她用手肘撞他，抬眼斜睨他：“秦慕天，如果我要过好的生活，只要跟你分手就行了。我原来的生活品质不好吗？何必要等以后呢？”

他哑然无语。的确，她家既是书香门第又是富裕之家，身为家中几代里唯一的女孩子，且又是幺女，她从小就是被捧在手心里长大的。不说别的，就说在这里读书，因为她不肯住长岛的别墅，他父亲早早就已经为她在学校附近购置了一套公寓，为的只是让他这个宝贝女儿可以舒舒服服在这里念完几年的课程。

想到这里，他的眼神暗淡了下来，她家人说得没有错，这方面他的确是配不上她的。他的确给不了她一贯的品质生活。

可她双手搂着他的腰，如誓言般坚决：“反正我不管啦，反正我一定要嫁给你啦。”他将她柔软的身子紧紧地抱住，如同一个稀世之宝，害怕一松手，她随时就会消失不见了：“你真的不后悔？”

她回给了他一个大大的笑容，一个用尽力气的点头。他深吸了一口气，在她额头上亲吻了一下：“好，我们这就去买戒指。”

她双手环着他的手臂，开心地来回晃着，笑嘻嘻地哼着歌：“今天我要嫁给你啦，今天我要嫁给你啦……今天我要嫁给你啦……”唱着改编后的歌词，一副没心没肝的样子。他低头看了一眼，嘴角不由自主地扯出了大大的笑容，有她在身边，真好。真的一切都好。

多年后的某一天，无意中再听一对男女歌星翻唱的这首歌曲时，他竟然心痛到不能呼吸。因为当年那个在他身边嫣然巧笑、低声吟唱的女子，他却再也拥抱不了了……

楼绿乔呆呆地站在大厅的一个角落里，环抱着自己，尽量把自己缩得小小的。看着外头的雨滴滴答答地打在透明的落地玻璃上，一颗一颗，一串一串，仿佛是那晶莹的泪珠，不停地滚落下来。

多久了，她已经有多久没有见过他了。多久，她已经多久没有想到他了。她以为她已经把他给忘记了。毕竟时间是世界上最好的良药，足以叫人淡忘一切。

可直到方才听到他声音的那一刹那，她才知道，她根本没有忘却……他的声音还是如此的熟悉，熟悉得能在第一时间里勾引起她心中某个角落里深藏着的痛。

六年零八个月了！六年零八个月了！不长又不短的一段时间，短得好像没有做什么，又好像长得想不起来做了什么。

竟然让人会有几乎一生的错觉！她闭了闭眼睛，想起那个心痛的画面，猛地摇了一下头，过了这么些年，还是觉得不能够置信。他怎么会如此对她呢？

他曾说过："小乔，我也爱你。"他曾说过："小乔，我会照顾你一辈子的。"他曾说过："小乔，对不起，让你吃苦了。"他也曾说过："小乔，等我毕业了，回国后好好创业，一定让你过好的生活。"他说过……他说过的……

她的泪缓缓地沿着面颊滑落了下来……为什么过了这么多年，他说过的每一句话，她还是能够如此清晰地回想起来呢？她以为她已经忘记了，可现在回想起来，依然如同发生在昨天一样。

那是那一年的那一天，她从超级大卖场出来，抱着一个大纸袋，站在街角等公车，看见他拥着一个女的，从那头甜蜜而来，他们后面的背景是一家汽车旅馆……

午后的阳光，灼热而刺目，她被光线照得晃了眼，以为只是眼花了。闭了好一会儿后，才敢再次惶恐地睁开……可是他和她，还是没有消失，越来越近了，慢慢地走到了面前……他似乎这才看到她，惊慌失措的举止和躲闪的眼神，无情地在告诉她一切都是真的。

她呆呆地站在异国的街头，街头上人来人往，熙熙攘攘。而她只是怔怔地，茫然地看着他，问道："为什么？"她有好多的为什么？为什么会和这个女的在一起？为什么会背叛她？为什么？为什么？

不知何时起，BBS上有一句很流行的话说："男人靠得住，猪都会上树。"她向来是嗤之以鼻的，别的男人她不敢保证，但他一定不会那个样子的。她知道他爱她，宠她，舍不得她受一点点的小委屈。

自她与他结婚后，两人住在租来的小屋里，虽然小得如同蜗牛的窝。可麻雀虽小，五脏俱全。他从来不让她干任何的家务活，也不准她出去打工。他一个人却打了好几份工，帮人补习，送比萨，和同学试搞网站……

那时他温柔地看着她，眼神坚定地说："我会照顾你的。"她娇笑地踮着脚，用鼻子碰着他的鼻子，来回地晃动，柔软地诱他说出誓言的期限："一辈子！"他趁机封住了她的嘴，纠缠了好一会儿，才与她对视，珍重万千："一辈子！"她的笑容越发甜蜜灿烂了……她知道他是不会轻易许下诺言的。

那时的她，连饭也不会煮，不是煳掉，就是焦掉。炒菜就更不用说了，学了很久，就只会一个炒蛋。可不是太咸了就是太淡了，有时候还一半生乎乎的，一半焦乎乎的。可他还是会一口气全部吃光，然后抬眼看着一脸不好意思的她，安慰地哄着她："老婆大人，我不求奔小康，温饱，温饱就好！"

她每次都会被他逗得笑了起来。但他又会担心她受伤，经常装作生气的样子板着脸凶她："下次不要煮了，我会回来煮给你吃的。你饿了就先吃面包。乖！”脸板得凶凶的，语气却带着亲昵的宠爱。

他最会煮了。但因为食物材料相对难买的关系，家里经常备着的就是鸡蛋和白米。他呢，每次煮好了饭，打上两个蛋，调好，然后往热油锅里一倒，铲子左右一挥，撒上碧绿的葱花，一盘香气扑鼻的蛋炒饭就出炉了。

父亲和母亲说：“乔乔，你跟他结婚，就不要再叫我们爸妈了。我们当没有生过你这个女儿。”大哥说：“乔乔，你会后悔的。”

他们都错了，她怎么会后悔呢？她那么爱他，他也如此的爱她。在加州，有的是像他那样的穷学生，可是穷也有穷的活法，穷也有穷的快乐。或许物质上是差了很多，可他们有的是美好的将来。他的研究生已经快要毕业了，而她也要毕业了，两人无论是留在美国还是回国，都可以找到一份稳定的工作。所以她半点没有为未来担心过。爱情有了，面包迟早都会有的，不是吗？

可惜她楼绿乔没有那个命，就在他快要毕业的时候，她以为终于要拨云见雾，向父母大哥证明的时候，她看到了他搂着另外一个女的，那么的亲密，那么的旁若无人，一看就知道是一对恩爱缠绵的情侣……

她站在这头，而他站在路的那头。她看着他，一字一句地问道：“为什么？”她到现在其实还是有点佩服自己的，面对这样的场面，她竟然可以冷静自若地开口，一字一字地问他，仿佛电影中的场景般。以至于这些年来，看到影视剧中的相似场面，她总是会想到两句话，一句是：纯属虚构，如有雷同，实属巧合。另一句是：故事来源于现实啊！

他惊慌失措地道：“小乔，你听我解释……你……你……”他连说了几个你字，却什么也没有再说下去。仿佛无法解释，也无从解释。一切都已经定格了……他向来稳重大方，举止光明磊落……而现在的他狼狈而无措，连手脚放哪里都不知道，就跟很多电视剧里演的，男方被当场捉奸在床时的狼狈表情一模一样……

她忽然笑了起来，咯咯直笑，仿佛不是当事人，只是个路人甲，发挥着平日里的伶牙俐齿与娇俏玲珑：“解释什么？跟我解释，你只是一时冲动？还是想跟我说，天天吃蛋炒饭吃腻了，只是偶尔想换个汉堡试试？”他站在那头，什么也没有说，只是沉默，只是一片的默然而已。

街道上声音热闹嘈杂，可她的世界里却一片死寂。她难耐地等着，等着他的解释……可是他一直没有再开口说话。

她在马路的这头，握着拳头，用尽全力地握着，手指甲深深地嵌入了掌心里，仿佛只有那一丝一丝的疼让她能冷静下来。他没有否认，他竟然没有否认。以他的个性，那就是真的。那个汽车旅馆原来不只是背景，而是某个少儿不宜场面的发生地点……平日里与她相拥缠绵的他，在那里抱着另外一个女人……

默认就等于承认！她只觉得胃里有东西在翻江倒海。真恶心！她不是什么纯清如白开水的少女，在开放的美国，自然能接受所谓的男欢女爱。可她能接受的范围是在他与她开始之前，而不是他与她结婚之后……

曾经在某个电视剧还是某本小说里看到过这么一句话：床是很小的，挤不下三个人。她的床也很小，所以也无法同时挤下三个人。

她转身而走。他在后面追了上来，试图拉住她的手。她用力甩开，狠狠地在他脸上甩了一巴掌，冷冷又恨恨地盯着他道：“秦慕天，你再跟着我试试。”他顿住了，因为他是知道她的脾气的。

她一个人茫然地走在路上，路上好多好多的人，来也匆匆，去也匆匆。他们都有一个方向，都有一个地方。可她呢？她连可以收容她的地方也没有。家呢，小时候她受了什么委屈都可以回去向父母兄长哭诉……可现在，她哪里还有那个脸回去。她回不去了。

她告诉父母她要和他结婚的时候，父母和兄长第二天就飞到了美国，坐在别墅的L形的长沙发上，苦口婆心地劝她：“绿乔，他从小跟你的生活环境不同，他给不了你要的幸福的。不是父母观念老，实在是他和你的差异太大了……”父亲说得很含蓄，没有直接说出他们家很穷。可已经表达得很清楚了。

大哥说：“绿乔，你疯了吗？你不考虑清楚吗？他这样的人我见多了，他看上的是我们家，不是看上你。”大哥是很生气了，从小到大，他只有在跟她生气的时候才会叫她绿乔的，其他时候都宠溺地喊她乔乔。

她看着大哥，坚决地道：“我不相信。他不是这样的人。他虽然现在很穷，可他有能力又能吃苦，以后肯定会很好的。”

母亲嘲讽地笑了笑，淡淡地道：“以后，以后是多久？十年，二十年还是三十年？他到什么时候才能给你目前的生活。乔乔，你太年轻了，你从来没有吃过苦，不懂苦日子是怎么过的。如果家里不给你支持的话，你连一个星期都没有办法在这个城市生活下去。”

母亲的话多少刺伤了她的自尊。她傲气地别过了头：“我也可以去打工。别人可以半工半读，我也可以。”她又不是比别人少只手，少只脚。人家可以在这个国家这个城市活下去，她肯定也可以。

母亲气得柳眉倒竖：“这么说，你是铁了心要跟他在一起了？”她没有说话，如果不是他们逼他跟她分手，她也不会这么急着跟他结婚来证明对他的爱。

慕天他是穷一点，靠着全额奖学金才能在这所世界闻名的学校里读书，平日里的生活费用都是要靠自己打工贴补的。可这不也从侧面证明他很聪明，很有能力吗？

但是父母大哥就是反对，不问青红皂白，就是一味地反对。从知道他们谈恋爱开始就反对，大哥甚至还三番四次地找秦慕天，逼迫他和她分手。用的还是电视里最最常见的手段。但是慕天没有收他的支票，没有叫她失望，不是吗？

父母兄长最后无奈离去，父亲只冷冷地丢下了一句话：“如果你一定要和他在一起，我也就当少生你这么个女儿。从此以后，我们与你脱离关系。你以后有什么事情，都跟我们无关。”

她没有想到父母竟然也如此的坚决，她哀求地望着大哥，希望他能体谅她，为她说句好话。可大哥也别过了头，咬着牙，恨铁不成钢地道：“乔乔，你以后一定会后悔的。”

大哥这个乌鸦嘴，为什么那次最后见面的时候不说句好听的呢，说她一定会后悔的。是的，她现在好后悔，真的好后悔。

她现在好想扑到母亲的怀里，就跟小时候犯了错一样，跟她求饶：“妈妈，乔乔知道错了。你原谅我，好不好？”母亲通常都会温柔地替她擦泪，将她抱在怀里，无论她做错什么，母亲最后还是会原谅她：“下次不能再犯了哦！”

可是她现在哪里还有那个脸回去求她原谅呢。她当时一脸坚决、一脸傲气地与她顶嘴，母亲捂着胸口气得几乎要昏过去了。

她一直以为父母大哥这么爱她，这么宠她，一定会让步，一定会接受他的。可是没有想到父母也这么坚决。

现在什么都已经证明了，是她错了。错得一塌糊涂。可这个残酷的证明却让她失去了一切，包括她的爱情以及……

她冷得全身瑟瑟发抖，仿佛还在过去，还在那天的惶恐无依、伤心绝望中徘徊。一阵熟悉的手机铃声传了过来，将她拉回了现实。

她愣了许久才反应过来，原来是自己的手机在响！熟到几乎听烂了的音乐铃声，她居然没有听出来！

从包里拿了出来，手机上显示着谢小珊的号码，原来她已经到了。而她竟然在这里已经站了近一小时了，这么一个姿势竟保持了近一小时。她疯了吗？还去想以前干什么？

她猛地摇了一下头，忘记过往吧。按下了接听键，谢小珊的声音怒气腾腾地传了过来："你这个死女人，在大厅里作秀啊，我朝你按了半天喇叭了，怎么一点反应也没有。"

隔着个落地玻璃，她怎么可能听见。不过，也的确是她的原因，她刚刚太过于沉浸在回忆里了，根本没有注意过周遭的一切。谢小珊火红色的车子的确正好停在她的正前方，随便怎么一扫，也能看见的。

她忙挂了电话，跑了出去。谢小珊见她一副落汤鸡的模样，有些心疼地道："你怎么把自己弄成这个样子啊？"她努力一笑，打趣："你是怕我弄脏你的车子吧？已经晚了，我坐也坐上来了。"他已经走出她的生活了，她一点也不会受他任何影响的，不会！

谢小珊横了她一眼："在你心里，我就这么没有人性啊？"楼绿乔笑着用力点了下头："你现在才知道啊。这就是你在我心目中一直以来的印象啊。还好，还好，现在知道还不算晚。记得晚上睡觉的时候好好反省反省！"

谢小珊笑责骂她："你这张嘴，真是打遍天下无敌手啊。得了，我也不跟你争了。把你放路边就行了，反正我在你心目中也已经没有什么形象可言了。我又何必装什么好人呢？"

楼绿乔转过头，挑着眉毛，笑着看着谢小珊道："你有胆子就给我试试看！"

这女人刀子嘴豆腐心，就是会跟她贫。明明对她关心得要死，她一上车，就马上递上了干毛巾，又打了暖气，但嘴巴上却一点也不肯认输。

车子很快驶到了她的住所，经过这几年的打拼，她总算是在这个城市的这个地段拥有了一个属于自己的小窝。她一边解开保险带，一边道："你最好跟老天祈祷我今天不要感冒，否则我明天就开始请假。"

谢小珊柳眉倒竖："你敢！死女人，我告诉你，马上就是杂志定稿期了，连封面主题你还没有确定，你敢给我感冒试试！老娘我告诉你，明天你就算烧成了白痴，也得给我准时爬到办公室报到。”

她一边推开车门下车，一边转头骂她道：“你这个吸血鬼，杀人不用刀的刽子手。简直比本·拉登还可恶的家伙。你还让不让人活了啊。”说罢，用力甩上车门，以泄私愤。

谢小珊在车里头直笑，按下了车窗玻璃：“你放心吧，按你现在的精神状态，感冒病毒也绕着你跑。怎么敢来惹你啊。”说罢，笑着扬长而去。

她转身在落地玻璃门里看见了自己的样子，原本牢牢固定在头上的发髻已经松乱不堪了，好多头发凌乱地散落了下来。脸上当季最流行的彩妆已经四处脱落，整张脸有点像调色板。衣服又皱成一团，简直是疯婆子一个。

怪不得谢小珊这个死女人说，病毒也要绕着她跑，因为会被吓死。她笑着吐了吐舌头，输了密码打开了玻璃门，准备按电梯上楼。

她没有注意到，路边，一辆黑色的车子随着她的离开，良久后，也驶离了……

Chapter02

曾经拥有过的记忆

“啪”的一声响起，他的脸上立刻清晰地呈现出了手指印。

她缓缓地，一字一字地道：“我的爱到此为止。”

她累得趴在沙发上直喘气，接过王妈端过来的水，一饮而尽，全然不顾平时的优雅仪态。这才有了说话的力气："怎么这么累啊？"

汪水茉则一脸幸福地放下手上的大包小包，笑着："是啊。不弄不知道，一弄吓一跳。我婆婆说上海办了酒宴之后，还让我们回北京办一次。我听了后，手脚都发软了。还好柏尧说了，就上海一次。他还威胁我婆婆，说要是不同意，一次也不办，旅行结婚。呵呵！"满满的幸福仿佛是粽子里的豆沙馅，怎么裹也裹不住，总不经意间流露出来，让人心生羡慕。

楼绿乔嘟了一下嘴，没好气地道："那是他想一个人霸占你，好早点去度蜜月。这家伙打什么主意，我难道不知道啊。"汪水茉脸色微红，知道绿乔说得没有错。他现在就喜欢跟儿子抢她的注意力，动不动就吃儿子的醋。

楼绿乔看她一脸幸福的模样，笑着打趣："考虑清楚了没有啊，真的要进坟墓啊？"话音还未落下，只听楼梯上传来一个颇具威胁的声音，正是言大帅哥："楼绿乔，你不想活了是不是？"

他好不容易才让水茉同意嫁给他的。楼绿乔竟然还在她耳边吹枕头风，动摇她的决心，简直是在跟他对着干嘛。

楼绿乔头也不抬，撇着嘴看着从楼梯上下来的言柏尧，道："那是你言大经理做人、做事情不到位，知道不！想当初，要不是我，你能知道小宝是你的儿子吗？怎么？才过了河就准备拆桥了啊？我的媒人红包呢？"

论口才，言大帅哥怎么是她的对手呢，一下子哑然了。楼绿乔这才皮笑肉不笑地道："明天就是婚礼了。今天一定要给我，否则我把新娘子给拐跑了，你明天就等着跟空气结婚吧。"

这个女人向来说得出做得到，还是少惹为妙。言大帅哥眉毛一抬，大方地道："那你想要多大的红包？说吧。"楼绿乔满意地笑了出来："爽快，不愧是言大经理啊。"沉吟了一下，才道，"这样吧。我要求不高，上次那个信用卡的广告费用上提30%，现在洛阳纸贵，成本提高嘛。然后合同期从一年改成五年。五年的广告费用一次性付清！"

看来她分明是有备而来的，言柏尧笑了出来："你抢钱啊？！"楼绿乔笑道："抢钱？怎么能抢得过你们银行啊？这只是小女子的媒人红包而已。言大经理，怎么样？成交吗？"

言柏尧双手抱在胸前，点着头，无奈地道："人在屋檐下，哪能不低头啊。"楼绿乔双手一拍，赞道："聪明，否则我就把你老婆给拐走了。"一边说一边凑近水茉，搂着她的脖子，恶狠狠地威胁道："女人，说！跟我还是跟他？"

水茉正津津有味地看着两人斗法，欣然笑着配合她："当然是跟你了。你不是说过，男人靠得住，猪都会爬树嘛！"楼绿乔也呵呵大笑了起来，抬眼朝言柏尧示威道："听到了没有？"

言柏尧笑着在水茉身边坐了下来，拨开楼绿乔的爪子："让开，这是我老婆！"

她笑着让出了安全距离，从包里掏出了电话，打给了手下的Lisa："把中诚睿智银行的信用卡合同调出来，将广告费提高到原价的1.3倍，合同期修改为五年,收款条款修改成一次性付清，收款日期为今天。修改好后马上传到×××××××××。记住一点，银行四点半关门前一定要到账！”

做事情当然要先下手为强，趁言大帅哥现在春风得意，就得把这个事情搞定了。否则等他回头抱得美人归了，赖账了怎么办?

言柏尧又气又好笑：“你是怕我赖你不成？”楼绿乔笑着摇头否认：“No，No，绝对不是。我是怕言大经理度蜜月回来后，贵人事忙而已。”

言柏尧低头用手指点了点老婆娇俏可爱的鼻子：“你啊，怎么认识这个女人的啊。比强盗还厉害。这年头强盗抢钱还遮遮掩掩的呢？哪有她光明正大啊？”

楼绿乔佯怒地威胁道：“竟敢骂我是强盗。水茉，明天我不做伴娘了，你另找他人吧。”水茉笑着捶了一下言柏尧：“好了。不准这么说绿乔，她如果是强盗，那我也是，你儿子也是。那你呢？”言大帅哥见老婆一个劲儿地帮她，泄气了：“拜托，我才是你老公啊。”

楼绿乔笑道：“男人如衣服，姐妹如手足啊。知道不？衣服是随时可以换的，手脚可不能乱动。你说，还要不要跟我抢啊？”

言柏尧笑着哼了一声，轻声嘀咕道：“以后看谁把你吃得死死的，让你唯命是从。”水茉忙用手肘碰了碰他，意思让他闭嘴。

楼绿乔却不以为意：“那人还没有投胎呢，你就慢慢等吧。”她这辈子已经结过一次，离过一次了。这种事情一次尝试就够了，她是很怕死的，不想再试第二次了。

晚餐后，两人去了私人会所做了全身SPA。绿乔舒服得直叹气：“哎，总算轻松了很多。”水茉别过头，看着她，神色间很是犹豫：“绿乔……”她伸了伸懒腰：“什么事情？”

水茉顿了好一会儿才欲言又止地问道：“那个……你和他有联系

吗……呃……我有件事情想提前跟你说一声……”

她知道水茉说的那个他是指谁，没好气地道：“有什么好想的，谁想了谁倒霉。”她那天看到他就倒霉个半死，浑身淋成落汤鸡不说，后来几天工作方面没一件是顺手的。他八成就是扫把星投胎!

水茉想了想，还是决定告诉她：“明天的婚礼。柏尧给他发了请帖了！因为以前学校里的一些师兄听说了，都打了电话过来，说一定要来参加，说是趁这个机会，大家要一起聚聚。柏尧就安排给每个人发了请帖……所以……”所以也就请秦慕天。总不能连人在上海的他都不请，好像也说不过去。

楼绿乔无语，跟没有听见她说什么似的，或许在想着心事，一片静默。

她们那学校出来的，几乎个个都混得风生水起的，所以向来自成一个圈子，时不时搞一些聚会，趁机交流交流消息，互通互通有无。

那他明天应该会出现吧。也或许不会。谁知道呢？他现在可是大忙人一个。她苦涩地笑了出来，当年她唯一没有看走眼的就是他很有能力。的确，事实也证明了，他成功了，在回国后的第三年，在IT方面就一鸣惊人了。他创办的today.com网站，现在是国内最成功的网站之一。她就算再不留意他的消息，但还是会知道，因为太出名了!

回到自己的屋子，坐在地板上发呆。他和她之间的事情，有时候想起来，她都有种不真实的感觉，好像是自己幻想出来的一样。因为她连一件可以让她想起他的东西也没有。

其实他也从来没有送过她什么值钱的东西，唯一算得上值钱的就是当年那对结婚戒指，可也只是银戒指。因为当时没有钱，各方面的开支都尽量地缩减。他虽然研究生快毕业了，可她才刚跨入大三而已，还有一年的学费问题摆在他们面前。而她又不像他，是拿全额奖学金来的。

戒指是路边摊上挑的，那是个设计师摆的小铺，虽然都不是贵重的材质，但设计非常的独特新颖，所以她还是在那里挑了一对很中意的银质戒指。要把另外一个人牢牢套住，不用自己喜欢的怎么行呢？他很心疼，一再地跟她说对不起，他说会尽快把这个换成真的。

她其实无所谓的，从小到大，真的珠宝她也见了不少了。奶奶出身官宦世家，老式梳妆盒子里就有很多她陪嫁过来的珠宝，都是玉镯、翡翠、红绿宝石戒指、玉佩、猫眼石、珍珠这类东西……反正很多很多，古色古香，都是老祖宗们一代一代传下来的。她是从小看着长大的，看多了，也就觉得跟她从小玩的玻璃珠子没有什么多大的区别。

奶奶去世的时候当着父母大哥的面把这些都留给了她。可惜她那时太小了，也不懂，她妈就给她锁到保险箱里了。她妈妈自然也不少，不过多数是钻石之类的。她大概是见多了，也或许是对这些抱着有没有都无所谓的态度，所以觉得只要他在她身边就足够了，这种外在的东西，一点也不重要。

她那天跌跌撞撞走了不知道多久，可最后还是回去了。回那小蜗居干什么呢？想要再一次求证还是什么？她自己也不知道。而那一枚不值钱的戒指，在她绝望的这一天，她一口气捋了下来，用尽全力朝他脸上狠狠地扔了过去。他竟然也一脸木然的哀痛。现在想来真是可笑，被背叛的那个人，似乎是他，不是她！

他一动不动地看着她泫然欲泣地整理着属于她的行李，呆呆地站在角落里。是的，只是呆呆地站着而已。什么动作也没有，没有解释，也没有试图阻止她的动作。她的心在那一刻终于死了……

她拖着一包行李走出他屋子的时候，他也跟了出来，似乎想送她安全离开。她恨到了极点，深吸了一口气，转过头，朝他脸上狠狠地甩了一巴掌："这一巴掌是因为我爱你。"

"啪"的一声响起，他的脸上立刻清晰地呈现出了手指印。她缓缓地，一字一字地道："我的爱到此为止。"

她又甩了一个上去："这一巴掌是因为你的背叛！"他的眼中似乎有光闪动，似乎也有着一种哀伤到极点的痛苦。

她最后又甩了一个巴掌上去，用尽全身的力气，恨恨地道："这一巴掌是因为我恨你。秦慕天。这辈子我不想再看到你了。"

他一点也没有躲闪，似乎也不想躲闪，这三个巴掌都正中目标。很好。真的很好，不是吗？可是，她为什么还是会泪如泉涌呢？为那种人，不值得的，楼绿乔。

是的，她知道，她知道的。可是为什么她的泪越落越凶了。她就算是水做的，也应该流干了呀！可还是会不停地流……真是奇怪！

刺耳的闹铃声不停地传来，她摸着头从床上起来，迷迷糊糊地一把抓起闹钟，眯着眼睛一瞧，竟然已经七点了。她赶忙爬起来梳洗。速度极快地化了个妆，将一头长而微卷的头发婀娜地披散着，她向来喜欢把头发绾起来，那样显得自己比较精明能干。

婚礼是自助式的，就在他们自家的别墅举行。此时大大的草坪上已经摆设了许多的粉色玫瑰，和白纱一起装点着浪漫如梦境的婚礼现场。

她微微叹了口气，水茉终于找到幸福了，虽然她和言柏尧经历了这么多，也过了这么多年，可终于在一起了。

这世界上最幸福的事情，莫过于可以寻回错过的一切，包括人，包括物，也包括爱。所以他们今天能幸福地手牵手，真好！所谓童话亦不过如此而已！

婚纱是言柏尧从国外请华裔名家设计师定制的，连带她也沾了光，因为连她的伴娘服也一并设计定制了。婚纱款式很简单大方，但水茉一穿上，双肩微露，清雅动人到了极致。她笑着夸道："水茉，真的好漂亮哦！"

这是每个女孩子梦想中的婚纱。楼绿乔也不例外。还在小的时候，她很喜欢看一部叫《茜茜公主》的德国片，片子中给她印象最深的就是公主结婚时那件纯白如雪的婚纱，那条长而飘逸的头纱。从那时候起她就决定，如果她结婚的话，一定要穿白色的漂亮婚纱，也要有像茜茜公主那样长长的头纱，如云般逶迤在身后，仿佛那就是通往幸福之巅的钥匙。

可是他与她结婚的时候，太穷了，连买戒指的钱他们都要一一算过，哪来多余的钱买婚纱啊。所以她连提也没有跟他提过。但他一直很有歉意。结婚那一天，她只穿了一条白色的及膝长裙，黑而直的头发披散在身后。

但他说她是世界上最漂亮的新娘。她在这边嫣然而笑，他在那边也笑着，最后慢慢地吻了过来……

她猛地一摇头，自己大约是疯了，怎么会又想起他了。或许是水茉脸上那幸福的表情吧，让她觉得似曾相识。也或许是这个场景触动了她埋葬在最深处的记忆。

水茉笑着问她道：“怎么，不喜欢这条裙子吗？”她忙摇了摇头：“当然不是。你看我穿上多漂亮啊。后悔请我做伴娘了吧！”

那设计师不愧为大牌设计师，虽然只来见过她们一面，就能牢牢地抓住两人的特点。水茉的婚纱简单中不失高雅，飘逸如云的长裙很衬她那清纯如水的动人气质。而给她设计的却是很注重线条，将她玲珑有致的身材完美地显示了出来，高贵中不失性感，性感又不失落落大方。

门被人推开了，言柏尧走了进来，后面跟了一个高大的身影，她微微一震，等看清了，才缓缓地从胸口吐出了一口气，不是他。心里头百味杂陈，说不清楚是什么滋味。

言柏尧搂着妻子问道：“累吗？要开始了。”汪水茉浅浅笑着，与他对视，摇头道：“不累。”

唐瀚东一眼看到了新娘边上的楼绿乔，只觉得眼睛一亮，忙用手拍了拍言柏尧：“还不快帮我介绍介绍这位美女？”

言柏尧心情极好地打趣道：“你这小子，知道你性子急，可没有想到你这么急啊。这是你今天的搭档……楼绿乔。”唐瀚东忙绅士又殷勤万分地伸出了手去：“楼小姐，幸会幸会。我是唐瀚东。今天的伴郎。非常幸运能认识你。”

楼绿乔浅浅一笑，优雅地伸出手，与他一握，粲然笑道：“唐先生，你好。久闻大名。”唐瀚东还想说什么，只听一阵现场音乐已经传来，正是《婚礼进行曲》……

秦慕天静静地坐在角落里，远远地看着他们从那头款款而来。中间隔了那么多的座位，那么多的人，可他能看见的，竟然只有一个她而已。

她穿了一件V字形的白色伴娘礼服，腰间一条天蓝色的缎带随着她的脚步垂垂坠坠，随风飘动，手上也捧着一小簇的鲜花，走在新娘子后面，笑盈眉目……

他一呆，天地似乎都在瞬间失去了华彩，一切只是为了衬托她的存在。

今天的她，甚至比当年站在教堂里的她更像一个新娘子。那如梦般甜蜜的日子里，她曾经依在他的怀里说：“只要你以后买一件婚纱给我就OK了。”

可是当时的他，连买给她的戒指也只是银的。她却说：“哇，好漂亮哦！我要这一对，我就要这一对。好吗，就要这一对嘛！”她的撒娇加耍赖，让他拿她一点办法也没有。

他在回忆里微微笑了出来，心里却慢慢地苦涩到了极点。他现在可以买很多很多的戒指了，却连送的对象也没有。也买得起很多很多的婚纱了……可她却不在他身边了……

新郎与新娘面对面站着，笑着满足地说出了“我愿意”，场上立刻响起了如雷般的掌声。言柏尧缓缓地，珍之重之地揭开了水茉的婚纱，在众人的起哄声中，俯身轻柔地吻了下去……

她站在水茉身边，感受众人对他们的祝福。婚礼当然要受到大家的祝福才会幸福的。像她，就没有得到，所以短短的日子里，那些她一度以为的幸福就溜走了……

正在她恍神间，只觉得有一个东西从天而降，似乎要砸到她了，她反射性第一接，定睛一看，竟然是水茉手里的花捧，如云如雾烂漫盛开着的花朵，传说中会跟在新娘子后面找到幸福的仙女棒。

她抬头，只见水茉嫣然笑着，用嘴型在跟她说："绿乔，要幸福哦。要跟我一样的幸福哦。"她灿烂地笑了出来，用力地点头。

虽然她很难再相信爱情了，但生活中还是有值得珍惜的东西的，比如与水茉的感情。比如大嫂，和她一直不断地通电话，她说："绿乔，爸妈都老了，他们很想你。只是爸爸他老人家要面子，他拉不下他那张老脸。所以也不准妈去看你……"想来必定是大哥授意的。在大哥的心里，还是记挂着自己这个没出息的妹子的。

可她没有脸回去呀。当年那么毅然决然地从家里出来，什么也没有带，以为可以奔向幸福的。结果呢？半年左右的时间，她就跟那个男的离婚了……

回来后，她曾经很多次偷偷地躲在家里的转角处，看着父亲的车子经过。可是车窗玻璃那么的暗，又有反光，她又流着泪，所以什么也没有看清，什么也没有看见……

还有母亲，她曾经在某个慈善晚宴远远地看到过，可是她只能偷偷地躲在角落里用目光追随，不敢去见她。然后又在地下停车库，捂着嘴巴，眼睁睁地看着她坐着的车子离开……

陆竟生坐在秦慕天的边上，见他的目光一直落在艳光四射的楼绿乔身上，关心地道："怎么？你不会是到现在还念念不忘吧？"秦慕天扯着嘴角笑了笑，没有否认，也没有承认。

陆竟生拍了一下他的肩膀，似安慰似鼓励："天涯何处无芳草啊。以你现在的身家相貌，虽然不能说打遍天下无敌手，至少也无往不利啊。何必在一棵树上吊死呢。”

陆竟生身为当年秦慕天的同学，也是他们结婚时的证人，而另一个证人则是今天的新娘子。虽然慕天结婚是有点早，可当时他与楼绿乔的感情却是好得令他也心生羡慕的。

可是后来，不知道为什么，两人就不声不响地分开了。他曾经问过秦慕天，但他只是神情哀伤地笑了一笑，不肯透露一字半句。而当时正值毕业，秦慕天学校的事情一处理完，就马上回了国内，似乎是要急着离开那个伤心地。

托言柏尧结婚的福，来了不少的校友，俨然是个同校师兄弟的聚会。几年打拼下来，大都已经是一方人物了。婚礼后，新郎新娘直接飞去蜜月圣地。而他们则因难得有这么多人聚集，所以提议去了私人会所。

她原本笑着拒绝：“各位师兄，我还有事情。”但好几个师兄都发话了：“绿乔，这么多年没有见了，陪我们大家去喝一杯吧。以后这么多人再聚，不知道又要再过多少年呢！”

是啊。时光当真如流水，快得留不住。一晃眼，师兄们都已经三十多岁了，都成了一方人物了。可是在她眼里、脑里，记着的，却依旧是他们当初青涩的容颜。

她转头，只见他站在后面，仿佛根本没有注意到她，也没有看见，正与身边的朋友聊天。

她胸口竟又泛起淡淡的说不出的感觉，心一横，笑意连连道：“那好吧。”

三三两两地聚在一起，大家聊了很多年少轻狂的往事，也聊了一些近况。因基本都是男性，所以像楼绿乔这样的美女自然受到了热情的欢迎。喝起酒来，你一杯，我一杯的。她也极爽快，一连喝了好几杯。而那个陆竟生更是拉着她不肯放，干了一杯又一杯的，好像决心要将她灌醉一样。

到后来，渐渐觉得有些迷糊了。其实她酒量不错，每次碰到什么应酬，谢小珊都是把她推出去的，美其名曰：你不入地狱谁入地狱。可今天她却似乎有点不胜酒力。

大约是大家好久没有聚了，气氛很是热烈。她推托不了，后来又喝了好几杯，就已经觉得有些晕了。索性靠在沙发上眯了一会儿，这才摇晃着起身，起来告罪道："各位老大，我已经捐躯了，真的要告辞了。下次再聚。"

立刻有好几个人站了起来，提议要送她。她娇笑着摇了摇头："拜托，你们这一送不是破坏我的艳遇嘛！大家难得聚在一起，你们好好玩儿。我下次给大家赔罪。"

众人都被她说得笑了起来，道："好，好，好。美女自然有的是人来接。下次再聚！"她笑而不语，朝大家优雅地挥了挥手，头依旧有些晕晕的，转身而出。他一直坐在角落，没有过来打一个招呼。大概是知道她不会理睬他的。

外面的空气稍稍带着点沁人的凉意，清新而舒爽，隐约带了青草的味道。她靠在门口的柱子上，深吸了一口气，觉得略略清醒点，这才准备去拦车。只听一个声音传了过来："我送你。"

她没有回头，也没有说话。仿佛根本没有听见，抬步就走，不知道是不是酒劲上来的关系，脚步有些飘忽不定，好像每一步都踩在了绵软的云里。

他从后面快步追了上来，一把扯住她的手，道："你这个样子怎么去拦车啊？"语气中有几丝责备似乎又有几丝关心。她用力一甩，想甩开他的手，但他似乎早有防备，竟然没有成功。她转头，冷冷地道："关你什么事啊？请你放开我。"

他站在那里，没有说话，只是静静地看着她。她用力地挣扎，可就是挣脱不了。他这才淡淡地道："如果我是坏人，你怎么办？"女人再强，可在气力方面绝对很难跟男人抗衡。

她抬头看着他，冷笑着，一字一顿地道："你知道吗？如果可以选择，我宁愿碰到坏人，也不愿意看到你。"他全身似乎微微一震，露出了一丝痛苦的神色。

她摸着越来越涨痛的额头，抬起脚踢他："放……开……我。"他目光深深地看着她，手轻轻一松，竟然真的放开了。她马上转身，想快步离去。可脚步踉跄了几下，几乎要摔倒了。早知道她就不喝这么多的酒了，现在酒劲正上来了。

才走了几步，已经被他一把从后面抱住了。她挣扎着叫道："你放开……"因靠得近，他热热的气息喷在她的脖子上，痒痒的，仿佛很多的蚂蚁在爬，仿佛梦中曾经经历过一般。

她更是挣扎得厉害了起来，像是一只被踩住了尾巴的猫，拼命地挣扎。他却抱得更紧了，没有一丝要放开的意思，朝车子处走去。她就算在挣扎中依旧能感受到他热热的体温，两人之间没有一丝缝隙。他那曾经熟悉的气味萦绕在四周，竟让四周的空气也跟着稀薄起来了似的。她竟觉得几乎要无法呼吸了。

她被他扔进了车子里，随手又把保险带给她系上了。她怒道："你再不放开，我要喊了……"他动作极快地坐到了驾驶位上，按下了车门锁，把她的后路给封死了。

气定神闲地递了一包湿巾和一瓶水过来，温柔地道："你先擦一下脸，喝一口水。"那温柔的语气令她心底的某处生出了心痛的酸涩。她别过头，与他的视线撞了个正着，冷声道："不用了，我跟你又不熟，不想欠陌生人的人情。"

他的眼神略略暗淡了下来。她竟觉得有一种莫名的快意。她仰着头道："放我出去……"

他不语。车子平稳地发动了起来，她这才不甘心地转头，看着向后消逝的马路，知道他一旦下定决心做某件事情，是一定要做成功的。索性也不再说话了，把他当成空气。

远的近的大楼里，灯光闪烁，可看在她眼里却幻化成了无数的星星。车子里有一种很好闻的味道，像是他的气味，也像是车载香水的味道。慢慢地，她只觉得眼皮越来越重了……

他将车子的速度慢慢地减了下来，从会所到她家的路程其实很远的，可是他觉得似乎只有短短的几秒钟。他已经尽量地慢了，只开了三十来码的速度，看着身后的车子一辆一辆地超过，超过，再超过……可还是到了……

她似乎睡梦正酣……他屏着呼吸，缓缓地，迟疑地，一点一点地伸出了手，如此的心虚，仿佛是在做贼。近了，又近了些，更近了些……慢慢地碰触到了她柔嫩如水的肌肤，光滑细腻中带着温温的热度……他的手指微微地颤抖着，几乎以为是在梦里了……

Chapter03

不如从此不见面

爱一个人，才会心甘情愿地对他的家人好，朋友好。
只是因为爱他，所以愿意俯得很低很低，低到了尘埃！

她显然已经醉迷糊过去了，软软地趴在他怀里，仿佛是一只正酣睡的猫咪，暂时收敛了尖锐的爪子。他一手拥着她，一手打开她精致的礼服包，寻找着房门的钥匙。

门应声而开，他推门而入，映入眼帘的是一个不大但却布置得十分温馨的客厅，白色的沙发上放了各种彩色的靠枕，白色的纱帘，白色的家具。

卧室则和工作室相连，用精致的屏风微微隔开。卧室里有一张很大的床，白色的床单上也摆放着两个大大的抱枕，色彩鲜艳。估计是因为赶时间的关系，床上随手扔着她换下来的卡通睡衣和几件试装的小礼服。看来过了这些年，她还是没有怎么学会做家务，怎么收拾房间。

他轻扯嘴角，苦涩地微微笑了出来，眸光落到了那张大床上。以前他租的地方很小，只能容得下一张小小的单人床。她总是缩在他怀里，而他则每次将她抱得紧紧的，防止她摔下去。虽然那么窄，但那张小小的床却带给了他们无数的喜悦……他很多次说要换一个大一点的床。她都说不要，她说以后，以后再换……

她说："以后，以后我们要买一张很大很大的床，我每天都可以肆无忌惮地在上面滚来滚去，再也不怕掉下去。可现在不行，这里太小了，买了也放不下。"

心底的某一处仿佛被人用刀狠而无息地割过，一片血肉模糊，痛得连呼吸都已经快要停止了。他缓缓地伸出手，指尖轻柔地滑过她好看的眉毛，她娇俏的鼻子，她红润的唇畔……那么轻，那么柔，生怕微微一用力，她就会像泡泡般消失不见了。

他就这么站着，无法动弹，也不想动弹。良久良久，才轻轻地把怀中的她放在了柔软的床上。她双眼紧闭，还在沉睡。他微叹了口气，觉得此刻竟满足无比。这些年的成功，加起来，似乎也比不上此刻的满足。

她睡到了天色微亮的时候，不知怎么的，一直觉得不安稳。迷迷糊糊地总觉得有温热的东西在脸上来回拂过，想要凝神想一下，可思绪才微微一转，头就痛得仿佛要裂开了一般。

缓缓地睁开了眼，感觉了一下房间里的光线。嗯，好亮，太亮了。她又迷糊起来。朦胧中仿佛回到了很久以前，与谢小珊一起刚办杂志的时候，两人在小小的办公室里，夜以继日工作的时候。她每次一趴在桌上，谢小珊就会用各种办法闹她起来。她每次都撒娇似的嘟囔："亲爱的，不要吵我，我好累，让我睡一会儿。就一会儿。一会儿就起来。"

他的手僵在了她的脸上。她方才亲昵的口气透露了一个信息，她有男友。其实这是再正常不过的事情，可从她嘴里这么亲密地喊出来，他竟觉得心口苦涩得发酸。

这么些年，他与汪水茉固定联系的原因，就是希望能从水茉那里或多或少地知道一些她的消息。虽然他也可以请侦探调查，可这一举动对他来说，也实在太过于悲哀了。曾经相拥而眠的两个人，如今竟陌生到要请私人侦探调查的地步。他没有办法那么做。

她又沉沉地睡了许久，再次睁眼的时候，依旧觉得房间里有丝不对劲儿，可具体是什么又说不出来。摸着隐隐作痛的头，她懒懒地爬起来，努力回想着昨晚的事情……对了，是他送她回来的。

她猛地止住了脚步。但已经不用多想了，那个人占据了她整个开放式厨房。空气里飘着一股清粥的香甜味道。原来这就是她觉得不对的地方。

他的目光与她的碰到了一起，或许是由于清晨阳光柔和的缘故，清澈而温柔，仿佛可以滴出水来。隔着不远不近的距离，他微笑着问道："只有白粥和荷包蛋。现在要吃点吗？"

一切仿佛从未改变，他和她依旧还在加州那间小房间里。她僵在了那里，无法动弹。

时间仿佛静止了，好一会儿后她才回过神来。径直朝他走去，隔着吧台，冷声道："谢谢。请你离开。"

他的脸色未变，依旧维持着和煦的笑，动手盛粥："多喝酒会对胃造成负担，吃点清淡的早餐，对胃有好处。"她愣愣地看着他盛了一小碗白粥，又取过已经煎好了的两个荷包蛋以及一小碟花生米，摆放在她面前的吧台上，动作熟练而轻巧，仿佛已经在这里做过无数遍了一样。

她生出了异样的酸涩，别过头，依旧冷冷地道："请你出去。"他似乎不以为然地道："你先把粥喝了。"她咬住了嘴唇，决然地道："出去。"他的手停顿了下来，却也不肯让步，坚持着："你吃完我就走。"

她吸了口气，拿起面前的粥碗，盆碟噼里啪啦地往边上的垃圾小筒里一扔，竟然奇迹般的准。看来有机会她应该去改行打女篮了。她仰着头看着他，指着门口的方向，道："好了，你就当我吃完了。慢走，不送。"

他脸上一直扬着的温和笑容终于委顿了下来，眼神忧伤地凝视了她一会儿，终于离去了。

"啪"——关门声清脆地在整个客厅里蔓延了开来。空气中依旧带着食物诱人的香味。她慢慢，慢慢地走到沙发旁，全身没有一丝力气，软软地跌坐在了一团柔软中。

头似乎更痛了，带着无限蔓延的趋势，一直延伸到了心底的某处。那里，那里一直有个未曾结疤的伤口，不碰触都会痛彻心扉。如今碰到，仿佛有汩汩的鲜血冒出来，四下横流。

楼远乔喝了一口咖啡，抬头扫了众人一圈，问道："还有什么事情要在会议上讨论？"销售部的程瑶道："明天联众集团将在我们酒店举行一年一度的会议，联众对我们来说虽然是一个新的客户，可他们这几年在互联网方面的发展已经隐隐有霸主之态了，今年选择在我们酒店召开大会，对我们是一个绝对的好机会。如果我们做好这次，想必接下来要长期合作是不成问题的。总经理是否要安排和联众的秦总见上一面，认识认识，好方便以后彼此联系感情？"

楼远乔垂下了眼帘，顿了顿才道："不用了。我相信你们的办事能力，绝对能将这次的招待工作做好。"随即合上了面前的资料夹，吩咐道，"现在酒店间竞争激烈，销售部也很难提高业绩，发展新客户。所以这次联众集团的招待工作，希望各部门能好好配合，务必给客人宾至如归的感觉。"

会议后，照例是各部门陪同他检查。众人见他神色严峻，心里多少有些忐忑。但幸好一路查下来，也没有什么大差池。

电梯门"叮"的一声停在了大厅，楼远乔跨出了电梯，远远地只见旋转门处有一群西装革履的人正拥着一人走了过来。那人时不时地还在转头与边上的人交流。虽然隔了一段距离，但那人分明是他认识的，也就是方才会议上提到的联众集团总经理——秦慕天。

只见身边的程瑶已经一脸娇笑地迎了上去打招呼："秦总，您好。欢迎光临君远大酒店。"秦慕天伸手与程瑶一握，微微一颔首："你好。"目光微移，落在了楼远乔处。两人的眸光在空中交会了一下，瞬间岔开。

程瑶转头分别给两人介绍道："楼总，这位就是联众的秦慕天经理。秦总，这是我们酒店的总经理，楼远乔。"只见两人皆优雅地伸出手，客气地寒暄道："久仰，久仰。"

两人的身形都极为高大，外表也极出色。站在一起握手，看在众人眼里，都觉得这两人气宇轩昂，一个温文一个霸气，一下子倒也难叫分出个高下。

楼远乔道："感谢联众将本年度如此重要的会议放在君远举行，希望秦总能满意我们的服务。"秦慕天亦客套地道："君远集团酒店是同行业中的翘楚，自然不会令我们失望。楼总客气了。"

两人又客套了几句场面话，楼远乔这才客气地道："我还是不耽误秦总的宝贵时间了，请便，请便。"秦慕天亦噙着笑，礼貌万分道："谢谢，谢谢。楼总您忙！"

两路人马交身而过。谁曾料到，这恍若初见的两人，七年多前就已经认识了。早在眼神一交会的时候，亦早已经识出了彼此。但还是要如此客套地寒暄，仿若初见，因为生意场上难免还是要再见的。

想不到才短短的几年时间，秦慕天就借着IT的东风闯出了如此一片天地。楼远乔微微扯了一下嘴角，也想不到绿乔竟然有媲美伯乐的眼光。当年的秦慕天，见了他，虽然亦算落落大方，但比之现在还是差了十万八千里。哪里能想到，才这么几年的时间，竟已经如此的器宇不凡，场面上下宛若世家子弟。

绿乔当时气冲冲地对他说："大哥，你就这么看死他，你就知道他一辈子没有出息，一辈子这么贫穷吗？他很有能力，也很有冲劲……他以后一定会有番作为的……"

可他嗤之以鼻。整个上海滩上，站着多少有才华有能力的人，可最后真正混出来的有几个。绿乔小，不知道有的人想靠着她的能力往上爬。也不知道什么是贫贱夫妻百事哀。他这个做大哥的要为她护航。可是谁能想到，结局是如此的出人意料。

楼远乔看了一下手腕上的手表，招来餐厅经理吩咐了几声。以贞约了绿乔在酒店餐厅吃饭，便吩咐了餐厅准备几道绿乔爱吃的菜。酒店星级厨师虽然会做，但肯定不如家里宝妈的手艺，绿乔不在的这几年，家里的餐桌上从来就没有看见过这几道菜。就怕父母睹物思人啊！

绿乔这几年一个人在外头，租房子，跟人合伙办杂志。但脾气倔得很，怎么也不肯接受他任何的援助。甚至他和以贞想请她吃饭，也经常拒绝。唯有以贞一人请她的时候，她反而不好意思推拒。以贞也看到了这一点，所以一个月经常会约绿乔几次。

因堵车的原因，绿乔到餐厅的时候已经过了与大嫂约好的时间了。她在路上看了数次时间，知道肯定是要晚了。但拨了大嫂的号码，却一直没有人接听。

停好了车子，忙匆匆地搭了电梯到了餐厅。远远地看到负责的餐厅的古经理已经迎了上来："楼小姐，楼夫人已经来了，正在楼总的办公室。让您来了先点菜。"

她微微点了下头，接过菜单，随意报了几个。古经理又亲自给她倒了茶水，恭敬地道："楼小姐，您坐。我去安排一下。"她颔首致谢："谢谢。"

从包里取出了手提，趁大嫂还没有到，她正好上网查一些最新的资料。餐厅里很静，只有微微流泻的轻柔音乐灵动地在静谧的空气里轻轻跳跃。

她们的就餐位置位于角落，两面皆是通透的玻璃幕墙。因拉上了白色的透明薄纱，所以阳光并不强烈，只微微地透射进来，温温婉婉地照在身上。

她点了为数不多的几个菜，但服务生送上来的时候却是满满的一桌。

她抬头问道："这不是我们点的。"那古经理回道："这些是楼总一早吩咐我们准备好的。希望楼小姐和夫人喜欢。请慢用。"

任以贞的脸色带着一点微微的绯红，大约是下来匆忙的缘故，柔声道："你大哥从小就最宝贝你。知道你最爱吃这些，一早就吩咐餐饮部了。"边说边夹菜给她，"来，多吃点。"

楼绿乔默然不语。任以贞放下了筷子，低声问道："乔乔，你还在为当年的事情怪你大哥吗？"以往的事情仿佛是禁忌，彼此间向来是不提的。任以贞也是第一次似是而非地问起。

楼绿乔沉默了一会儿，才淡然地道："没有。"大哥和爸妈当年的确强势，但他们有他们的立场。这些年过去了，她反而能够理解，能够体谅了。只是那件事情，使高傲的她伤得体无完肤。她只是觉得没有脸见他们罢了。因为都让家人说对了，也说准了。

任以贞道："爸妈上个星期做了全身检查。爸爸除了心脏病，还有脂肪肝，血压也不稳定。妈妈虽然没有什么，但她老人家的身体总归一年不如一年了。都这么多年了。有机会，你回来看看他们。好不好？"楼绿乔依旧不语，好一会儿，才低声道："大嫂，谢谢你。谢谢你一直照顾爸妈。"也谢谢她一直不停地拿父母的近照给她，一直巨细无遗地告诉她父母的所有情况。

任以贞伸手拍了拍她放在桌上的手，浅笑着道："谢什么。他们也是我爸爸妈妈。"绿乔淡淡一笑。当年大哥一定要娶大嫂的时候，爸妈也没有同意。但大哥向来强势，想要的东西一定就要到手。再加上当时大嫂身怀有孕，所以楼政华夫妇也是在没有办法之下，才点的头。

但大嫂却是把他们当自己亲生父母般地照料，而到了小钢琴生下来后，楼家夫妇才也开始慢慢接受了她。

任以贞又夹了些菜给她，道："下个月是小钢琴的生日，你大哥准备在家里给她办一个小Party，你到时候来跟小钢琴说声生日快乐好不好？我们小钢琴可是最喜欢绿乔姑姑的。”楼绿乔嘴唇微张，但一个“好”字就是堵在喉咙口，仿佛是被卡住了一般。看着大嫂期待的眼神，她良久才轻声道：“好。”

只见任以贞的嘴角缓缓上仰，仿若一朵花儿盛开，带着令人舒心的气质。就算是看惯了时尚圈的美女，楼绿乔还是觉得大嫂有种很特别的美丽，有种令人舒服安心的魅力，她的容貌依旧如绿乔在楼家洋房第一次见到她时那般精致清润。但这些年下来，却又增添了几分的贵气。与高大成熟的大哥站在一起，活脱脱的一对璧人。怪不得有不少杂志把她和大哥评为社交圈的模范夫妻。

大哥当年那么强势地一定要得到她，这些年来又把大嫂如珠如宝地捧在了手心里。看来结局是幸福的。而大嫂也必定把大哥放在了心上，所以才会对她，对她父母如此的体贴温柔。所谓的“爱屋及乌”，大概就是如此了。爱一个人，才会心甘情愿地对他的家人好，朋友好。只是因为爱他，所以愿意俯得很低很低，低到了尘埃里！

不远处，一个熟悉的声音慢慢地传入了耳边：“谢谢。”如此的熟悉竟让她瞬间恍惚。她不自觉地一蹙眉，那声音分明是他的。她微微地抬头，果然不出所料，竟然真的是他。

正与一个身着黑色套装的美女一起就餐。他大约早已经看到了她，也在正瞧着她的方向，两人的目光在空中轻轻地撞在了一起。她仿若未曾相识，只一瞬，便不着痕迹地移开了目光。

再抬头时，只见他正俯身与那黑衣美女说话。那黑衣美女含着倾城倾国的笑容，微露贝齿，仰头带着几丝崇敬的目光凝望着他，娇艳诱人的红唇微动，仿佛在说话又仿佛是诱惑。

任以贞见她望着前方，神色略带了一丝异样，也轻轻转了一下头。脸色微微一变，又仔细看了绿乔几眼，发现她的神色已经如常了。

自那天台风天碰到后，最近碰到的次数竟比过去六年还要多。当真是人生何处不相逢，楼绿乔嘲讽地笑了出来。笑意还未放下，只见他已经走了过来，脸上依旧挂着他与黑衣美女说话时的温润笑容，道：“你好，小乔。这么巧在这里碰到你。”又缓缓地转身，朝任以贞颔首致意道：“楼夫人，你好。”

楼绿乔捏紧了手里的筷子，只听大嫂轻声地与他寒暄：“你好。秦先生。”她这才抬头，带着应酬的笑容：“是很巧，秦先生。”

对她的冷淡，他也不以为意。大约是再次相遇后，她一直是如此的。也或许，经过当年的事情后，他觉得她这样子的态度对他已经是极客气了。所以好像一直很无所谓的态度。

出餐厅前，她不经意地回头。只见他与黑衣女子聊得正欢，脸上笑容清澈俊朗，一副愉悦的模样。

Chapter04

不知不觉发现，一切早已安排就绪

她身子微微一震，猛地一用力，把手抽了出来，冷声道："秦先生，请。不远送了！"他愣愣地站在那里，好一会儿，才转身离去。

铃声轻快地响着，她忙乱地从一辑照片中抬头，一把抓了起来，也没有看来电显示，就不耐烦地道："有话快说。"汪水茉清脆的笑声从那头传了过来："怎么了，这个月的杂志又难产了啊？"想不到竟然是汪水茉这个女人，在蜜月的时候，还能想着她。还算她有点良心。

她态度好了点，但依旧口气有点恶劣："是啊。哪有你言太太舒服啊！"水茉知道她工作压力大，不以为意，笑着道："出来见个面，我想收礼物的话，心情应该会好一点吧。"

她看着桌面上一堆的照片，也不是一时半刻能解决的事情，摸了摸额头："好吧。"

到了约定地点，水茉已经等在了那里。一头长发直直披着，远远望去依旧清丽如水，仿佛是个刚从大学出来的新鲜人似的。还真能骗人，儿子都那么大了。

想当年她可比水茉早谈恋爱，也早结婚……她甩了一下头，突然发现自己最近越来越容易想起从前了，也越来越容易感伤了。可能是再次遇到他的原因，总令她不由自主地想到从前。也或许是因为水茉找到幸福了吧，越发显得自己形单影只。

虽然水茉与言柏尧也曾经经历种种，但最终还是明白了彼此的心。这些年来，兜兜转转，两人还是爱着对方的。这是最重要的。婚姻不过是薄薄的一纸婚书，只有彼此相信，才能一直手牵着手，一路走下去，无论经历多少困苦磨难。

汪水茉笑着看她坐了下来，白衬衫搭配黑色的紧身铅笔裤，将她玲珑有致的身材完美地呈现了出来，显得时尚又妩媚。笑着道："我已经帮你点好了。"绿乔平时看上去风格好像时尚百变，但有些东西却固执得可以，喝茶从来只是点菊花茶。

闲聊了一些事情，绿乔才淡淡地问她道："接下来什么打算啊？估计你家那位言大经理是想让你回家带孩子吧？"汪水茉捧着杯子，浅笑盈盈地道："是啊。"

楼绿乔"哼"的一声道："他打的好主意。跟他说养你可以，回家不行。他现在这招就是准备把你培养成黄脸婆，以备日后唾弃。"汪水茉知道她对言柏尧当年的所作所为始终有些介意，便转了话题："来，看看我给你带了什么礼物回来？"

说话间，水茉把礼物递给了楼绿乔。她也不客气，当场拆了包装，看了之后，撅了撅红润诱人的嘴："小气巴拉的，这么一点小礼物就想打发我了啊。"不过还是马上试戴了起来，显摆道："怎么样，好看吗？"汪水茉浅浅地笑了出来，连连点头："当然好看，美女嘛！当然戴什么都好看得很。"

楼绿乔瞧了链子一会儿，才道："不过你也算是有良心了，如果是我啊，还不一定买给你呢。但是话说回来，你当了言大夫人之后怎么比以前还小气啊，以前都送我大牌的手袋，现在就这么一个小玩意儿啊？"嘴上虽然这么说，但她心里知道看这条项链的设计也是价格不菲的。但她就是喜欢逗这个女人。

水茉轻拢了一下头发，没有说话。楼绿乔盯着她，觉得她神色好像有些不自然，脑中转过一个念头，眯着眼睛道：“不要告诉我，那几个包包是言柏尧送你的。你当时不想要，就把我当垃圾回收站，扔我给了吧。”汪水茉被她夸张的想象力逗得笑了起来：“去你的，没这回事。”

端起了茶杯，饮了一口，又看了绿乔好几眼，汪水茉有些犹豫地道：“我不知道是不是要跟你说……”其实她老是对绿乔有点小小的内疚，就是帮秦慕天隐瞒她这件事情。

楼绿乔不解地抬起了头：“什么？”明媚的眼睛里黑白分明。

汪水茉吸了一口气，其实这些话她已经考虑很久了，一直不知道要不要跟绿乔摊牌。但今天既然都扯到这个话题了，索性就说穿了吧。俗话说纸包不住火，绿乔总有一日是会知道的。

她沉吟了半晌，才道：“我一直想告诉你一件事情。以往我每年送你的礼物还记得吗？从一开始的那些便宜礼物一直到这几年的名牌的包包和衣服，其实都不是我买的。”

看着楼绿乔不解的神情，她垂下睫毛，仿佛是做了错事的孩子般，不敢看绿乔的表情，声音也不由自主地低了下来，道：“其实是有人让我帮忙转交的……”

四周一片安静，只有舒缓的古典音乐声在缓缓流淌。本来清清婉婉的旋律，现在听来却有些暗涩如晦。

绿乔一直没有说话。汪水茉好一会儿才缓缓地抬起头，绿乔的眼光定在了她身上，似乎已经明白了过来，冷冷地道：“都是他让你转交给我的……”

水茉点了点头。楼绿乔猛地站了起来，拎起皮包就走。她忙抓住她的手，软声哀求道：“绿乔，你不要生我的气。是我不好……我不应该帮他的……可是他一再地拜托我……一连几天守在我家门口……唉……我就心软了……是我不好……我以后再也不帮了……好不好？”

楼绿乔用力地挣脱了她的手，转过身去，背对着她，仿佛在压抑自己的怒火：“你……你……算了……等我生完气再找你。”说罢，戴上墨镜，头也不回地离去。汪水茉站在桌边，有些不知所措地看着她的背影慢慢地在视线里消失。看来绿乔真的是生气了。

楼绿乔回到家里，第一件事情就是翻箱倒柜地把所有的东西都找了出来，堆成了一团。当她把最后一个包扔在一起的时候，整个人像是一只泄了气的皮球一般，慢慢地抱着膝头无力地坐了下来。

他说：“小乔，等我有能力了，我会给你所有最好的。”是的，他现在有能力了，可以成打成打地买这类所谓的奢侈品了。可是，他和她呢……她应该感激他吗？成功后一直记得她这位前妻。

可惜这些东西，她从不在意，也从不稀罕。当年她如果稀罕，就不会嫁给他了。她只是爱他呀，爱他才心甘情愿地低到了尘埃里，俯首为他做羹汤的。她如果稀罕这些的话，当年的他，替她提鞋还不配呢！

将所有的东西打包，又在网上查到他公司的地址，联系了快递公司，直接给他快递了过去。这辈子，他和她之间，再不要有任何牵扯了。只要不看见，不想起，她还是那个美丽娇艳自信满满的楼绿乔，像是从未受过伤一样。

只是没有想到他会直接到她办公的地方来找她。她从外头回到办公室，老远就看见谢小珊站在门口的接待处，正不停地张望。一看到她，明显是一副如释重负的感觉，但脸色依旧古怪得可以。

谢小珊拉过她，在一边道：“你这个死女人，手机呢？打了你几十个电话了，都不在服务区。说，干什么去了？坦白从宽，抗拒从严。”她笑着横了她一眼，没好气地道：“没电了。再说了。你好意思问我干什么去了？我还不是苦命地去谈新出那本杂志的广告去了啊。怎么，觉得好啊，我们换岗位？”

一听到新发行的那本杂志，谢小珊忙摆出讨好的态度，并且回避话题道：“我们先不说这个。我是要告诉你，有人找你，我已经安排让他进你办公室等着了。”看着谢小珊一副谨慎的表情，看来这个来客不简单啊。

她微微皱了眉头，开口问道：“谁啊？”谢小珊看着她，缓缓地道：“秦——慕——天。”谢小珊知道她和他的过去，怪不得是如此的一副见鬼表情。

他早已经不是当年温和隐忍的他了，这些年下来，什么叫主动出击，想来已经练到炉火纯青的地步了。

她推门而进的时候，他大约是等得久了，正背对着门坐在她办公桌前。一动不动的，连她推门而进的声音似乎也没有听到。

隔了这么些年，他的背影似乎一点也没有变，也似乎变得略宽厚了些。或许时间隔得太久了，记忆已经出错了。她的目光垂了下来，脚步故意放重了些。

他仿佛这才发觉，身子微微转了过来，静静地看着她。她的视线落在他的手上，因为他的手里拿着的，正是她摆在办公桌上的近照。那是在泰国拍的，她一身艳丽的纱笼，乌黑的长波浪发边簪了一朵黄色的花朵。

依稀记得当时谢小珊说她笑得太妩媚诱人了，人比花更美上几分，好像随时随地准备要勾人。还说是考虑过想请她当一期的封面女郎，但怕拍出来太媚了，引起女性公愤，考虑到杂志的销量问题，还是作罢。后来冲出来，效果果然不错，就这么展示在了她的桌上。

他既然直接来了，她也只好摆出待客之道，客气地道：“秦先生，请问找我有什么事情？”他只看着她，没有说话。她自然知道所谓何事，但敌不动，我不动，这点道理她还是懂的。

可他温柔的眼里却仿佛有一丝浓重的哀伤。她心底冷冷地笑了起来，拜托，当年出轨的是他，不是她。

空气里很是静默，她突然想到一件事情，站了起来，客气地道："请稍等一下。"转身出了办公室。大约几分钟的时间，就又回来了。

她在办公桌前坐了下来，将手里的东西放到了他面前："这是我欠你的。一直想着要还给你，总算是找着机会了。"是现金支票，上面填的数字墨迹未干。显然她方才出去就是做了这件事情。

他的脸色一下子苍白了起来，仿佛被什么东西击中了一般。

当年两人在一起后，她家人断了她所有的经济来源，想要让她屈服。但她坚持要跟他在一起，所以那一年的学费，是他用积攒的钱付掉的。这些年，偶尔想起那一刻的时候，她心里还是觉得有一丝丝的暖意，也只有在那一刻，她才觉得他是曾经爱过她的。所以她也一直记得她还欠他这么一笔费用。

"美金汇率我是大致按当年算的，另外又加了些这几年的通胀。你看一下，如果没有问题的话，你就收起来吧。当然我知道你现在不缺这点小钱。可毕竟是我欠你的……无论如何，我还是要说声谢谢的……如果不是你，我可能都无法按期完成我的学业……"

他猛地打断了她，声音莫名的僵硬干涩，仿佛含了块铁在喉咙口："那我欠你的呢？"她顿住了，一会儿才稳住自己心绪，浅笑着开口道："你有欠我吗？我忘记了。"语调平静至极，仿佛两人真的从未发生过任何事情。

她说话的时候，一直客套地带着彬彬有礼的笑容，仿佛他只是一个陌生人，或者只是一个刚认识的人而已。她以往是那样的热烈，笑容像太阳般明艳璀璨，生气的时候也疾风骤雨的，说话也不是这个样子的，一切都不是这个样子的……

他感到一种哀伤到极致的绝望。她不记得了……她忘记了……她已经说得如此清楚了。

看他脸如死灰，她的心中却涌起一阵强烈的快感。她不想欠他任何东西。他这辈子欠她的，就让他内疚一辈子好了。她一点也不像外表那么大方，相反，她恶毒得很，才不想让他好过呢！他以为送她一些包包，送她一些珠宝，就可以抹去他曾经的背叛吗？让他做梦去吧！

他缓缓地站了起来，慢慢地放下了手里的照片，好一会儿才转身离去。一切好像电影里头的慢镜头，那样的无奈。

她拿起支票，站了起来："你等等。"他蓦地转身，眼里仿佛有星光流动。她上前几步，将支票递到他面前。他怔怔地看着她，眼中的流光渐渐地散去了。他的手没有动。她塞到他的手里，转身便想走开。

他的手指却猛地一收拢，她收势不及，已被他掌握住了。他的手掌大而温暖，一如当年。可她却仿佛是握着了热炭，那么的灼热烫手，似乎一不小心，已经连心也被烫到了，隐隐地发闷作痛。

他的声音从头顶迟疑而低沉地传了过来："小乔……"她身子微微一震，猛地一用力，把手抽了出来，冷声道："秦先生，请。不远送了！"他愣愣地站在那里，好一会儿，才转身离去。

Chapter05

如果可以不放在心上

她们家的慕天。

看来所有权已经宣示了。

细看那女子，只觉得皮肤很白，大约是很少照太阳的缘故，雪白剔透。

原想这样子应该两清了吧。可当第二天他出现在她面前的时候，她还是略略吃了一惊。谢小珊请她进了会议室，笑得眯了眼："绿乔，秦先生他们的公司想在我们新老杂志各刊登几页广告，这个案子你负责跟进。"

她抬头，不带一丝个人感情地道："我想秦先生他们的几个网站都已经够具知名度了，不需要再在我们杂志上做广告了吧。我觉得好像多此一举，更何况你们商务性网站的风格跟我们杂志也不搭。"

谢小珊连着跟她使了好几个眼色，意思是说，你疯了，送上门的广告也不接。到她说最后一句的时候，已经在会议桌下用脚踢她了。

秦慕天温温地一笑，解释道："楼小姐想必是误会了。我们今天来谈的是广告项目，一个关于我们新推出的购物网站的广告。另外还有一个是我们的化妆品品牌广告。类型绝对符合你们新老杂志的风格。"

看来他今天是有备而来。躲不掉的话，只有兵来将挡，水来土掩了。她无所谓地耸了耸肩膀道："若一切都像秦先生所说的话，我们杂志社自然不会不接。那么请给我这两方面的详细资料，以及你们具体的广告要求。"

她自然不可能会傻到拒绝客人。秦慕天道："当然，我们会详细说明的。"

他边上的一个助理模样的人递了一份资料过来。入眼的便是一个化妆品的牌子，她微微一愣，抬起了头。秦慕天仿佛知道她在诧异什么，温和地解释道："这是我们刚收购的品牌，具体消息发布的时间就在这个星期五，所以我们希望有关广告可以尽快跟进。"

她粗略地翻了一下资料，脑中飞快闪过几个问题："有关广告我想应该是电视和平面同时进行的吧。那么平面广告的照片，是贵公司提供给我们呢，还是由我们自行拍摄？"秦慕天回道："你们自行拍摄。"

她接着问道："风格？预算？广告明星方面呢？贵公司有什么要求？"秦慕天摇了摇头："预算无上限，且无任何要求。"

楼绿乔盖住了资料夹，看着他道："秦先生，等我们考虑一下再回复你，可以吗？"话还未说完，桌下就有人踢了一脚过来，虽然不是很重，但还是让她微微皱了皱眉头。

秦慕天却爽快地道："当然可以。那我们就告辞了，希望尽快可以给我们答复。"谢小珊脸上笑得跟开了花似的，连连点头："这么好的条件我们不用考虑了，接，一定接，肯定接。就这么说定了。"

楼绿乔朝她狠狠地瞪了一眼，谢小珊却视而不见，伸手与秦慕天热烈地握手："那我们就这么定了，我们会尽快将计划书送到贵公司给您过目的。""好的，谢谢。"

谢小珊送走秦慕天后，知道绿乔肯定会找她的，索性直接去了她办公室。楼绿乔也开门见山："你要接这个广告，可以！但不要叫我负责。"谢小珊笑了笑，横了她一眼："你说可能吗？人家是指定你负责的。"

楼绿乔一愣，随即冷了脸："我不接。"谢小珊叹了口气，道："都过去这么多年了。你又何必如此耿耿于怀呢？除非你还爱着他。"楼绿乔转过头，道："我没有。"

谢小珊耸一下肩膀，一副这不就OK了的样子，道："这就对了啊。你们已经没有半点关系，那你何必把钱往门外推呢？你看整个杂志社有多少员工。今年全球经济都这么不景气，我们很多广告不是被砍就是减少了，你就算不考虑自己，也要考虑一下外面的同事吧？难道你还真想把它给卖了啊？"楼绿乔没有说话。谢小珊又补了一句："除非你心里有鬼。"

最后她还是接下来了。是为了证明她心里没有鬼，更为了杂志社的同事。并且在最快的时间里赶出了让自己满意的计划案。秦慕天很仔细地听她一一作了介绍，最后点头同意："OK，不错。就按你说的办。"

出了会议室已经过了下班时间。谢小珊与秦慕天握了握手，道："既然一切都很顺利，要不今天就由我们杂志社做东，请秦先生吃顿便饭，预祝我们合作愉快。"秦慕天笑着回道："OK，谢谢。"

到最后却只有她、Lisa、秦慕天和他的助手四人。谢小珊另外有约。她其实十分的不情不愿。谢小珊抱着双手，道："楼绿乔，我发现现在有问题的是你。人家又没有半点表示，你又何必这么小气呢。今天就算是换了任何一个客户，我们也应该请他吃顿饭的。"

确实是这样的。换了任何一个客户，一下子放下两个大额广告下来，她们都会热情地捧着的，更何况是吃饭应酬这种小事情了。

坐下来后，Lisa和他的助手周选聊得不错。或许是因为都年轻很容易混熟，再加上这段时间联系颇多的缘故。

服务员倒酒的时候，只见秦慕天温和地道："谢谢，我不喝酒。喝茶就可以了。"她略略诧异了一下，他以前会喝酒的，虽然不大喝。

他的话倒不多，很多时候只是安静地听着周选和Lisa聊天，听到有趣的地方，微微地一笑。

她的眼睛仿佛被什么东西扎了一下。那神情异样的熟悉，仿佛当年那模样。他当年就是这样子听着她说话的，偶尔会轻"嗯"一声，也会如此淡淡地笑。

吃到中途，周选去接了一个电话，Lisa去了一下化妆间。偌大的包厢里只剩他与她两个人，隔着不远不近的距离，几乎让人有种不真实的感觉。

他沉默好一会儿才道：“你比以前瘦了……”她淡淡地道：“是吗？”他似乎还想要说什么，但小周已经推门而入了。

一顿饭下来，她几乎没有吃什么东西，倒是喝了两杯酒。他似乎也没有吃多少。到了门口，他忽然转身道：“你们刚都喝了不少酒，不能开车。我送你们吧。”

她客气地婉拒道：“谢谢，不用了。我打车回去就可以了。”他却一再坚持道：“我送你们。现在这个时间很难打车。”倘若她再反对的话，反而让Lisa和周选觉得有异了。

把周选送到后，他淡淡地问道：“Lisa，我先送你吧。”既然上了他的车，他就是最大的了。Lisa自然没有意见。而她纵有意见，却无法说出口。

车子开得很慢，到后来连Lisa也送到了。她索性开口了：“为什么？”他在后视镜里看着她：“什么为什么？”

她冷然地道：“为什么出现在我面前？为什么把广告给我们杂志？”他沉默了一会儿，才淡淡地开口：“没有什么为什么。只是你们的杂志适合而已。”“可适合的杂志多了，并不是只有我们一家而已。”

一阵手机铃声打断了两人的对话，只见他瞄了一眼显示屏幕，飞快地接了起来：“什么事？”那头似乎也很是着急的样子。他说：“好。我马上回去。”

挂了电话，他方向盘一打，转入另一个车道，道：“不好意思，我有点急事。”她很庆幸地道：“那不麻烦你了。你在这里把我放下就可以了。”

他道：“我会送你到家的。”看来她是上车容易下车难了。她索性抱着双臂，别过头看车窗外头的景色。

他一直注视着前面，努力不去看她。车子里很静，只有舒缓的音乐流淌在静谧的空气中。在每一次微微跳动的音符中，他竟仿佛可以听到她每一次呼吸，轻柔且缓慢。

她如此真实地坐在他身边，美得如同梦中一般。他静默着，几乎分辨不出是真实还是在梦中。过了良久，他才低声道："小乔，我们……我们能不能做朋友？"

朋友。他与她怎么能做朋友呢？曾经那么亲密的两个人，曾经被他如此深地伤害过，他和她怎么还可能做朋友呢？当年如果背叛他们感情的是她的话，那么她或许也可以跟他现在一样，再见旧情人时，大方地问他："能不能再做朋友？"

她心里冷笑着，一直不语，维持着方才的姿势。想来这应该是他能懂的回答吧。

他的手用力地绷着，手心里竟有微微濡湿。可她只是沉默，只是无语。他的心仿佛石块，慢慢地，一点点地坠入了井底深处。

车子终于停了下来。她在第一时间的动作就是推开车门。但她没有如愿，门被锁了。她转头，道谢："谢谢你了，秦先生，我先下车了。"

他的手依旧握在方向盘上，仿佛根本未曾准备离去。车子里头亦是一阵沉默，他开口："我明天要出差，有一份广告文件在我家。既然你来了，顺便带走吧。"

她拒绝道："你可以让你的助理转交给我。"她绝对不要再跟他有过多接触了。他忽地笑了出来："何必这么麻烦呢！你们做杂志不是最讲究效率的吗？"她沉默着。

他继续道："我想……我明白你的意思。以后我不会出现在你面前了。如果这段时间我的出现带给你困扰的话，我say sorry。请你原谅。"

她保持着方才的姿势，依旧沉默。他说完后打开了车门，头也不回地径直走了。她猛地像回过神般，用力将车门推开，道："你等一下，我跟你去取文件。"他的身影微微顿了顿，只传过来一个低沉的字："好。"

入眼的是一个很大的客厅，家具摆设极简洁，却更显得宽敞而有品位。一整片通透的玻璃墙，此时已经拉上了透明的落地纱帘。但透过帘子，依旧可以看清楚半个城市的繁华。

她的目光落在了线条流畅的矮几上，一个简约的黑色小花瓶，只颤颤巍巍地插着一朵白色的百合，被瓶身庄凝的黑一衬托，竟美得有种艺术感。显然插花之人必定是专门学过。

而小花瓶旁边则摆着一个蕾丝餐巾纸盒，蕾丝精巧别致。而沙发边的电话机上亦是一个蕾丝套，与纸盒上的蕾丝一样，手工亦细致万分。看得出来，布置这间屋子的女主人必定是个心灵手巧的人。

有一个柔软的声音忽地从走廊深处传了过来："慕天，你回来了吗？"声音温柔可人，几乎可以想象拥有此等声线的，肯定是一个很美的女子。《红楼梦》里的只闻其声，未见其人，想来必定是如此的场景。

绿乔的心忽地微微一抽，泛起细小的疼。秦慕天已经走上了前去，此时只见走廊处出现了一张轮椅，而轮椅上的女子确实如她想象般清秀温婉，一头乌黑的长发柔柔顺顺地垂在身后。

轮椅上的女子看到绿乔的那一瞬间，似乎也微微一怔，但很快便轻轻地朝楼绿乔笑了笑，抬头看着秦慕天道："慕天，你带了朋友过来怎么不请她坐呢？"绿乔的手无意识地用力握了握皮包，那人如此亲昵的口气，显然与他关系匪浅的。

秦慕天没有回答，低头看着轮椅上的人，语带责备地道："不是让你不要随便乱动，刚刚摔得严重吗？"那女子浅笑着摇了摇头："没事。是欧小姐太紧张了，所以打你电话。我真的一点事情也没有，所以已经让她先回去了。"

说罢，这才转头，朝楼绿乔笑着颔首致意道：“你好，请坐。我去泡茶。”楼绿乔回以礼节性的微笑道：“不用客气，我只是随秦先生过来拿一份文件而已。马上就走了。”

她已经明白了过来，他为什么要带她来他家里。原来所有一切只是她多想而已……明知道自己应该如释重负的，可心底深处却涩涩地在作痛……

她没有看别人亲热的嗜好，电视电影里照片里的也不喜，所以只想着尽早离开。她将目光移到了秦慕天处，道：“秦先生，文件。”秦慕天道：“你等一下。”转身离去。

那轮椅中的女子慢慢将轮椅滑了过来，带着客气，亦似乎带着几丝打量：“请坐，请坐。我们家慕天很少带朋友回家的。”说罢，又慢慢地滑到了开放式厨房的方向，倒了一杯水，递到楼绿乔的面前，热情地道：“来，你喝一口。”

她们家的慕天，看来所有权已经宣示了。细看那女子，只觉得皮肤很白，大约是很少照太阳的缘故，雪白剔透。

楼绿乔淡笑着拒绝道：“真的不用了，谢谢。”那女子热情地微笑着，似乎也在打量她，手一直没有放下。楼绿乔只得接了过来，又说了声谢谢。

看了几眼后，那女子忽道：“我们以前见过吗？我怎么觉得你很面熟啊？”楼绿乔确定自己绝对是没有见过她的，刚要摇头说话。只见秦慕天已从里头出来，手上正拿着一个文件袋。

她缓缓站了起来，从他手里接过，道：“谢谢。”他的手指修长，带着微微的温热。碰触到她的手时，那指尖竟微微动了动。

一直到她上了计程车，还依旧能感受到他指尖那浅浅的体温。她低头望着自己那纤细的指尖，眼眶无声无息地酸涩了起来。

Chapter06

曾让我感动，曾让我心痛

只听“噼里啪啦”“砰砰砰”“当当当”的一阵声响，好一会儿，室内便安静了下来。

唯一传入耳的，依旧是“滴滴”不绝的警报声。

那女子是谁？她数天来一直带着这个疑问。这天，索性大大方方打开电脑，求助万能的网络，搜索关于他的新闻，但是没有任何关于这个女子的信息。关于私生活方面，他素来低调，从无绯闻。查了几个网站，竟然连与女性的单独合影也查不到一张。

而他的确很守信，没有再出现过。这样很好，不是吗？她怔然地望着闪烁着的电脑屏幕。Lisa敲了敲门，探头进来道："去拍摄场地的时间到了。"她道："好，知道了。"甩了一下头，甩去了莫名的异样。

代言的是一位玉女新星韩晴芝，年轻貌美，气质清新可人。当时楼绿乔挑的几个人，心里最中意的便是她。将几个备选人的资料送到他那里后，他最后确定的竟然也是她。

韩晴芝已经在化装了，见了她，礼貌地站了起来打招呼："乔姐，您来了啊。"不只笑容甜美，连嘴巴也极甜。看来此女不红也难。楼绿乔微微一笑道："韩小姐，辛苦你了。"又夸她道，"韩小姐天生丽质，不化装也这么漂亮。"

韩晴芝的经纪人笑着在旁边道："我们晴芝有乔姐一半的美貌就够她在演艺圈红十年八年了，以后还希望我们乔姐多提点提点。"楼绿乔客套了几句，都是些场面话。

很快便进入了拍摄，一切按计划有条不紊地进行着。韩晴芝比想象中的要配合，所以进度很不错。她看了一下手表，准备要离去。其实她本不需要来的，但不知怎么的，总有些不放心，索性就过来看了看。看来应该是她多心了，一切都十分的顺利。

突然间，一阵"嘟嘟嘟"的警报声刺耳地传了来，众人不由地一愣，停住了手里的动作纷纷看着彼此。数秒钟后，有人反应了过来："火警警报，快，大家快疏散。"

一阵凌乱，只见众人先后朝逃生通道涌去。Lisa似乎在前头喊了她。可是太杂乱了，整个空间充斥着人们的喊声："快走……""哎呀……""哪层着火了啊？""快……快点……""不会真着火了吧……"

她站在原地，不过一两分钟的工夫，偌大的场地竟已经没有人影了。耳边"啪"的一声响，所有的灯都应声而灭，眼前骤然一片漆黑。伴着急促而有节奏的警报声，让人心生恐慌。

摸索着往外走，一步又一步，隐约觉得身边似乎还另有他人。问道："这里还有人吗？"没有人出声，回答她的只是一室空寂。

大约是她过于敏感了吧，她转身便走。由于太黑了，什么也瞧不见，再加上她也不熟悉这里的场地，才走了几步，只觉脚上似乎绊住了某物。她忙提脚甩了一下，试图甩去，但脚步未停顿。

只听耳边传来一个熟悉的声音："小心！"因走得急，她一时已经无法收住，整个人被一个物体一绊，朝地面直直地摔去。

但落地竟然没有预期的强烈疼痛感，她迟疑了一秒钟后才反应过来，有人竟然一把搂住了她，将她最后的坠势减缓了，并成功地充当了人肉垫子。

脚上绊着的皮线似乎还纠缠着其他的东西，但她只觉得手肘和膝盖麻麻地痛，连脑袋也后知后觉了起来，无法思考他怎么会出现在这里。

她挣扎着推开他想要起来，秦慕天的声音在耳边响起："不要乱动。"她一听，更是用脚扯了几下，连着的那头"稀里啰嗦"地传来一串声音，他声音提高了许多，带着一丝紧张："不要动。"

话音还未落下，头上已有物体掉落，她反射性地忙伸手一挡。但有人比她更快，一把将她压在了身下，双手环抱着她，团团圈在了怀里，覆盖住她的身体。

只听"噼里啪啦""砰砰砰""当当当"的一阵声响，好一会儿，室内才安静了下来。唯一传入耳中的，依旧是"滴滴"不绝的警报声。

他的气息暖暖地萦绕在周围，熟悉得一如当年。他的声音也依旧如此低沉熟悉，回荡在耳边，犹如游丝直直地传入心底："你没事吧？"夹杂着灼人的紧张与关切。

她整个人被他拥在了怀里，头顶着他的下巴。他的手掌紧紧地扣着她的腰，万分万分地用力，生怕微微一松手，她就会消失无影踪一般。

此时此刻，此情此景，她竟可以清晰地听到他"怦怦"的心跳声，如此急促。两人这般的亲昵贴近，让她感觉有点尴尬。她微微转过了头，边推着他，边道："我没事。谢谢你，秦总。"

他没有说话，手却贴着她的身体渐渐往下移。她一呆，忘了反应。他的手越滑越下，最终停在了她的脚上，摸索着将那绊着的皮线扯掉。

用力推开了他，她趔趄着站了起来，再一次客气地道谢："谢谢。"他没有说话，依旧坐着。空气中的警报声提醒着她，这里的危险还未解除。她走了几步，他还是没有起身。

她似乎觉得有些不对头，转过身，看着他道："你怎么了？"

虽然室内的光线太暗，无法看清楚他的表情，但还是可以看到他似乎有些异样。他轻轻苦笑了一下："方才有东西砸中了我的腿，好像动不了了。"

她微微一惊，问道："要不要紧，你试着动动看？"她的语气中有掩饰不住的几分着急，他心里只觉得一暖，连腿上的疼痛似乎也减轻了不少。若她能一直这么跟他说话，那么他的腿就算是断掉了也值得。

"我试过了。好像是骨折了……"现在这个情况叫救兵是不可能的，可他这个样子，根本没有办法下楼。她一下子在脑中转了数个念头，最后只好道："我扶着你走走看。"

她伸手想试着搀扶他起来，他却推开了，道："你快走，快下去。不要管我了，你扶不动我的。"她不说话，却用力地扯着他的手臂。

他又推开，她又抓住。如此反复了几次。他在黑暗中，深深地凝视着她，声音低了下来道："你不是讨厌我吗，我不能下去，不是更好。"

她的动作停止了，呼吸渐急促了起来，顿了顿，才淡然道："是，我是讨厌你。可我还不至于见死不救，何况你是为了救我才受伤的……我没有理由把你一个人扔在这里。"

原来只是如此而已。他沉默了，空气很静谧。一阵无声后，他总算是说话了："你先扶我起来吧。"

她的身体柔软香馥，令人生出莫名的窒息，可窒息中分明又有种熟悉的眷念。她的手放在他的腰侧，而他的右手则搂着她的肩膀，如同两个连体婴，一步一步地走下楼梯。他尽量把全身的力量都放在左脚上，以减轻她的负担。

才不过走了短短几十米，她已经气喘吁吁了。他在上方叹了口气，声音低不可闻："你还是这么倔……"她轻咬着下唇，呼吸忽急忽缓。

又走了一段路，总算是到了楼梯间了。他松开了手臂，又扯开了她的手，靠在墙壁上："你快下去吧。"她没有动。他的声音坚决无比："楼绿乔，你给我下去，听到没有？"

楼梯间里的逃生灯，淡淡地发着绿莹莹的光，她背对着他，所以从他的角度，只能瞧见她纤瘦的背影。

他扶着墙，在楼梯上坐了下来：“我不走了。”她安静地站着，几秒钟后，才漠然地开口道：“那我也不走了。”无论怎么样，他是为了她受伤的，她不想欠他这么一个人情。

她隔着几级楼梯坐了下来，离他有一米左右的距离。两人无言地僵持着，唯有空气里的警报声依旧刺耳地响个不停。

好一会儿，他低低地道：“小乔，对不起。”她仿佛没有听见。他却依旧低声道：“这么多年了，我一直想跟你说声对不起。”

她不动不语，只是沉默，好一会儿，还是沉默。良久，才淡然地道：“不用了，我已经不记得了。”忘记是对他最好的报复。若是惦记的话，越是惦记越是难以忘记。

他道：“不管你相不相信，我从来没有做过对不起你的事情。”

加州的阳光璀璨明媚……她站在街上……他拥着另一个女子……

这一切竟然长久得仿佛是上辈子发生的一般。她微微扯了扯嘴角：“这和我已经没有半点关系了，所以你没有必要对我解释那么多。你的解释对象应该是你家里那位吧。”

他似乎愕然了一下：“我家里那位？”他顿了顿才想起她拿文件那天，姐姐在厨房里摔了一下，他急匆匆地赶回去。她一副着急着想走的模样，知道她不想与他有任何瓜葛，连他想把她介绍给姐姐的时间也没有给。

他大约是笑了出来，语气比方才轻快了许多：“那是我姐姐。你不记得了吗？我以前给你看过我姐姐的照片的啊，就你说我瘦得像猴子那张，我边上的就是我姐姐……”

她自然记得她是看过那张照片，但照片里的女子扎着两条辫子，又土又模糊，她怎么可能把她跟那日在他客厅里的女子联系起来。

她有些迟疑才道："一点也不像……"忽然想起她的一双腿，顿时止住了。当年照片里的他姐姐并不是这个样子的啊。大约是中间发生了什么变故吧。

他似乎猜到她在想什么，解释着道："我姐姐在厂里出了事故，所以成了现在这个样子。"语气中说不出的怅然。

那个时间大概他和她已经分手了吧，所以她一点也不知道。她知道他姐姐一直很照顾他，当年甚至为了他，放弃了读书的机会。

好一会儿，她才道："治不好了吗？"问了之后才发觉自己说的是废话，如果能治疗的话，以他现在的能力怎么会没治好。

他在黑暗中"嗯"了一声，许久，叹了一口气，惆怅无限："我觉得我真对不起我姐姐，如果当年她没有把读书的机会让给我，她现在肯定是一个很优秀很出色的人了，肯定做得比我更好。"

他们家以前太穷，母亲很早就去世了，父亲在家里务农，一把屎一把尿地把他们姐弟两个拉扯大。他们姐弟俩都很争气，读书的时候每年都考第一。可他姐姐初中毕业后再也不肯念下去了，提出要到南方打工。他知道的，姐姐是想把读书的机会让给他。

她很实事求是地道："你已经做得够优秀够出色了！"他很突然地冒出一句："达到你的期望了吗？"

空气又陡然陷入了静止之态。他低声道："对不起。"

依旧是沉默。

蓦地，一阵光线突然透过来，两人一下子无法适应，条件反射一般地闭上了眼睛。原来竟然来电了。看来应该是警报解除了。

她站了起来，仍是背对着他："我找人来背你下去……"

对不起，他是欠她一句对不起的。可是现在这一句话，对彼此已经没有任何意义了。

Chapter07

一直爱着你

她去了酒吧，一个人喝酒。

拿着酒杯一个人静静地依靠在落地玻璃前的吧台上，欣赏着锦绣繁华的一城夜色。

他住进了医院，右脚粉碎性骨折，打了石膏。谢小珊作为她们杂志的代表，第二天就捧了大束的鲜花去探望。回来后还交代手下助理，每天订不同的花束给医院送去。

晚上，两人一起吃饭。谢小珊审视了她半天，才很是怀疑地开口："其实我一直想问你，你明明这么讨厌他，想着法子避开他，昨天怎么不把他扔那里算了，还古道热肠地把人送到了医院？"

她白了谢小珊一眼，居然连古道热肠这个成语都说出来了，没好气地道："难道我的心就那么恶毒吗？"谢小珊嘿嘿直笑："你是心地善良，老实本分，热情助人，但这几个字不作用于医院里那位啊。可你偏偏就做出了此等心地善良，老实本分，热情助人之事，所以才让我怀疑啊！"

楼绿乔好一会儿，才举着双手，实诚地道："好，我承认，我没有那么好心。昨天要不是他救我，我才懒得管他死活呢！"

现在换作谢小珊吃了一小惊："他救的你？"楼绿乔把事件发生的经过原原本本地叙述了一遍。谢小珊看了她一眼，道："怪不得啦，今天我捧着鲜花去看那人的时候，他眼神一直盯在门口，一脸的失望……”她这次绝对没有夸张，完全实话实说。

秦慕天看到她的时候，脸上虽然客套地笑着，可眼神里有着明明白白的失落。她自然是知道为什么的，却只有装作什么也不知道，笑意盈人地问候。

楼绿乔没有说话，与刺身奋斗，一副食欲很好的样子。谢小珊斜着看了她一眼，调笑道：“美女，人家对你，明显是余情未了。现在还来一个英雄救美，你准备怎么接招？”

楼绿乔又闲适地喝了口清酒，眯着杏眼，回了她一个足以颠倒众生的媚笑：“既然你这么有空，又这么八卦，怎么不去改行做狗仔呢？保证本本大卖，赚得盆满钵满！”

谢小珊笑着拎起清酒酒瓶当做话筒，递到她面前：“请问楼绿乔小姐，你的旧爱现在正抓住一切机会出现在你面前，准备发起总攻，请问你有何良策应对呢？”反正已经被她骂多事了，她索性再多事些。

楼绿乔纤手一挥，拨开了酒瓶，托着香腮，长而卷的睫毛微眨，说不出的娇媚诱人：“要不这样，我装作接受他，等他上钩，再狠狠把他给甩了。你觉得怎么样？”谢小珊明显一愣：“真的假的啊！这招不错。”

楼绿乔眯着眼朝她眨了一眨，低头浅浅一笑，并不说话，继续与食物奋斗。

有人轻推了房门进来，他微闭着眼睛。心想着明天要跟主任医生提提意见，这医院的护士查房也来得太过频繁了些吧。

来人并无任何动作，只静静地站在门边。空气里似乎隐隐有了种好闻的香水味道，夹杂在刺鼻的药水中，他觉得异样了起来，心里一紧。猛地睁开眼，只见一个熟悉的身影映入了眼帘。

他仿佛被魔术棒定住了一样，似乎觉得犹如在梦境中一般，很不真实，待了好一会儿，才讶然开口："小乔？"

因只开了一盏灯，光线又特地调得很暗淡，昏昏幽幽地照在她身上，只能隐约瞧见一个熟悉到可以用笔尖画出的轮廓。她的脸一半在明处，一半在暗处，忽明忽暗的。他瞧不出是什么表情，可心里却不知怎么的慢慢地涌上了连绵翻腾的喜悦泡泡。

她迟疑了半晌，才开口。她的声音大约是晚上的关系，听到他耳中有种说不出的温柔："你好点了吗？"他依旧怔怔地看着她，可能是过于狂喜了，依旧觉得不像是真的，愣愣地回道："嗯……没……没有什么大碍……"

她不再言语，目光静静地落在他右脚上，因打了石膏的缘故，厚而笨重，大约连移动半分也难。又沉默了好一会儿，她才道："那好。你好好休息。"他轻"嗯"了一声，目不转睛地看着她，如痴了一般。

房间是如此的安静，他几乎可以清晰地听到自己越来越急促的心跳。他是幻想过她来医院里看他，可那也仅仅是他的想象而已。他心底极清楚明白，那是不可能的。她现在是如此的恨他，怎么会来看他呢？可如今她真的出现了，他只觉得此刻是如此的美好，内心酸涩，反而说不出一句话来。

昨天，他被抬上担架，想再找寻她的身影，可她却早已经消失得无踪影了。他一直知道她不想见他，连瞧他一眼也不想。

良久，她开口打破了这份宁静："昨天谢谢你……祝你早日康复。再见。"他眼睁睁地看着她转身离去，背影一点一点地远离。

他张了张嘴，却只是哑然，什么声音也发不出来。他能说什么，他可以说什么。让她不要走吗？今时今日，他早已经没有那份资格了。能这么看着她转身的背影，对他来说，也是种绝望的奢侈了。

一直到她拉开门，他才总算发出了声音："小乔……"她的手似乎停顿了几秒钟，抑或许这只是他看错了。她没有回过头，径直离去了。

她一进电梯，整个人就后悔了。自己估计跟谢小珊吃饭的时候喝多了，居然发了神经，来了医院。

好吧。她这样对自己说：“确实是他救了你。你去看他，说声谢谢，也是应该的。”可是就算这样子告诉自己，但自己为何还是会心烦意乱呢?

她去了酒吧，一个人喝酒。拿着酒杯一个人静静地靠在落地玻璃前的吧台上，欣赏着锦绣繁华的一城夜色。

有人靠了过来，风流倜傥的腔调：“能一起喝杯酒吗？”她缓缓转头，只见那人一双放电的桃花眼正微微眯着，似笑非笑地盯着自己，眼里头不乏欣赏之意。

她也算是见惯男色的，可此等美色一入眼，心里也不禁微叹了口气：唉，又是一个女性公害。

淡淡地朝那人一笑，仿佛是了然一般，慵懒地道：“你们赌注是多少？时间是多久？”那人眸色微变，仿佛对她更感兴趣了一般，挑了挑眉毛：“什么？”

她的笑容越发明媚灿烂，娇艳可人，可却带着一丝明了：“帅哥，你明白我什么意思的。”那人又挑眉一笑，耸了耸肩膀道：“我不明白！”

她端起酒杯，轻饮了一口。反正如此的无聊，当做游戏也好。转头朝他方才过来的大致方向轻飘了一眼：“你是不是跟你朋友打赌，可以在多少时间搞定我？现在还剩几分钟？”

那人轻笑，伸手将手中的酒杯与她一碰：“佩服，佩服。”她回他以浅浅一笑。光线忽明忽暗忽红忽蓝地投在她身上，鬈发杏腮，透着说不出诱人风情。

他抬手看了一下腕表，诚实地道：“还有十五分二十一秒。”她又轻饮了一口，闲适地道：“那我们还有充分的时间。我有个提议，你看如何？”

他盯着她，万分感兴趣的样子："什么提议？"她懒懒地道："十五分钟内，我们携手而出。我帮你赢得比赛。"那人一笑，明显同意此提议。

她又缓缓地道："但是我有一个要求，我要一半的赌金。"

那人轻扯了扯嘴角，极力忍着，大概是从未碰到此种情况吧，却又忍不住，终是笑了出来，连眼角也弯了："OK！成交。"说罢，将酒杯与她的轻轻一碰，潇洒地仰头一饮而尽。

出了门口，她停住了脚步，将手从他臂弯里移了出来："好了。只能陪你演戏演到这里了。再见。"

那人认认真真地看了她一眼，依旧是一副似笑非笑表情，道："你很有个性，也很有趣。我们交个朋友吧。"她歪着头看着他，似乎觉得这个提议很好笑一般，摇头拒绝："不，我对你没有兴趣。"

那人挑了挑眉毛，似乎不大相信："哦？那你为什么配合我？仅仅为了赌注的金额。"他十分确定自己从来没有跟她透露过赌金数字。

这个人大概是对自己的长相相当的自信兼自负。她无所谓地耸了耸双肩："我只是觉得太无聊罢了。祝您有个愉快的夜晚！"除了无聊，还有那个人带给她的挥之不去的烦躁感。说罢，转身离去。那人愣愣地站在原地，没有任何反应，大概是第一次碰壁吧。

她竟然连再见也懒得说。因为是确定不会和他再见吗？从头到尾，她似乎对他真的没有半点兴趣。

他蓦地追上去，道："你等一下。"她转头，带着几丝讶异地看着他。他道："你不是要平分赌金吗？"

她笑了出来，在半明半暗的光线里，犹如昙花盛开，娇艳不可方物："跟你开玩笑的。Enjoy yourself。"边说着边伸出手，轻轻地摆动两三根纤细修长的指尖："Bye bye。"

就算寂寞无聊，喝杯酒，打发一下时间是无所谓的。但她从来不沾惹这种烂桃花。谢小珊就曾经无比恶毒地笑她，外表惹火，内心无比保守，简直是披了狼皮的羊，外强中干。她则理直气壮地回她："老娘我是宁缺毋滥！"

其实真正是为了什么？谢小珊隐约知道，但没有说破罢了。

这几日，或许他是因为她受伤的，所以她总是在不经意间想起他，想起那只打着石膏，无比笨重，却又带着几分可笑的脚。

这日下班，谢小珊过来问她："我等下去医院探望那人。你一起去吗？"她停顿了数秒钟，摇头："你自己去吧。"

谢小珊双手环抱在胸前，不客气地道："楼绿乔，人家毕竟是为了你才受伤的，再说了，他目前的身份是我们杂志的客户，身为杂志合伙人的你，在礼貌上应该去探望一下的。我的话就这么多，去不去，随你。"

那是谢小珊不知道她已经去过医院了，才会这么说的。这事情如果让谢小珊知道了，还不笑破肚皮。

她也无数次懊恼过了，自己怎么会就去了医院呢。明明不想去的。可那日竟然还是不由自主地去了。这些日子以来，她一直怪罪那天喝的清酒。肯定是自己喝多了！

她面无表情地抬头："我不去。"谢小珊无所谓地道："OK。"刚要转身，忽然想起一件事情，讪讪地笑了起来，笑到最后已经是十足地讨好表情："那你介不介意送我到医院？我车子送去修理了。"

看着谢小珊捧着一束鲜花，袅袅婷婷地走进了住院部的大门。她找了个空车位，停了下来。静静地坐在车里，有些烦躁。后来竟然坐不住，索性推开车门而出。

她的边上停了一辆最新款的某红色名车，亮丽的红，仿佛是暮色苍茫下的最后一抹亮光。她仰头，轻闭着眼。这个城市的不同角落，总有着相似的喧嚣……和寂寞。

也不知道过了多久，其实也不过几分钟光景，有几个女子的说话声从后头传来。

“慕雨姐，你累了吗？我们先去吃饭，然后我再送你回去。”那女子的声音软糯清甜，十分好听。

只听那慕雨姐的声音响起，竟带着几分耳熟：“我不累。洁妤，这几天你比我累多了，天天来医院照顾我们家慕天。真是谢谢你了。”

她的脖子大约是仰久了的关系，有些生硬，好一会儿才慢慢地回头，只见前面两三个车位处，一个身形高挑的美丽女子正推着一辆轮椅，边上还有一个类似家庭护士的女子亦步亦趋地跟着。

那轮椅上的女子，皮肤白皙如雪，她自然认识，便是那天在他家看到的那个女子。正是他姐姐，因方才听到了她们的对话，她也想了起来，他姐姐确实叫秦慕雨。只因隔了这么多年，加上刻意遗忘，所以她到此时才忆起。

而他姐姐口中所唤的洁妤这个美貌高挑的女子，她忽然发现她竟然也看见过。就是那日在酒店里，一身黑色套装，与他用进午餐，不时笑语盈盈的那位。

只见秦慕雨拉住了洁妤的手，浅笑着拍了拍：“谢谢你了，洁妤。”邵洁妤温柔地低头，几缕长而直的头发缓缓垂下，没有说话，举手投足，有如风拂轻莲，说不出的娇羞。

秦慕雨又道：“那我和欧小姐先回去了。”邵洁妤这才抬头，甜甜地笑道：“慕雨姐，拜拜。”“拜拜。”

邵洁妤竟然朝她的方位笔直走来，楼绿乔一愣。一眨眼，只见她已经打开了红色名车的车门，仪态万千地坐了进去，又朝秦慕雨挥了挥手，这才潇洒而去。

天色已经一点点地暗了下来，但两三米之间还是可以看得一清二楚的。大约是邵洁妤开走了车子，她与秦慕雨之间，竟无一点阻碍，两人的目光在空中交会。

她还不知道怎么反应，秦慕雨已经含笑着跟她点了点头。她轻扯了嘴角，露出礼节性的笑容，也微微颔首。

却见秦慕雨已经滑动了轮子，朝她而来：“楼小姐，你好。”她心底涌起几丝诧异，她怎么会知道她的姓名呢。

但是惊异才涌上来，就叫她接下来的话给打破了：“不好意思，那天在家里，我没有把你认出来。”楼绿乔依旧浅笑着，没有说话。

秦慕雨有点迟疑地道：“你来看慕天吗？”楼绿乔：“呃……我在等一个朋友……”秦慕雨抬头看着她道：“那么方便和我说一会儿话吗？”楼绿乔笑了笑，客气地道：“可以，请说。”

秦慕雨沉默了一会儿，大概是考虑怎么说，好一会儿后才开的口，声音低了些，好似陷入了一种回忆：“可能你会怪我唐突……事实上我一直想见你的……我以前一直想见你，想见见慕天爱的女孩子是怎么样的。那日……那日，你到我们家来，我只是觉得有些面熟，可没有一下子把你认出来……你跟照片上，是两个样子的……”

楼绿乔苦笑，心底泛起淡淡的酸涩，原来一切都是如此的相似。当年的她，亦是如此的想见他的家人的。她与秦慕雨，当年只在电话里说过一两次话，那时候的她，分外害羞，连隔着电话线叫声姐姐，也红了脸，烫得连脖子也仿佛烧了起来似的。

隔了这么些年，现在想来，却是如此的痴傻。可到现在，这么傻的事情，她却只为他一个人做过。

如今，她与他姐姐见面了，却早不是当初的情怀与光景了。那日在他那里，她也没有把秦慕雨认出来。毕竟这么多年了，彼此早已经不是当年照片中的模样了。人世几番新，人也早已经折腾成了另外的样子。

“我……我的意思……是你变得更漂亮了……不好意思……我不会说

话，你不会介意吧！”见她一直不语，秦慕雨的声音略略有些急。

她赶忙摇头：“不——不会的。”秦慕雨无语沉吟。天色又一分一分地更暗了些，犹如黑幕般在四周层层地罩下来。

又好一会儿，秦慕雨才开口：“这几年，你过得好吗？”她简短地答道：“嗯，还好。”她很想结束谈话，可是左等右等，就是不见谢小珊下来。

秦慕雨微微叹了口气，仿佛无限欷歔：“我……或许……或许我不应该说的……如果你有时间来看看慕天吧，我想他很应该很想见到你的。”那日，她走后，慕天呆呆地站在落地窗前，看了许久许久，就是不肯移动脚步，连她也察觉到了异样。

可那时候她还不知道她就是楼绿乔的。只知道后来这几天，慕天的情绪似乎一直很低落。某一日，她无意中进了慕天的房间，碰落了他放在床头的照片，不经意间发现与慕天相拥而笑的女子与她有几分相似。细看了之后，才发觉竟然她就是楼绿乔。

楼绿乔没有说话。秦慕雨大约也明白了过来，慢慢地转过了轮椅，滑了一米左右的距离，忽然转过头来，道：“你不知道……这些年来，他一直爱着你。”

Chapter08

咫尺之间，天涯之远

窗外的夜色一丝一丝地敛去，露出一点一点的灰，又转为一分一分的青……如此一步一步地过来，终于亮堂了，终于流光溢彩，如百色织锦铺就而成了。

他姐姐说，这些年来，他一直爱着她。

她微微扯了嘴角，讥讽万分地笑了出来。爱她！爱她，会背着她和别的女人一起去开房。爱她！爱她，会在她抛下一切跟着他的时候，用背叛来对待她！难道这就是他爱她的方式吗？如此的特别吗？如果这就是他爱她的话，那么他的这种爱，她可真是承受不起！想来这个世界上也很少有女子能承受得来！

谢小珊静静地坐在她边上的副驾驶位子上，难得的温婉安静，除了不时地用眼神瞄她。她微微一笑："有什么话就直说吧？"

谢小珊摇头："我没有什么话要说。"楼绿乔轻"噢"了一声。她相当地了解谢小珊，想必方才在那人的病房里头看到了什么吧。可惜她并没有兴趣知道，所以就不再继续这个话题了。

手机滴滴地响了几声，是来短信的提示声。她拿起放在桌上的电话，是一条不显示名字的信息："今天出院，一切良好。"没有具名，但是彼此都知道。

她按下了删除键，几秒钟的光景，什么都已经不存在了，仿佛什么都未发生过。人生若是可以如此的话，该是多么的好啊。一低头，她又进入了资料中。

明日是小宝的生日，下班后，她拿着早就准备好的礼物去了言家。现在的汪嘉轩，不，已经正式改名为言嘉轩的小宝，真真正正是众星拱月里头的那个月亮了。特别是言父言母，那叫一个宠，大约是只有你想不到，没有他们做不到的，团团地围着孩子打转。

由于是正式进如言家后的第一个生日，言父言母重视到了极点，执意要办个大PARTY，将所有要请的人都邀请来。估计那小家伙明天收礼物也会收到手软的，她索性就今天过去，先给他个惊喜。

水茉亦一脸甜蜜满足的样子。看来，她和言柏尧，兜兜转转，最终还是收获幸福了的。

汪水茉轻叹了一口气。楼绿乔转头，挑着眉头，装作吓了一跳的模样："你不要吓我呀，你是佳儿美夫婿，婆婆又把你当自己女儿般地疼爱。你还叹什么气啊？你若是还有不称心的，我还怎么活啊！"

汪水茉浅浅一笑："是不是每个人都是这样的，不容易满足啊。"楼绿乔凑近了些，不怀好意地笑道："言大帅哥没有满足你吗？"汪水茉脸上一热，伸手捶了她一下："你！"

楼绿乔大笑："这有什么好害羞的。如果他……我可以帮他介绍医生……"汪水茉红着脸，别过了头："不理你了。"就算有个这么大的儿子，她的脸皮却没有厚上几分。

楼绿乔这才忍住了笑，不再逗她了："好了，不笑你了。说，怎么了？"汪水茉歪着头，依旧不理睬她。楼绿乔道："好了，好了，我不说了，行不行？"

汪水茉这才转过头，看着在玩遥控汽车的儿子："昨天我问小宝要什么生日礼物？他说要一个妹妹……"楼绿乔自然知道她以往的事情，亦知道，对水茉来说，能生下小宝，已是上天对她的恩赐了。想再生一个，基本是无望的。

以前也大约是这个缘故的关系，所以她在心底深处是支持水茉与言柏尧复合的。那么小的概率，水茉都能中奖，想来是上天给她与言柏尧的机会。

她安慰道：“不要悲观，你不是一直在用中药调理身子吗？等你调理好了，也不是没有可能的。再说了，这种事情也是可遇而不可求的……”

汪水茉轻点了一下头：“我知道……可是，在我的心里，我是真想再有一个宝宝的。”楼绿乔静默了一会儿，才若有所思地道：“中药还是靠得住的，你再调理一段时间看看，或许有惊喜也说不定。”

汪水茉“嗯”了一声，道：“柏尧其实无所谓，他昨天说，实在不行，我们就去福利院领养一两个孩子……有很多生不出孩子的父母，就是从福利院领养孩子的……长大后一样把养父母当亲生父母一般……唉，真想不通，孩子那么可爱，做父母的怎么会忍心不要呢？这些父母也真狠得下心……”

楼绿乔从言家别墅行驶出来，在转弯处猛地刹住了车子。头缓缓地压在了方向盘上，整个人没有一丝温度，仿佛刚从冰窖里拖出来的死鱼一般……手按住心脏的位置，那里，那里像是被人用锋利的刀狠狠地捅，密密地在搅拌……有一种疼，外表看着完好无损，可是只要一触及，便如剜心一般地痛。

她已经忘记了……她应该早已经忘记的……她整个人不停地打冷战……她曾经躺在冷冷的手术台上……医生用冰冷的器械从她肚子里取出了他和她的宝宝……不……她用颤抖的双手捂住了脸……她是个刽子手。

她一直那么疼小宝，水茉也只以为她爱孩子，爱小宝而已。其实她不知道，谁也不知道，她只是把小宝当做了替身。

楼绿乔身穿一件藕荷色的小礼服，下摆是层层叠叠的同色花边，繁复华贵。抹胸的款式，微露着迷人的锁骨和细滑的香肩，举手投足间，虽然落落大方，却隐隐有种说不出的慵懒性感。

亭亭地站在一边，跟一个身形高挑的男子，聊得正欢。秦慕天不着痕迹地隐在人群里，打量了几眼，认出了那男子就是言柏尧结婚那日的伴郎。

她手里还拿着一杯红酒，与那人不知道聊到了什么好笑的事情，唇畔笑容如花，嫣然盛开。两人酒杯微碰，皆笑着一饮而尽。而那男子又从侍应生那里取过两杯，递给了她。

后来又遇到了几个人，大概都是熟人，她眼角眉梢笑意迷人，一一打了招呼，喝了好几杯。一会儿后，朝他的方向款款而来，他的心在瞬间似乎漏了一下节奏，手在一瞬间捏紧了杯子。可她却仿佛没有看见，轻盈地从他面前翩然而过，只在空气中留下了几丝的香气。

一个晚上下来，她一杯一杯地，喝了不少酒，到后来，脸上的笑意却更浓了许多，轻染了红晕，仿佛海棠春色，无边娇媚。他有种说不出的烦躁，这种喝法，酒量再好，不醉才叫有鬼。

站在车子里等了许久，看着她摸着头一步一步地走了过来，身边的路人甲乙丙丁竟然都没有跟随在侧。

忙推开了车门，上前几步扶住了略有摇晃的香软身子，语气低而柔和，道："我送你回去吧。"

她抬头直勾勾地盯着他，眉头轻蹙着，大而圆的杏眼眯成了一条缝，有些恍惚，好一会儿，仿佛是认出了他，唇畔浮现了一个客气有礼的笑容，敷衍着摇头道："哦……是秦总啊……这点小事情就不麻烦你了。谢谢。"

他皱了皱眉头："你这样子，不能开车的。"她也不理他，嘴角微扯，挣扎着从他手里抽出了手臂，脚步有些踉跄地往前，表明了一副不劳你费心的姿态。他低叹了一口气，唯有亦步亦趋地跟着她身后，略略隔了两三步的距离。

她总算是找到了自己的车子，半靠在车上，略带些不耐烦地在礼服包摸索着，只听"啪"的一声，包包落在了地上，钥匙、手机等细小物件在她脚下散落了开来。她摸着头，颤颤巍巍地准备蹲下去……他已走上前去，眼明手快地伸手替她一一拾了起来。

他捏着车钥匙，不肯放，柔声劝她道："你这个样子开车要出事情的，我来送你。"她淡淡一笑，拒绝着："不用了，秦总。请把钥匙给我，谢谢。"她语气一如平常，吐字清晰，可他听在耳中，总觉得她似乎很强调那个"总"字。

他的心轻轻一抽，有种酸楚苦涩，可偏偏又涌上了一阵很奇特的"欢喜"。他宁愿她用如此讨厌万分的口气，用如此恶心万分的口气对他说话，也好过于她将他当做陌生人般冷淡客套。因为那样的话，她至少还是记得的，记得彼此的过往，记得彼此最真的最初。虽然，虽然那一切是他亲手"毁去"的……

他更用力地捏紧了钥匙，与她的目光在空中相遇，告诉她他的坚持："我送你！"以她现在的情况，遇到交警临检，酒精测试肯定属于醉酒驾驶。这还算是好了。若是，若是……

她睁着大大的杏眼，一动不动地看着他，没有点头，也没有拒绝。他语气更低了些："就这次，我以后不会出现在你面前了，行吗？"她依旧没有说话。

她在半路上就已经睡着了，他几乎是抱着将她带回了她的屋子。他替她脱了高跟鞋，拧了热毛巾，先擦了一下脸和手。看着到她紧皱的眉头渐渐舒展了些，他觉得心上某处柔得几乎要滴出水来了。

指尖轻触着她绵软莹透的肌肤，他低叹了一声，几不可闻。许久，他才站了起来……又去拧了一条热毛巾，敷在她脚上……她发出"唔"的一声舒服的轻叹。整个人微微动了动，半侧过了身子。

他的目光微移，忽然落到了某处，一片莹白腻人，只觉得脑中"轰"的一声，血液几乎都往身上某一处集中……热，几乎在一瞬间涌起，暖暖却烦躁地烘烤着全身……

他忙强迫自己移开了视线，缓缓地做了几次深呼吸，试图平静那种烦躁冲动……可那感觉似乎越来越强烈难耐了……他猛地站了起来，准备去浴室洗把冷水脸，冷静一下自己的情绪。

才站起身子，手臂却被突然地抓住了，她的肌肤柔嫩如水，指尖却仿似欲化的薄冰，微带着沁人的凉意。可这凉意里头又带了一股奇怪的热……他侧着脸，心跳一下子乱了节奏，竟然不敢回头……她的手虽然凉薄，可她所握住的那一处，却越来越灼人了起来……

半晌，他才转头……只见她迷迷蒙蒙地微睁了下眼睛，旋即又闭上，长而卷的头发如同波浪一般，层层叠叠地铺在枕上，仿佛致命的罂粟花，明知道一碰会万劫不复，却无法自已。他的头一分一分地伏了下去，她的潋滟红唇在眼前一点点地放大……

她忽地喃喃着道："Eric，不要走啦……陪人家嘛！"温热的呼吸极轻极柔地迎面扑来，犹如春日里最温柔的风，微拂过水面……她的声调娇柔媚惑，如酒醉人，轻荡在寂静的房间内，像是蘸了蜜的饴糖，甜得腻人，久久化不开去。

可他却如同被人用了定身术定住了一般，僵硬在了那里，绷紧了全身的肌肉……她的唇依旧在眼前，咫尺之地，可是他却无法动弹半分。天涯之远，海角之宽，他和她隔在了两地。

他不是没有想过，分手的这些年，她自然不会像他一般过着清心寡欲的日子。以她的条件，最不会缺的就是追求者……可想到是一回事情，真正从她口里听到又是一回事情。

可她却犹自未觉，依旧轻闭着眼。从他的角度，可以清晰地看见她长而浓密的睫毛，根根卷翘分明，微微颤动……

她拉着他的手，来到了嘴边，似吮又似咬："Eric……陪我嘛……不要走……”力道极轻，似吮似咬却更是挑逗。他的眼神渐渐黑深了起来，仿佛空中夜色无边蔓延……她的另一只手却更要命，揪住了他的衬衫，探了进去……

他在自我崩溃的那一刹那，吻住了她的唇，似乎是在警告她，亦像是在警告自己：“你醒来后，一定会后悔的。”可是，眼前的一切如此美好，怕是错过了，一辈子再也找不到了……他，他已经不想再退了。

窗外的夜色一丝一丝地敛去，露出一点一点的灰，又转为一分一分的青……如此一步一步地过来，终于亮堂了，终于流光溢彩，如百色织锦铺就而成了。

她依旧在沉睡，大概是酒醉的缘故，到现在也没有一点醒来的迹象。她的发间香气隐约，他总有些心神不定的恍惚，隐隐期盼着她醒来却又害怕她清醒。

因为，他不知道结局。有些人说，一些故事，猜得中开头，却怎么也猜不中结局。他亦是。她和他的一切，俱掌控在她的手中。

这么多年来，他一直在等她。无论天涯海角，他总是在等着。这些年里，支持着他的，不过是这么一个信念：他与她，终究还是会再见的。

他也知道，高傲如她，无论怎样，也是不会再接受他的。毕竟当年的自己伤得她太深了。

可昨晚的一切，太过于美好了，他到现在也不大能够置信。就算现在她静静地依偎在他怀里，温润如玉，妩媚动人，大约是人世间最美的风景，可是……可是他还是带着迷离的错觉……这是不是真的？

他无力地靠在车椅上，看着她从一部深蓝色的车子上下来，笑着挥手与车里的那位俊彦精英告别，然后进了电梯……

此时已经是深夜十一点光景了，说早不早，说晚亦不晚，是很多人正High的光景。可他却一连几天，痴痴地守候在她家楼下，仅仅为了能看到她一眼。

那天早上，她进了浴室，他就睁开了眼。那时那刻，他大概就如等着判刑的囚犯一般，惴惴不安。所有传入耳中的声音都格外的清晰，她在浴室里传来的潺潺水声，他乱乱的心跳声，他急促的呼吸声，他的肌肤摩擦被褥发出的轻微的“窣窣”声……都让他那么的忐忑与惶恐。

她移开了浴室的门，似乎没有一刻停留，直接出了房间，到了客厅里头。他慢慢地睁开了眼……

后来她一直未再进房。最后，他起身着衣而出。

她缩在大大的沙发里头，侧影芳华，整个人沐浴在阳光之中。她自然是知道他出来的，可是连头也没有转动半分。

他的目光柔和无比，站在那里，只能站在那里，看着她，无声无息地看着而已。可心里就如同油锅里翻腾的鱼，等待着未知的结局。这大概就是做了贼的人，被抓住的时刻那种慌乱与不安，害怕以及不知道即将会面对什么的惶恐……他如今是真真切切地体会到了。

许久，他才开口，鼓起了勇气开口，仿佛又回到青春年少一般，唯有鼓足了勇气，才能问出口去：“小乔……你还能再给我一个机会吗？”他甚至能听出自己话里的紧张。

长时间窒息般的沉默……她的声音终于没有一丝波澜地传来了：“秦慕天，你说呢？”她的脸，她的声音，她的一切都近在眼前，却又远在天边。

房间陷入了静寂。她利落地起了身，绕过他，进了卧室。

这不是拒绝，但更甚拒绝。因为彼此都知道，那话里分明还有话。然而不必说出口，他已懂得。人长大后，成熟后，连拒绝也自然会变得委婉起来了。若是以前的她，肯定劈头盖脸地会给他一句：“秦慕天，你做梦吧！”

他颓然地闭上了眼，思绪从那日的回忆中抽回。自然知道他和她，早已经走上了绝路。可是他分明还有那么多的话没有说出口。那么多，那么多，太多了，以至于他不知道要如何开口，怎么开口了。可是如果现在不说的话，怕以后是更没有机会说明了。

他猛然推开了车门，朝她所住之处走去。

他道："是我。"她的声音隔着扩音器而来："秦总，什么事情？现在是我的下班时间，我想我们之间无话可聊吧。"他静了数秒钟："小乔，我们出来谈谈吧。"

她笑出了声，好像觉得他说了一个很好笑的笑话一般："秦总，你从来都是说话不算话的吗？"他无声苦笑，却坚持："那我们在这里谈也无妨。"

她顿了顿，爽快地道："好吧，请快点说。"

他仰头看了一下夜色，如同黑幕直直笼罩，分辨不出是否有月亮和星辰。只看到远的近的大楼里头，灯光点点，光与影将黑夜隔成了两个世界。

吸了口气，才哑声开口："再给我一次机会，考虑和我在一起，好吗？无论什么条件我都可以答应你……"

她那头沉默着，他着急地继续："你可以做你所有想做的事情，如果你遇到好的，我们随时可以分手。我绝对不会纠缠的……好吗？小乔……再给我一次机会，好吗？"

她站在门边，一语不发，将嘴唇抿得毫无一丝血色。他的话她自然一字不漏，听得一清二楚。客厅里明亮如昼的灯光，映到她眼里，却只是暗暗淡淡的几缕。她轻扯了嘴角，勾勒出了一个满意却又略带恨意的弧度，残忍又迷人，只是他看不到而已。她带着笑，缓缓地轻吐了一个字："好。"

她从嘉轩生日的前一晚就开始布局，所要的无非是要诱他入局。既然他按她的计划一步一步走来，她自然要按剧本演出的。

本来，她已经试图忘记他了，也差点成功。可他却不肯离去，还妄图再次走进她的生命中。既然如此，那么，好吧！

秦慕天，她曾经有多痛，她也要他有多痛。

Chapter09

尘埃

谢小珊声音低了些：“你真的决定了？”

她嘴里塞满了面条，但百忙中还是“嗯哼”了一下，以表示万分的确定。

谢小珊敲了敲门，进了楼绿乔办公室："晚上吃什么？我一个人，寂寞又无聊啊！"楼绿乔抬头，杏眼微眯而笑："我有约了。"

谢小珊仰天长叹："苍天啊，大地啊！为毛，为毛老是我一个人啊？"转头看着她，嬉皮笑脸再加厚颜无耻地问道："跟谁有约？我认识不？认识就带上我吧。"

楼绿乔但笑不语，看了一下时间，他应该快到了。谢小珊见她的样子，摆明是不想带着她这个电灯泡了，于是嘟着嘴巴，恨恨地道："见色忘友的家伙。"故意踩着重重的脚步转身而出，细而尖的鞋跟在地上踩出一串"嗒嗒"的声音。

才走了不过几步路，忽然有一个熟悉的身影进入了视线。她微一愣，停住了脚步，将目光移了过去。

的确没有看错。那人面带微笑跟她打招呼："谢小姐，你好。"

她嘴角不断地抽搐，但仍极力扯出一丝笑容："秦总……你好……"秦慕天朝她微微颔首，径直朝楼绿乔的办公室走去。

只见他轻敲了一下门，方才打开门问道：“好了没有？”语气温润柔和，连客套的称谓也没有，可想而知两人的亲昵程度。

谢小珊轻蹙着眉头，低声呻吟了一声：“我的天哪！”楼绿乔这女人什么时候又和他在一起了。明明几个月前，秦慕天住院的那个时候，绿乔连提起他都是一脸的厌恶。怎么才过了短短数个月，两人就腻在一起了呢？凭秦慕天的口气，两人不会是……不会是……

对于当年之事，谢小珊其实知道的也并不多。当年还在英国念书的时候，她收到过绿乔的几封邮件，偶尔MSN也聊过天，知道她爱上了一个叫秦慕天的男子。后来甚至为了他和家人闹翻了……可最后……最后伤痕累累地回国。

谢小珊遇见楼绿乔的那个时候，大概是楼绿乔一生中最落魄的时候吧，刚从国外回来，工作也不稳定，住在租来的弄堂小房子里。

S市的弄堂多半如此，七弯八转的，婉转狭长，又窄小，几乎无法通过一辆车。整个弄堂里飘散着潮湿腐烂的酸臭味道，她踮着脚尖，捏着鼻子，穿过一摊又一摊的污水。简直无法相信自己的眼睛。那个从小就被呵护得如同小公主一般的人物，现在竟然生活在这么狭窄破旧的弄堂阁楼里。

就算两人在一起办杂志后，绿乔也从来没有主动在她面前提过秦慕天这个人，仿佛那个人从来未曾在她生命中出现过一般。可她却隐约明白，有些人，有些事情，不愿提起，只是因为内心深处并没有忘记。若是真的不在意了，反而会平淡从容。

车子驶入了别墅车库，这里他没有带她来过。楼绿乔笑着道：“不要告诉我，这里经营私房菜哦！”秦慕天转头，在她脸上轻吻了一下，呵呵一笑：“是的。秦姓的独家私房菜，你是唯一的食客。”

他提了几大袋的物品，在前头开门进屋。里面的装饰是田园风格，白色的墙壁，原木色的地板，雅致的浅米色碎花沙发和配套的帘子，并不奢华，但很温馨舒适。

她倒吸了一口气，手捏着了包包，胸口也好像被什么东西堵着了，连呼吸都有些困难。

他自顾自地进了厨房，放下了物品，转头见她还站在原地，便走了过来，轻笑着："要参观一下屋子吗？"她浅然一笑，耸了耸肩膀："不用了。"而后微皱着双眉，可怜兮兮地看着他："我饿了。下午忙得没时间吃点心。"

他笑着俯了过来，在她唇上一连啄了数下，才放开她："好，我这就去做。我买了你最喜欢的芝士蛋糕，要先来点吗？"她的双眸微微发亮："是××里买的吗？"他点了下头。她眯了下眼睛，微仰着头，看着他："我要。"

他在厨房里忙碌着，水声，切菜声，锅碗瓢盆碰撞在一起的声音，混合着传了过来。她却坐在沙发上，定定地看着面前茶几上摆放着的蛋糕。沾了巧克力酱的草莓，红润饱满，新鲜得仿佛可以挤出汁来。细碎却诱人的巧克力粉屑均匀地散在上面……那么的诱惑人，让人不由得食指大动之感……

可是……可是，她却偏偏没有半点想吃的欲望。她从进屋到现在，胸口一直闷在那里……

这屋子，他是刻意带她来的。因为布置的风格是按照她曾经说过的样式……她说她想用小碎花的窗帘，白色的古董家具，用水晶的古典吊灯……眼前的一切都一模一样……

他想告诉她，他记得以往她所说的一切吗？她嘴角轻扯，冷笑了出来。

秦慕天在厨房里，切好了所有的菜，做好了所有的准备，正要将油下锅。只见她探进了头来，讨好地皱着鼻子笑着："慕天……慕天，对不起啦，刚有朋友打电话过来，说有事情让我去。对不起啦……我不能吃你的私房菜了……”

她的眼角弯弯的，浅浅下垂，就像条求饶的小狗狗，可她的语气又是如此软甜，叫他如何能生出气来。他无言以对，顿了顿才柔声开口道：“在哪里？我送你过去。”

她上前搂住了他的脖子，来回晃动：“就知道你最好了。不会生我的气吧？”他摇了摇头：“不会。”她笑着，将红唇送了上来……

他隔着窗户玻璃，在昏暗不明的光线下，看着她上了一辆车子，车里的男子还下车替她拉开了车门，殷勤万分地请她上了车。他慢慢地解开了身上的围裙，颓然地放在一边。

她那日说好，他简直无法相信自己。当她打开了门，当他真正与她面对面，问她的时候，她咬着唇，一双点漆般的眸子定定地看着他，几乎望进了他心里。

许久许久，她才低声却清晰地说了个“好”字。

他除了将她紧紧抱住之外，几乎已经丧失了其他的行动能力。那夜，她伏在他怀里，轻轻低语，细如呢喃：“秦慕天，这几年，你有想过我吗？”

他屏着呼吸，良久良久才吐出了一个“想”字。怎么会不想，如何能不想？这些年，他有哪个时刻是忘记她的。可是，在他亲手毁了彼此的一切后，他每次想起，都无法不恨自己。

黑夜里，两人静静相拥，呼吸相闻，便已胜过了所有的无数。

可就算如此地靠近了，他却摸不透她，不知道是自己还没有真正进入她心底呢，还是他自己太患得患失了？

她的电话很多，绝大多数都是男的打过来的。有时候她接了电话，无论在什么时间，什么地点，她都会将他撇下。就如同现在一样。她明知道他带她来，是想过一个属于两个人的周末，可是，可是……一通电话，仅仅是一通电话，又将她带走了。

厨房内食材堆积成一片，可他却已经没有任何做菜的兴致了。

楼绿乔看着前面的车流道："伟琛，我在前面下车就可以了。谢谢你过来接我。"是她打了电话给陈伟琛，只说自己在某个地方，回家不方便，请他来接一下的。陈伟琛微笑着："这么客气干吗？我不过是举手之劳而已。"

她下了车，站在马路边，直接拨了个电话给谢小珊："吃饭了没有？"谢小珊奇了怪了："你不是跟那人有约会吗？还有空打电话给我！"

她嘿嘿笑着道："我饿着呢。出来吗？"谢小珊说："我煮了面了。"楼绿乔道："那你多煮一碗，我这就过去。"

谢小珊的屋子里飘满了面条的香味，楼绿乔尝过几次谢小珊的手艺，此刻一闻到那香气，肚子立刻有了反应。

忙脱了鞋子，跑到餐厅，大口大口地吃起来，偶尔还不忘"呼噜"一下，以表示这面条做得实在太好了。吃了一半，觉得腹中微饱，才满足地叹了口气，抬头："实在太好吃了，女人，如果我们杂志哪天办不下去了，我们就改行卖面怎么样？你负责做，我负责收钱，肯定不比现在差……"

谢小珊冷冷地哼了一声："你就慢慢幻想吧。你肯，你那位秦某人舍得吗？人家多少身家，我给他拎包还不配呢！"

提起那人，楼绿乔的食欲立马减半，抬头见谢小珊的面色沉郁，忙起身到她边上坐下，端着笑脸赔笑道："怎么了？生气了啊？"

谢小珊斜睨了她一眼："我敢吗？"楼绿乔收敛了笑容，正色道："那你就骂我吧。"谢小珊忽地叹了口气："算了。算我多管闲事了。你知道我一向支持你的，可这件事情，你为什么在我面前提都没有提过。"

楼绿乔不吭一声。谢小珊道："你曾经跟我说过的，你这辈子不会原谅他的。你说的时候那样的斩钉截铁，可为什么现在……"

楼绿乔叹口气，幽幽地道："感情的事情，不是我们能控制的……"谢小珊看着她，不放过她脸上一丝一毫的表情："你确定是你情不自禁，而不是其他因素吗？"

楼绿乔露出灿烂一笑，回视着她："你电视看太多了吧！"看见谢小珊还是一副严肃的态度，她态度万分良好配合地道："好吧，好吧。坦白从宽，抗拒从严，我招认一切。"

"这些年来，我是从来没有忘记过他。就算我不想承认，可事实上在我的内心深处是没有忘记过他的……所以刻意不触碰他的一切。自从重遇后，他一再地出现在我面前，我才渐渐意识到我没有忘记过他这个事实。后来他为了我受伤……所以……所以……那天他突然跑来问我，能不能再重新开始……结果就是你现在看到的样子。"她一鼓作气地说了出来。

说罢，她也不去看谢小珊的表情了，把碗拖了过来，继续了了地吃了数口。

水茉也不大相信。那日她陪他一起出席了一个私人晚宴，就在那里碰到了言太太——汪水茉。水茉被她挽着他的手的模样吓了一跳，微张着嘴巴，目瞪口呆地看着他们，半晌不知道怎么反应。

水茉也是如此问她的。她说："水茉，这些年来，我一直不想听到他的名字，不肯知道他的一切，就算听到了也当做没有听到，就算知道了也装作什么也不知道。除了恨，你难道不认为还有其他吗？"

"水茉，许多时候，爱恨都在一线之间。爱有多深，恨便有多浓。可偏偏有时候越恨就越爱，对不对？"想来没有人比水茉更懂得那几句话的意思，所以水茉静默不语，好一会儿才用力地握着她的手，浅笑着祝福她："要幸福哦，绿乔。"

谢小珊声音低了些："你真的决定了……"她嘴里塞满了面条，但百忙中还是"嗯哼"了一下，以表示万分的确定。

谢小珊："好吧。我去倒两杯红酒。"楼绿乔看着她起身的背影，心里头想笑却又有说不出的酸涩："楼绿乔，你演技够好的，已经把水茉和小珊都骗过去了。他不上当才有鬼呢！"

Chapter10

It's Now and Never

她恍恍惚惚地笑了出来，眼角依稀有湿润的东西浸过……

她曾经有多疼，亦会让他有多疼的。

秦慕天，你等着。

头等机舱里，往来的多数是西装革履的成功人士，其中还不乏经常在电视报纸上露面的人物。当值的孙沁玲经过这一年多的磨炼，早已经习惯成自然，这些人多半是坐下来还抱着手提，分秒必争的。

但今天坐在第二排的那个乘客有些奇怪，一身浅灰的西装，一条深灰的领带，也是一副匆忙的样子。配上几乎可以媲美当红明星的英眉朗目和高大修长的身材，很吸引人的目光。孙沁玲亦盯着他看了几眼，更不用说同组以“花痴”闻名的卢娇雅了，不知道往那个方向扫了多少次了。

卢娇雅倒了一杯水，凑到她身边低语道：“知道那男手里提着的是什么吗？”孙沁玲轻摇了一下头。这就是她们觉得非常奇怪的地方，那男的从一上来，手里就拿着一个袋子，双手捂着，好像捧着稀世国宝似的，一万个地小心翼翼又隆而重之的，生怕一不小心给跌了撞了。

卢娇雅露出一个无限羡慕的眼神，陶醉万分：“你知道吗？是××店的甜品。”为了引起那人注意，她特地去倒了几次水，低头的时候才瞧清楚那个甜品店的著名标志。沁玲微微吃惊地瞪大了圆眼，有点不敢置信的样子。

卢娇雅朝那浅灰男的方向微叹了口气："不知道谁是他的女朋友，太幸福了。你知道吗，我以为那只是小说里的故事而已……谁知道会真的发生呢？"

孙沁玲轻转了头，只见那人双手环捂着甜点的袋子，不时地看一下手上的腕表，一副心焦火燎，想尽快抵达的样子。娇雅说得对，那人肯定是买去给女朋友吃的，所以才会如此的心猿意马。想来，被他如此深爱着的那个女子，肯定很幸运又很幸福。

卢娇雅还在说："你知道吗？我小时候看娱乐新闻的时候看到过，当年王祖贤去台湾看齐秦，就在机场买一碗馄饨面去，下飞机的时候还是热的……结果最后这两人居然不在一起……以为这种傻事只有女的才会去做的。因为女人嘛，谈恋爱的时候，头昏眼花，智商等于零。想不到世界上还真有这样子的极品男的。"

卢娇雅真恨不得仰天长啸一番，以示不公："唉，为什么极品男都已经名草有主了呢？我为什么就遇不到呢？"

旅客出舱时，孙沁玲不经意间抬头，只见那男子手中还是捧着那个碗状的袋子。在这一段不长不短的旅途时间里，竟没有松开分毫。她不禁涌起了一阵好奇，到底是怎么样的一个女子，能让他如此以待呢？

坐上了来接他的车子，秦慕天第一时间就是将手机开机。随即又轻轻触碰了袋子，还好手指所握之处，依旧微微温热，现在赶到她住的地方，应该还没有全部冷掉。

听着手机里传来悦耳的音乐声，他的心亦有些雀动，嘴角的弧度轻扬。已经五天没有见到她了！现在是北京时间晚上十一点多，以她夜猫子的个性，应该还没有睡。

音乐响了许久，就是没有人接听。直到拨了第三个，她那头才传来了嘈杂的音乐声，她口气欢跃而飘忽，隔着话筒还依稀有几分娇媚气息传来：

“不好意思，我接个电话……”看来身边有其他人……

背景的杂乱声渐渐远去了，他沉吟了一下才开口：“你在外面？”她“嗯”了一声：“几个朋友出来玩玩。你呢，明天回来吗？”

大约是她解释的缘故，他原本已经下沉的心情略略上扬了些，问道：“你现在在哪里？”她笑了出来，甜腻如丝：“干吗？你来接我吗？”他一口应承：“没有问题。在哪里？”她倒有几分诧异了起来，将信将疑地道：“真的假的？”随口报了一个地址给他。

场内灯色光影无穷变幻，五光十色的小灯飘忽闪烁，好似撒落一地妖媚鲜艳的宝石。音乐节奏强而不烈，却带着说不出的魅惑。他一向不来这种地方，微眯了下眼睛，这才适应时亮时暗的暧昧光线。

只见众人在中央围成了一圈，人头攒动，有人忘情般地在叫好。他走近了些，只见有一对男女正踩着节拍在跳动。女子一头长而卷的大波浪，穿了一身紧身的黑裙，其实款式并不暴露，只微露了脖子和肩膀处的白腻肌肤。可此时随着拍子与男子忽前忽后婉转扭动，长发飘舞，腰身如蛇柔软，曼妙妩媚，说不出的火辣诱人。

边上的众人看得心动神摇，有些一边欣赏，一边叫好，一边跟着他们一起扭动。

不多久，一曲终了，只见那男子俯了过来，在女伴的唇畔轻吻了一下。女子咯咯直笑，那男子又凑过来说了几句，两人这才亲昵地牵着手下来。

此时边上的人已经陆续散去，各自归位了。她转头便瞧见了伫立在一边的秦慕天，歪头一笑，犹有些气喘吁吁夹杂些许的酒气：“真的来了啊？”

说罢，也不放开另一个男子的手，大大方方地介绍道：“Eric，这是秦慕天。”“这是Eric。”

秦慕天点了下头算是招呼。楼绿乔道：“我去一下洗手间。你稍微等我一下。”

他站在原地，看着两人拉着手离去。Eric，原来这个人就是Eric。想来没有一个男子可以忘记女朋友在床上唤过的另外一个男子的名字。他虽然希望一切只是误会，却清楚地明白，在绿乔曾经的过往中，或许与人家不只是普通朋友那么简单的……

他就算嫉妒，他就算抓狂，可是他对于她的一切皆无能为力。他甚至连选择的权利都没有。她问过他："如果某天我厌倦了你，我要分手呢？"他站在那里，顿了顿才回答："如果你遇到更好的，可以和我马上分手。我绝对不会纠缠你的。"

只要她愿意在他身边，他可以拿一切来弥补！他相信总有一天她会明白他对她的好的。也知道从此以后，他再也不会放手了。

一会儿后，楼绿乔才提了包过来，笑吟吟地挽着他的手，杏眼微眯地左右晃动："怎么回来也不提前告诉我？人家还以为你明天回来呢。"

他微抿了一下嘴唇："行程提前结束而已。"她永远不会知道，他在那里，如何日赶夜赶地把工作完成，就为了可以早点回来，早点见到她。

她可有可无地"哦"了一声，缓缓把头伏在他肩膀上："我的头昏昏的……"他几无可闻地微叹了口气，伸手搂住了她的腰："回家吧。"她将头埋在他怀里，像一只小猫，又低低懒懒地"嗯"了一声。

她大约是喝了不少酒，上了车就伏在他身上，半昏半睡的。车子开了一会儿，她挣扎着抬头，眉头紧皱："慕天，我想吐……"

她胡乱抓起了一个袋子，已经"哇"的一声呕了出来。他轻拍着她的背，帮她顺气："好点了吗？"

她捂着嘴巴，眼睛如幼鹿般的无辜清澈，里头水光微闪，眉头蹙着："难受死了……"他又递了瓶水过来："喝一口吧！"目光落在了那袋子上，里头已经是污渍斑斑……想来她也不会知道，他为了买她喜欢吃的甜品，在那热闹的店堂里整整排了半小时的队……买到后又抱着直冲上了飞机……

只要她在他身边，就已经足够了。真的，他无数次对自己这么说过。真的已经足够了。世界上有几个人能与他一样，能追回从前，能再次拥有。只有后悔过、寂寞过的人，才能懂得。世界上最痛苦的事情是你心里有人，而那个人，却永远地不会在身边了。所以，他已经知足了。

他的气息一如既往的强烈，她紧闭着眼睛，蜷缩在他怀里，心不经意地微微一抽。不知道是因为他的温柔还是他脸上那种隐忍的无奈却又有些心疼的神色……她不知道，也分辨不清……大概是因为她醉了的关系。

已经好多次了，无论是她喝醉了，或者是由别人送回来。他亦曾在她家楼下遇到过好几次，甚至有一两次连做爱的时候，她也叫着别人的名字。可他似乎什么都不以为意，对她更是加倍地呵护，她酒醉了，他给她弄醒酒茶，泡蜂蜜水，温柔细心地照顾她。无论她怎么过分，他总不生气，有时候仅仅是微微地叹几口气。

她越来越不明白了。是不是她太久不谈恋爱了，所以弄糊涂了。

如果他爱她的话，怎么会什么都不介意呢？她做了这么多，演了这么久，无非是想狠狠伤害他而已，就跟当年他伤害她一样。

可是为什么这一切，都对他好像没有一点用呢？他应该会生气……就算不生气，至少也会问一个为什么吧？可是他没有，他什么也没有……只是默默的，什么都是沉默而已。

他不爱她吗？既然不爱，又何必出现在她面前，口口声声地说爱她呢？

她摸着头，只觉得好昏，好昏。好像有些东西已经超越她的控制了。她不明白，为什么，她开始隐隐有种不舍得呢？

不，不会的。是她喝醉了。她已经醉了。

她轻轻地抱着自己，腹部酸酸痛痛的，仿佛依旧有冰冷的机械在刮着，疼……她好疼好疼……当孩子一点一点从她身子里剥离的那个时候，他在那里呢？当她抛弃所有，不顾一切，以为拥有他就拥有全世界的时候，他在哪里呢？他当时和另外一个女人在一起。

她恍恍惚惚地笑了出来，眼角依稀有湿润的东西浸过……她曾经有多疼，亦会让他有多疼的。秦慕天，你等着。

Chapter11

最值得爱的人

只有父母亲人才是这个世界上真正无条件对你好的人，别人都不是。

她也是在磕磕碰碰之后才终于明白了的，家人是永远无可替代的。

暮色轻合，灯光渐起。秦家的厨房里，香气四溢。

秦慕雨坐在轮椅上，拿起铲子，转头对楼绿乔温柔地道："小乔，你去客厅。这里油烟味重。放心，我一个人就行了。平时我经常煮的。"这个是厨房装修时专为她定制的，高低左右都很是方便。

楼绿乔微微一笑，道："那我帮忙端盘子吧，这个我会。我就做这个，不会添乱的。"秦慕天跟在后头，也进了厨房，听到她这么说，笑着心情大好地打趣："我看算了，指不定就把盘子给打翻了。"

楼绿乔转身，在他肩膀上轻打了一下，轻啧道："你……"脸上带着几分薄怒，可语调却柔软腻人，撒娇味道十足。

秦慕天趁势握住了她的手，笑容满面："我是先给你提个醒，省得等下我什么也没的吃。饿半天的肚子！"

楼绿乔不依，抬起另一手又打了他一下，装作生气的样子："你……你……再说，我……我就跟……姐……姐……就罚你中午不准吃饭，就让你饿肚子……"就算在工作方面早已经独当一面了，但此时唤秦慕雨为姐姐时，还是觉得耳后微热，不自觉地微顿了一下。

抬头只见秦慕天笑着望着自己，真的轻恼了起来，转头朝秦慕雨问道："姐姐，好不好？"

秦慕雨已经许多年没有看到自己的弟弟如此快活的神情了，此时见他牵着绿乔的手，轻轻地来回晃动，眼神中皆是醉死人的温柔，眼神或转或动皆随着楼绿乔的人影，一脸的满足喜悦。仿佛他的整个世界已经容不下别人一分一毫的存在了，满满地都是眼前这个人儿。

能见到慕天如此平和开心，她自然也觉得高兴。此时绿乔这么略带着娇羞唤她姐姐，语气娇软地问她，她赶忙笑眯眯地连连点头："好，当然好。我们就罚他中午不准吃饭，就让他看着我们吃，馋死他……"

楼绿乔像是找到了三座大山的依靠，高抬着下巴，回头看着秦慕天，嘴里还轻轻地冷"哼"了一下，表示你玩儿完了。

秦慕天用手指爱怜地在她圆润微尖的下巴上轻轻点了点："你这个小气鬼。我不过是说错了一句，你就跟姐姐联合起来不准我吃饭。太小气了。"

楼绿乔不快地拨开他的手："我是小气鬼，自然小气得很。否则不白担了小气这个名号啊！"秦慕天脸上的笑容益发加深了，见她最近似乎越来调皮可爱了，时不时地就会跟他生点小气，然后借题发挥，指挥他干这干那的。可他大约是没救了，也不愿救赎，宁愿如此沉溺其中，再不醒来。

秦慕雨一边炒菜，一边听着两人在边上打情骂俏，嘴角不由地弯起清甜的弧度，心里亦全是沉甸甸的幸福。

这些年里头，虽然慕天在外人看来年少有为，事业有成。其实，其实她知道，他是半点也不开心的。她虽然从来不问，却清楚地知道原因，那是因为一个叫楼绿乔的女孩子。

可他当年为什么与绿乔离婚，她这个做姐姐的也不知道半点原因。那时候，她只问过一次，慕天只淡淡地说了一句："没什么，不适合而已。"

从此之后，再不肯多吐露一字半句了。

她不懂。明明是不适合了才离的婚，为什么离婚后却一直将两人的物件保留着，每过一段时间必然要珍之重之地亲自整理，擦拭，从不肯半点假手他人。

甚至这些年来，他从未谈过一个女朋友。刚开始的时候，他说工作刚起步，没有时间跟精力，一切以事业为重。后来只推说一个忙。无论她怎么说，怎么劝，就是不肯交女朋友，更不用说是相亲了。

一开始，她还真以为他想在事业方面再冲刺。可某天晚上，她半夜醒来，经过他房间的时候，他的房门虚掩着……隔着微敞的缝隙，她清楚地看到他颓然无助地坐在地板上，握着一张照片，手指颤颤地在轻触，呢喃地叫道："小乔……小乔……"整个人沐浴在冷清的灯光里，满屋子无言的哀伤与寂寞……

这是她从来没有见过的慕天。在她的印象中，她的弟弟一直是那么的懂事，自信，乐观……无论什么事情，总是站在她前面，跟她说："姐姐，你放心，有我在！"虽然慕天是弟弟，却一直帮她遮挡外头所有的风风雨雨。

可原来他一直以来都这么的不开心，她这个做姐姐的却从来不知道。

第二日，慕天如常地一早起来，如常地喝了两碗她煮的稀粥，如常地西装革履，如常地去上班。她看着他如常地朝她道别，一切都再正常不过。一瞬间，她几乎以为昨晚所看到的一切只是她午夜的一个梦而已。

也是从那以后，她开始知道，这几年，慕天从来没有忘记过楼绿乔。可她知道，他就算从不提起，也从未有过一丝的忘记。

那日他带着楼绿乔回来后，站在落地玻璃窗前，看着软红十丈的半城夜景，沉默了半天，轻问了一句："姐姐，人生是不是只要犯了一点点的过错就等于永远的错过呢？"

她当时正在绣十字绣，精神集中，而他说得极轻，听得也不甚清楚，只略微抬头问道："怎么了？"他却已经不肯再多说半句了，只静静地伫立了许久……

一直过了好多天，她才从被她撞落在地的照片中认出了那个女子就是楼绿乔，也才回想起慕天那天那句莫名其妙的话："人生是不是有点过错就等于永远的错过呢？"她渐渐有些明白了，当年慕天离婚的事情，可能没有他所说的那么简单。否则，慕天怎么会说出这样的话呢？

可到底是为什么，她这个弟弟不肯说，她知道她也绝对是问不出来的。

只是现在看着两人打情骂俏的样子，举手投足中溢出来的皆是浓浓的爱意。这样子就足够了。她在心里朝父母默默地道："爸，妈，慕天找回他的所爱了，慕天他现在很开心很幸福。小乔很好，你们肯定会喜欢她的。请你们在天上祝福并保佑他们，永远幸福。"

楼绿乔也知道他姐姐是喜欢她的，甚至是毫不掩饰地喜欢她。每个星期总是时不时地会打几个电话过来，约她去吃饭。从秦慕天那里知道她平日里喜欢喝咖啡，却并不多说，只在第二天让秦慕天带了很多自己配好，分成一小袋一小袋的八宝茶过来给她。

她此刻看着透明的水晶杯子里肆意舒展的各式干果，红的枸杞，红的枣子，红的山楂，黄而绿的葡萄干，精美的菊花，蜜色的龙眼……入口清甜而又微酸，各种干果独特的香味或浓或淡地在唇齿间流连，的确很好喝，也非常适合这样的季节。

小时候，奶奶就是如此的。每到下午茶的时候，就在花园的椅子上，替她准备好了牛奶和饼干。夏天的时候，就会有菊花茶，一朵一朵地在透明的玻璃杯子里盛开……通常奶奶会坐在对面，边优雅地喝咖啡边看着她规规矩矩地一小口一小口地吃光……

记忆里的午后，花园里，紫藤架，梧桐枝叶葱翠，蔷薇妖娆，玉兰芬芳，空气里的甜腻……已经成为内心深处最温暖的回忆了……那是永远回不去的美好时光。

那天，她回去了。重新回到了从小生长的地方，一切还是跟她离开前一样，园子里的紫藤花如火如荼地盛开着，垂坠如海……铁艺架边的粉团重瓣蔷薇如胭脂般深浅不一地点缀枝叶葳蕤间，清香四溢……

她屋子里的摆设亦如同当年，雪白无瑕的丝质细软被子，雪白干净的手工毯子，四周缀着精巧华贵的蕾丝花边……大嫂陪在边上，柔声道："乔乔，今晚不要回去了，就睡家里吧。"

她摸着从天花板垂挂下来的淡玫瑰色的蕾丝帐子，许久许久才轻轻"嗯"了一声。大嫂顿时喜笑颜开："太好了。"遂又放低了声音："妈知道你要来，提前了好几天就跟宝妈去采购用品，床上的，换洗的，连洗漱的，都是妈亲自去买的……又让宝妈特地洗过，晒过……爸妈啊，要面子，嘴上不说，可是心底里是最疼你的！你瞧，这玛格丽特花，漂亮吧？是妈妈亲自弄的！"

她心头涌上了又暖又酸的感觉，原来母亲知道她要回来陪小钢琴一起过生日，特地给她准备的……明明方才妈妈看到她的时候，什么表情也没有，只轻描淡写地说了一句："回来了啊！"她以为，她以为母亲还在生她的气，还未原谅她呢！

宝妈替她拉开了餐椅，仅靠着楼母乔琦。她低头坐了下来，不敢去看父亲的神色。可父亲的声音却甚是温和，只道："人齐了，就开饭吧。"

家里吃饭的规矩甚严，长辈若不动筷子的话，小辈是不能吃的。父亲一说，大哥大嫂便道："爸吃饭，妈吃饭。"小钢琴则清脆地道："爷爷吃饭，奶奶吃饭，姑姑吃饭，爸爸吃饭，妈妈吃饭。"

如此场景，她从小就是这么一天一天过来的。可不知道为何，此时，只觉得泪盈于睫，泫然欲滴。忙吸了一口气，将眼中的酸意尽量逼下去。低低地道："爸吃饭，妈吃饭，大哥吃饭，大嫂吃饭。"转头看着小钢琴，轻轻一笑："小钢琴吃饭。"

抬眼就看见面前摆着的是以往自己最爱吃的菜，她深深地吸了一口气，才能使自己握着筷子的手不至于颤抖。曾经多少次在午夜梦回的时候想到这样的场景……如今，如今，真的面对家人了，她却什么也说不出来，只觉得喉咙口有东西堵塞着，连呼吸都困难。

楼母夹了一筷子菜放在她面前的小碟子里："吃吧。"她怔怔地抬头，低声唤了一声："妈……"

楼母放下了筷子，亦极力忍着才不至于让泪水滑下来："嗯……快吃吧。凉了就不好吃了。"女儿这几年的一举一动，定期有人将照片和资料给他们。可楼父就是不肯拉下脸来……自己这个女儿的倔脾气亦跟他一模一样……今日女儿总算肯上门了……

当年他们也不过是说说气话，威胁女儿，不让她与那个人交往……可谁知道竟然将心爱的女儿直接推了出去。唉，这些年来，他们不是不后悔的。

睡在自己的房间，躺在自己的床上，她没有一点睡意，睁着眼睛，一直茫然地盯着顶上繁复的蕾丝帐子……与他过往的一切好像只是做了个梦，现在她醒转过来了……还是在家里，还是在父母、大哥身边，谁也无法再伤害她一点点了……

水茉说过，只有父母亲人才是这个世界上真正无条件对你好的，别人都不是。她也是在磕磕碰碰之后才终于明白了的，家人是永远无可替代的。

当初家人的确是为了她好，所以才阻止她。可是她太年轻，太冲动了……那个时候好像有种狂热的偏执，父母越是不准的，她越是要做，想要去证明自己是对的……其实当时只要自己退一步，可能就不至于到这个地步。可是，当时怎么能够懂得呢……横冲直撞……或许这就是年轻所要付出的代价……

可她的代价是不是太大了些。一段婚姻，一个未成形的孩子以及对感情的彻底失望。

她将头埋在了被子里，任泪水轻轻从眼角滑落。被子里头有清新的阳光味道，她流着泪，吸着气，弯着嘴角，那是妈妈爱的滋味。

如果可以，她真的宁愿那一段过往只是她的一个梦而已！她醒来，还在出国前，在遇见他之前……可是，可是，不是那样的……

她一直在自己的床上辗转反侧……

门口处传来了细碎的脚步声，在她房门口停了下来，有人无声无息地推了门进来，然后缓缓地来到床边……她闻到了几丝熟悉的香味，是母亲特有的……可是她竟然会害怕，不敢睁眼……

母亲的手慢慢地碰触到了她的脸，那么轻柔地抚摩着……指尖略有点冰凉，却是如此的舒服。许久，才叹了口气，大约在说怎么这么瘦了。

又过了良久，母亲伸手替她掖了掖被子，才起身准备离去。

小时候，她或许已经进入了梦乡的时候，母亲也是无数次这么过来看她，给她温柔地掖被子的……只是她不知道而已。

她轻轻睁开眼，黑暗中只见母亲纤瘦颀长的背影，鼻尖酸到了极点，喉咙亦涩到了极点，微微张口，可却哑然，竟然发不出一个字来。

眼见母亲的手已经碰到了门把，她脑中忽然闪过了那年在加州的情节，虽然一晃已经这么多年了，可现在忆起，却恍若昨天发生的一般。

母亲捂着胸口，在父亲的搀扶下，打开了门，缓缓离去……她极力忍着泪，想唤他们，可是最终却没有唤出口。因为她知道她唤他们也没有用，她已经伤透了他们的心。除非她离开秦慕天，否则再怎么做也绝对不会让他们满意的。可是她那么爱慕天，她没有办法不要他……她以为父母只是在赌气，他们怎么也不会不理睬自己的……

她猛地回神，从床上爬了起来，奔跑着，一把从背后紧紧地抱住了母亲，喃喃低语：“妈妈，妈妈，对不起，对不起……都是乔乔不好，都是乔乔不对……”

“妈妈，对不起……乔乔应该要听你话的。妈妈……我错了，我知道错了……”

“妈妈，对不起……妈妈……”

楼母没有转身，泪却止不住地从眼中潸然而下……

Chapter12

未来得及绽放的生命

这一生之中，以这刻的时光最为幸福舒畅。

一颗心却又像漂浮在云端，浑然不真切。

如果可以的话，只愿此刻天长地久，年年朝朝，永恒如此。

××杂志是她们Style的最大竞争对手，向来比她们杂志早上市两个星期。这天，正好是××杂志的上市日期。她们一向会买数本，用于参考和比较。

谢小珊忽然神色凝重地推门而入，将手上的××杂志放在了她面前，语调有些急促地道："你自己看！"

映入眼帘的是几张有关于靴子的专题照片。本来大家处于一个行业，有时候策划的主题相撞是在所难免的。但现在摊在她面前的那几张，跟她们正准备要印刷的图片，无论从拍摄手法还是赞助的品牌，以及主题的表达方式几乎都类似。

她立刻按下了Lisa的内线键："Lisa，请进来一下。"Lisa："好的。"

Lisa进来后，她示意她看了几眼杂志的照片，吩咐道："你马上打电话通知印刷厂，让他们立刻停止这几版的印刷。"

她与谢小珊对视了一眼，都知道这件事情可大可小。可目前最重要的不是找出图片会如此类似的原因，而是要马上确定另外一个主题，并在这一两天内将照片赶出来。

会议一直开到了晚上十点，但还是没有很好的提议和主题。她看了一下腕表，知道再怎么加班，今天也是想不出好点子的，索性道："我们的会议到此为止吧，大家回家后请好好考虑一下，明天早会的时候，每个人给我一个idea！"

抱着一大堆的资料回了办公室，又想了好几个方案，但都又否决了。谢小珊敲了门进来，道："已经快12点了，回家吧。"

楼绿乔摸了摸有些隐隐作痛的腹部，大概刚才是神经太紧张了，所以反应迟钝了，此时静下来，只觉得腹部阴冷疼痛，有气无力地道："你先回吧，让我一个人好好静静。"谢小珊看了看腕表，道："那我先回了。很晚了，你早点回家。"楼绿乔点了点头，目送着谢小珊离去。

埋头又翻了好多的资料与图片，现在的杂志竞争激烈，什么主题，什么专题没有做过呢？头越来越涨，腹部也更痛了些。怪不得古话说得好："福无双至，祸不单行。"现在正手忙脚乱的时候，连肚子也跟着一起闹腾起来了。

抚着胃，端着杯子去倒了杯热水，希望喝了会好些。可喝了几口，也没有一点缓和的迹象。她双手圈着自己，外头的办公室里早已经一个人影也没有了，只留几盏角落里的小灯，越发显得冷冷清清，凄凄惨惨。

也不知怎么的，她只觉得鼻子酸酸的，有种想哭的感觉。在这种已经渐冷的天气里，还一个人在办公室里……

她从来都不是女强人。从小到大，她都是在家人手心里捧着长大的，如珠如宝。她何曾受过一点委屈，吃过一点苦头。直到遇见了他……可就算是遇见他，她也从未想过要有什么自己的事业，她只是想做他呵护下的小女人而已。

可是后来她与家人闹翻了，他离开了……她除了靠自己外，还能靠谁呢？世界上如果有依靠，有哪个女人愿意成为所谓的“女强人”呢？

她拿起了手机，按下了号码，可犹豫了许久，不敢按下那个通话键……虽然很想很想听听妈妈的声音，可是已经这么晚了。长大了，就少了很多肆意的权利了，连撒娇也是。

泪缓缓涌了出来，不知道是因为痛还是觉得难过抑或是为了其他……事实上她一向很脆弱。别人总以为她牙尖嘴利，咄咄逼人。可谁又能知道那只是她的保护色呢！谁会知道她每次痛苦，每次无助的时候，都会一个人躲着偷偷地哭泣呢！

那种疼冰冰冷冷的，好似有什么东西在里头搅动，酸而胀，胀而痛。一阵又一阵，仿佛寒冷彻骨的潮水，一波一波地涌来上，一个浪头过去了，另一个又扑了过来，仿佛这疼痛将永无止境一般。

那一年，也是这般地疼，没完没了地疼……甚至一度她以为自己快要死了……

可是她没有，她虚软地扶着墙，颤抖的双腿根本就支撑不住虚弱的自己……她跌坐在了阴暗的走廊里……抬头，只见一个身段妖娆的金发美女，深而重的眼影几乎遮住了眼睛，鲜艳欲滴的红唇微张着，冷漠的表情此刻却带着几丝怜悯地看着她……

不，她不需要别人的同情！她慢慢地别过头，却只能望见两扇紧闭着的玻璃大门，其余什么也瞧不见……缓缓地垂下了眼帘，大颗大颗的泪滴坠落在地上，消失于尘土之中。

半晌之后，她伸手擦干了脸上的湿润，摸着墙壁，倔犟地抬头，缓缓地拖步而出……那一段短短的路走了长长的时间。可那段长长的时间里头，她再没有回过头。

她双手掩面，呜咽着，骗自己是因为那疼痛太厉害了。最近不知道自己是怎么了，竟然越来越脆弱了。

办公桌上的电话突然“滴滴”地响了起来。她愣然地抬头，盯了电话出了几秒钟的神，才接起。他竟然在这种时候打了电话过来：“怎么还在加班？”她屏着呼吸，不想露出异样：“有事情要忙！”

他的声音透过话筒，竟还带了沙沙的磁性：“再忙也需要休息。乖啦，这么晚了，该回家了。”她怔然了一下，一会儿才应声：“嗯。”他明明在南方出差，显然是已经打过她家里的电话了。这时候打她办公室的电话，里头分明有种追查行踪的味道。

他大约是在那头笑了起来：“到家了给我一个电话。”她张嘴吸气，泪却掉了出来，她用力吸了一下，还没有回答，却听他有丝怀疑地道：“小乔，没事吧？我怎么觉得你今天的声音不对？”

她吸着鼻子，不说话。他温柔地哄她说话：“怎么了？”

大约是人在情绪低落的时候，都会不大受控。她亦然！泪珠颤颤地滚落了下来，她骗他道：“我胃痛……痛死了！”

她的确有过胃病！那胃病是在美国打工的时候落下的。那个时候，无颜再回头跟父母要钱，除了打工，再也没有其他路可以走了。她咬着牙，什么都从头学起，去端盘子洗碗，去送比萨，去加油站打工，只要能找得到的活，只要能让她生存下来的，她都做过。那时候，哪还能顾得上每日三餐啊。就这么给活活地饿出了胃病来的。

回国初期，还是时不时地发作。近几年，因工作稳定了些，再加上她也注意了许多，基本已经调养好了。

在如此安静冷清的夜里，听着他的声音，她只觉得又恨又恼又委屈，万般滋味一下子涌了上来。她索性也不高兴伪装了，呜咽道：“我胃好痛……你在哪里……你在哪里？我好痛！你过来陪我好不好？”

他的声音在那头提高了起来，温润坚定地连连哄她道：“好，好，好。不过你自己先去医院，好不好？我马上赶回去。”

他在骗人，他明明在南方参加什么论坛。怎么可能马上赶回来呢？他一直在骗她！从前是，现在也是。一直都在骗她而已！

她没有说话，想冷笑，可微牵嘴角，泪却又落下来。他又道："我打谢小姐电话，让她陪你……"

她一边哭一边撒娇，好似回到了以前，任性地一再问道："我不要，不要别人！多久，你要多久才到？我不要一个人去医院！"他柔声道："我最快也要三小时。乖啦，先去医院。我尽快赶回去！"

她自然不会相信他真的会赶来。她已经过了发傻的年纪了，也没有去医院，回家吞了两片止痛药。人还是靠自己的好，千万不要轻易相信别人的承诺，特别是要来的那种！

由于累，再加上止痛药发挥了疗效，痛也渐渐缓和了，便睡了过去。

醒来的时候，晨曦中竟然真的看到了他。他侧着脸，伏在她的床边，粗而乌黑的两条眉毛微皱着，眼皮下有一片青青的疲倦痕迹。眉目还是如昨，熟悉得叫人心疼。

她睫毛微微颤动，她已经多久没有这样好好地看过他了。

谁能知道，当年的她最喜爱的事情便是在每日的清晨，一根一根地数着他好看的眉毛。可怎么能数得清呢？可偏偏恋爱中的人，最喜欢的便是做这种傻事情。甜蜜地数了一遍又一遍，总也不会觉得厌倦。

事实上，现在回头想想，当真是傻得可以买块豆腐去撞死了。可年轻的时候，有几个没有痴傻过呢？

他的眼皮微微地掀动了几下，大概是要醒了。她闭了眼，佯作一副酣然入睡的样子。只听得一阵窸窸窣窣，他的手伸了过来，抚摩着她的额头，许久之后，忽然低叹了一口气。

她只能感觉到他厚实的掌心，带着灼热的温度，暖暖的，仿佛要从额头的肌肤碰触之处涌进心底某处。

明明给自己设定了期限说要over的。可已经过了……可她无法按计划做到。因为自己总是隐隐有种不舍。是因为自己总贪恋他时不时流露的温柔，还是因为当年一下子就分开了，在她对他的感情最浓烈的时候，说分手就分手了，所以就算他对她不起，可她却还是这么多年念念不忘，无法在内心深处将他真正抹去吗？

她在回家的时候，不敢在父母面前吐露关于他的一字半句，因为怕他们再伤心失望吗？

她到底要怎么办？她到底想要什么？她应该将他狠狠地甩了，就跟当年他所做的一样。当年他怎么对她的，她就怎么还回去！以牙还牙，以眼还眼，从此以后，两不相欠！然后彼此各过各的生活，再不要有任何交集了！

这样才痛快，不是吗？

可是她却没有办法这么做！她狠不下那个心！

他俯下了身，轻轻地碰触到了她唇上。数秒钟后，他忽然轻笑了出来，大概是清晨的关系，带着些沙哑："还装，我知道你已经醒了。"

她睁开了眼睛，不解地看着他。他淡淡而笑，薄薄的晨曦仿佛在他身上镀出了一圈清亮眩晕的光圈："你的睫毛在动……"

以前她就是如此。装睡的时候睫毛会不由自主地微微颤动，好像做错事被抓住的猫咪。他看得久了，就会分辨了。

如此静好的早晨，真真叫人心软。

她侧着头看着沐浴在光影中的他，心里酸酸的，难受又好受。好一会儿，她才静静地道："我骗你的……"他看着她，闻言，挑了挑眉头："骗我什么了？"她轻声道："我没有胃痛……"

他五指成爪，正一缓一缓地在摸着她的长发。闻言笑了出来，双手扳过了她的脸，表情说不出的暧昧欢喜："那你把我骗过来，是不是因为你想我了……"

她摇头刚想否认，腹中却又紧了起来，昨晚那熟悉的绞痛又来了。她双手抱着肚子，皱起了眉头……他几乎在第一时间觉出了异样，一惊，急道："怎么了？"

她挣扎着想要起身，却被他按住："到底怎么了，你脸白成这个样子！"她有气无力地道："你去药箱里帮我拿两片止痛药……"他忙跑了出去，一向冷静如水的人，这一瞬间，却显得手忙脚乱，不知所措。

他扶着她坐了起来，看着她就着温水吞下了药丸。他急声问道："到底怎么了？还说没有痛！"

她将头埋在了松软的枕头里，闷闷地："没什么！"他手一拽，一搂，动作连贯将她一把抱了起来："走，去看医生去！"

她挣扎着："不去……我不要去……"他抱起她就往外走，一副没得商量的样子，大跨步地朝外头走去。她也急了："我不去啦……人家是生理痛……"

他猛地止住了脚步，低头看着她。她觉得脸有点发烫："你没见过女的生理痛吗？这年头谁生理痛会去看医生啊？"

他看了她半晌，才道："可是……你以前明明不痛的啊？"她脸上的热度在瞬间便开始一点一点消退了去，挣扎着下了地。以前，她以前是不痛的。后来……那件事情之后，却痛了起来。

他从衣柜里取了一件衣服递给了她，坚持着道："生理痛也可大可小，无论如何我今天一定要陪你去看医生。"她平静却很是坚持地道："今天不行，我们上午有会议。"

他双手环抱在胸前，静默地看了她："这件事情没有商量余地。要么是你打电话跟公司请假，要么是我替你打！"她转头将手里的衣服扔下，拿起了梳子，利落地将头发绾起，道："是没有商量余地，我今天一定要去办公室。"

他不再言语，转身而出。拨通了姐姐的电话，支吾了好一会儿才问道：“姐，那个……那个痛要怎么办？”秦慕雨拿着电话，愣是没有反应过来：“哪个痛啊？”

秦慕天吞吞吐吐地道：“就那个啊！”秦慕雨：“哪个？”秦慕天实在不知道怎么形容了：“就是女孩子那个，每个月那个的时候会痛的那个啊……”

秦慕雨终于明白了过来，想笑又怕弟弟脸皮薄，捂着嘴道：“那个啊！你煮点姜片红糖水，趁热的时候让她喝，就会好很多的。”秦慕天有些不信地道：“姜片红糖水就行了吗？管不管用啊？”

秦慕雨糗他道：“放一百二十个心吧。肯定管用。土方子。”秦慕天“哦”了一声，挂了电话。

等楼绿乔一切梳洗完毕，秦慕天的一大碗姜片红糖水已经煮好了。她一坐下，他就小心翼翼地端了过来，又用嘴吹了一会儿，尝了尝温度，才道：“喝吧！”

她看着那乌红如药、热气腾腾的一碗糖水，好像被吓住了一样，怔怔了好一会儿：“你煮的？”事实上她屋子里就两个人，不是他还会有谁！他道：“快点喝吧。”

她喝了一口，乌乌的水，甜甜辣辣，顺着喉咙口下去，仿佛一线热流直涌向那个酸冷疼痛之地。

对去医院的提议，他倒也不再坚持。只跟着她，一前一后地出来，在电梯里才道：“你今天不舒服，我送你去吧。”她没有拒绝，整个人很不舒服，恨不得在腹部塞一个热水袋。

可车子一到了半路上，她就察觉到了不对：“这不是去我办公室的路线。”他道：“谁说去你办公室的，去医院。你这个样子能去上班吗？”

她道：“我说了我今天没有时间去。你停车，我要下车。”他头也未转：“我已经跟谢小姐请假了。她也同意了。”

她吸了一口气，控制自己：“你知道我今天有多忙！停车……停车……我不要去医院……”

他任她发泄，只淡而坚定地说了一句：“无论如何，今天一定要去看医生。”

在一路的争执中，车子还是按照他的意愿行驶，最后在医院停了下来，她恼怒地转头：“我不去。”竟然跟赌气的孩子似的。他笑了出来：“你不下车的话，我是不介意抱你下车，再抱你进去的。怎么样？”

看来没有商量的余地。她可不要做熊猫也不想做怪物被人一路参观，于是恨恨地道：“下车就下车。”

大约是走了关系的缘故，居然直接就到了专家医生的办公室里头。慈祥的满头白发的医生隔着桌子，问了好一会儿情况，才轻描淡写地问道：“你以前堕过胎吗？”

他坐在她身边，一动未动，连目光似乎没有移动半点，可室内的空气仿佛莫名地凝结了起来，生冷干涩。她迟疑了一会儿，不过几秒钟的时间，干脆地回道：“有。”

医生继续问道：“几年了？”她轻轻地垂下睫毛：“我不记得了。”空气里似乎有无数把无形的箭在对准她，使她无法呼吸，也无法喘气，几乎要窒息了。

医生低头做了记录，一会儿，抬起头，扶了扶鼻子上的老花眼镜，道：“你这个痛经应该是由于堕胎不合理引起的，也就是说是堕胎的后遗症。是因为子宫受损而引起的合并血液供应异常，造成子宫缺血、缺氧而引起痛经。”

他很突然地打断了医生的话，直截了当地问道：“有办法治疗吗？”医生道：“治当然是可以在治的。但是心急不得，要调理好长一段时间。我开个方子，先吃着。一般几个月后就会减轻一点，但最好能调理一两年，这对她的身体有好处。”

他点头：“好的。谢谢医生。”

一路无言，一前一后地出来，到了大门口处，她看着他的背影，漠然地道：“我自己打车去办公室。”说罢，转身而走，准备去打的。他却一把抓住了她的手臂：“我送你。”

到了车子里，依旧是一路的沉默，一直开到了她办公室的楼下。她在临下车之际转过头，看着他，淡淡地道：“你有什么要问吗？”

他轻摇了一下头。她看着他的侧脸道：“真的没有要问我的吗？”他缓缓地吐出了两字：“没有。”

她冷笑了出来：“就算你知道我曾经为别的男人打过胎，也不想问吗？也无所谓吗？”他忽然伸手捂住了她的嘴巴，脸上的表情说不出是痛苦还是其他，缓缓地将她拥在胸口：“不要再说了。不要再说了。”

谁说他不介意。又有哪个男人会不介意。他介意！他介意得要死。他那么爱她，当然希望她所有的一切都是完完全全属于他的。

可是他知道，他没有那个资格介意！一切已经发生了，已经回不了头了……当年如果不是他做错事情的话，他和她的孩子都已经可以去打酱油了……他又有什么脸去介意呢！是他将事情推到这个境地的！

楼绿乔盯着日历，目光停留在16号这一天，那天正是星期六，也是他的生日。两人重新在一起居然有半年了，她从未想过会这么久，一晃竟然就这么过来了。好像他与她之间本应就该如此过来的。

他很迁就，非常迁就，极其迁就她。大约是因为过往的事情，所以无论她做了什么，怎么做，他从未说过一字半句，有的只是隐忍，再隐忍。

就好比医院里的事情。他居然可以当做什么也没有发生过。甚至还当起了她的保姆，每星期去医院拿药，每天两次定时提醒她吃药。如果偶尔两人都在家的话，他还会将中药包用热水温热了才给她喝。

她从来没有跟他说起过孩子的事情。因为那是她深埋在心底的伤口，碰触不得。如果可能，她一辈子也不想让他知道那个孩子是他的。因为他不配！

可他明明“知道”她曾经怀过别人的孩子。怎么还能这么大方呢？难道他可以不介意到这种程度吗？她摸着自己的额头，似乎有些糊涂了！她当然不会相信他爱她爱到什么都无所谓的地步。另外，任何一个男人都不可能允许女朋友跟别的男人藕断丝连，甚至夜不归宿。

他已经问过她了，这个周末是否有安排。她摇头说没有。看来他是想特地安排一下。

的确是这样的，周五下班的时候，他就过来等她下班了。两人上车后，车子便一路驶去，渐渐离开了市区，最后在一个山上的温泉会所停了下来。

吃过了料理，泡过了温泉，两人在阳台上静坐。时值夏秋交接，山中温度清凉适宜，微风迎面拂来，说不出的畅快。

月光如水，静静地泻在四周，略有轻烟薄雾，淡淡笼罩在树梢叶畔。他轻拥着她，大约由于方才喝了些清酒的关系，只觉得此刻有些微醺薄醉了。

她这般懒懒地靠在他身上，温香软玉满怀，这一生之中，以这刻的时光最为幸福舒畅，全身都暖烘烘的，一颗心却又像漂浮在云端，浑然不真切，如果可以的话，只愿此刻天长地久，年年朝朝，永恒如此。

楼绿乔忽地道：“你看，树丛那里一闪一闪，时隐时现的是不是萤火虫？”他朝她手指的方向一看，笑道：“是啊。怎么了？”

她叹了口气：“真漂亮。”他笑道：“你以前没有见过吗？”她微微一笑，陷入了回忆：“见过，小时候去宝妈家里的时候。哥哥还抓了好几个给我，放在我的帐子里。一亮一亮的，就跟天上的星星一样……可惜第二天就死了……”

他笑了出来：“要不我们下去抓去……”她仰头看他的神色，竟然顽皮似一个孩子，全无平时的深沉严肃。她轻笑了出来，道：“抓不到怎么办，让人看见不笑死。这么大的人了还去抓萤火虫……”

他道：“那有什么关系。反正也不认识我们，让他们笑去……”她笑得更加畅快了：“我是没有关系，你当心了，你现在可是商界大名人……去就去，谁怕谁啊……”

如此的美好，让人想起许多年前，两人去背包旅行。那也是两人唯一的一次旅行。

那是个夏日的夜晚，天空中偶有一颗流星疾然掠过，割破了黑幕般的夜空，在天空留下了一条长长的火光。

她当时兴奋地抓着他的手，嚷嚷着道：“你看，是流星，流星啊！”他也是这样子搂着她，伸了一只手过来，刮了刮她的鼻子，轻笑道：“夏天的时候流星最多了，有什么好奇怪的啊！”他自幼居住在山区，从小看得太多，早见怪不怪了。

楼绿乔眉开眼笑：“电视啊，小说里，都说对着流星许愿会很灵验的。你说是真的吗？”想来每个女孩子心目中都有过那种傻傻的念头，想要和一个人天长地久，就用许愿这样可爱的方式来实现。

秦慕天在她脸上偷偷吻了一下，笑着道：“你试试看啊！不过流星的速度很快，得许得快点。”

楼绿乔望着天边，果然没有过多久，又有一颗流星划过，她忙双手合十，可流星一瞬即逝，她心中还没有默念完便已经消失了。

她懊恼地垂头，他笑道：“怎么了？”她轻撅着嘴道：“那么快，人家还没有说完呢！”他安慰道：“等下肯定还有，你好好准备着。”

他话音未落，天上竟然真的连续划过好几颗流星，他忙道：“快，快点许愿。”她闭了眼睛，马上开始许愿。终于是在心中默默念完，抬头，却见他双手合十，也在做许愿的动作，温柔干净的脸上竟也是一脸的虔诚。

她见他睁眼，有一丝好奇地问道：“你许什么愿望？”他有点狼狈的样子，反问：“你呢？”她嘟着嘴：“不告诉你。”他朝她眨了眨眼，嘿嘿一笑：“我也是。”

她抬手，打了他一下：“讨厌，说不说？”他转身避开：“不说！”她又轻打了一下：“说不说啦？”

他只是笑，眼角眉梢都是满满的笑：“你这是强权政治，霸权主义……”她捶了一下，又一下，再一下……他嚷嚷：“你在严刑逼供！”他那样的笑，哪里有半点严刑逼供的影子！她跺脚，却也只是笑：“你再说我强权政治，霸权主义……你再说我严刑逼供看看……”

他笑着跳开，躲进了汽车旅馆的房间，边逃边叫：“悍妇啊，悍妇！”她顿足，追了进去，嚷嚷着：“你说我是什么？”

他却躲在门口，将追进来的她一把抱了起来，在空中转了个圈，哈哈大笑：“说你是悍妇！”她捶他胸膛：“你胡说！”他笑道：“我哪里胡说了，许愿哪有人会说。说出来就不灵验了。你却硬逼着我说，不是悍妇，是什么？”

她恼道：“放我下来，好了，我是悍妇。那你抱着悍妇做什么？悍妇有什么好抱的！”他低下头，重重地在她额头吻了一下：“悍妇我也喜欢，我最喜欢悍妇了！”

他的呼吸湿湿热热地拂在她光洁的肌肤上，痒痒的。她咯咯地笑了起来，想躲开他：“你这人有毛病……”他的唇滑了下来，落在了她柔软的唇上，支吾着道：“嗯，我有毛病……”余下的话音转眼即消失在两人纠缠的唇齿之间，再不可闻……

那些情景恍如昨日一般……

他们在沙发上相拥良久，他忽然放开了她，从外套的口袋里摸出了一个袋子，从里头取出了一样东西，轻轻牵起她的手，有东西被他一撸便顺着光滑的手腕套了进去。她只觉得手上有清凉之物滑过，一抬眼，竟然发现手腕处已经多出了一只银手镯，无论是花纹还是样式都有些老旧，不过十分古朴自然。

他静静地看着她，目光如窗外月光般温柔："喜欢吗？"她端详了一下了，一副可有可无的样子，淡笑着道："想不到你还挺懂流行的嘛！知道今年流行银饰！时尚感还不错哦！"他笑容深邃隐约，却只笑不语。

他一直没有说出今日是他的生日，她也就装作不知。她隐约觉得他几次似乎话已经到嘴边了，但最后还是隐忍住没说。

她侧卧在床上，听着浴室里流水潺潺，淅淅沥沥声不断，心里忽地涌起一阵酸涩不明的味道。以他现在的身家条件，又何必如此委屈自己千方百计地讨好她呢？他如此对她，她亦有几分说不出的害怕和惶恐。她明明是想要狠狠伤他的。可这段日子相处下来，因为他对她的种种，她似乎越来越不忍了。

明明今天是她计划的最后一天，她本应要按原计划与其他人在外留宿的，然后手牵着手回来，跟他说分手的。她从来没有原谅过他，这段时间所有的一切都只是与他做戏而已。然后拉着别人男人的手当着他的面，扬长而去。跟他当年一样。可是她竟然没有照原计划这么做！

为什么？是她觉得时机未到，还是她下不了决心？到底是哪里出错了？令她偏离了原来的轨道呢？

她越来越像只鸵鸟了，只想低头埋在沙子里，不闻不问。日子一天一天，如流水而过，似乎这样子也挺好的。

她猛地一惊，难道是她内心深处一直想与他如此这样的下去吗？

不，不会的。她拼命地摇着头，拒绝再想下去了。

在回程的路上，他开着车子，一直不大说话。她低头望着自己空空如也的手腕，故作吃惊地道：“啊……我把镯子忘在房间了……”

事实上是她故意的。昨晚洗澡的时候特地撸了下来，放在洗手台角落里。方才收拾物品的时候又故意视大大的镯子而不见的。

他缓缓回头，微微地一笑，眼神有些莫名其妙的宽慰，伸手从口袋里摸了出来，赫然是那只银镯子。她惊讶万分地道：“咦，怎么在你那里？”这份讶异倒不是装的。

他道：“你把它忘在了卫生间了。”她讪讪地摸了摸头，装作不好意思的样子。他将车子在路边停了下来，郑重地拉过她的手，替她套了进去。凝视着她，温柔慎重地道：“下次可不许再忘记了！”

她轻嗯了一声，表示知道了。

事后回想起他那天在车子里替她戴上镯子那郑重的样子，她又涌起了几丝内疚。他好像对她很好。好得让她汗颜!

或许是因为这种好，所以她老是觉得自己应该要跟他说声生日快乐的。可都过了一个星期了，再说的话，好像也有些变味了。

眼光忽然扫到了杂志上的一个牌子，最近推出了最新的男装系列，才上市没有几天。她沉吟了一下，拿起了电话。

回到家后，将袋子随手扔在了沙发边，便直接进了浴室。等她出来的时候，他已经回来了，整个客厅里香气扑鼻。

他围着她的小印花围裙，又小又窄，有种可爱的滑稽。看见她，他抬头一笑：“马上可以吃饭了。饿了吗？”她摇了摇头，用干毛巾擦头发。

他走了过来，接过了她手里的毛巾，轻柔地替她擦了起来：“累了吗？”她眼睛盯着电视，轻轻地“嗯”了一声算是回答。

过了一会儿，他才道：“好了，吃饭吧。”她“哦”了一声，站了起来，准备去换件衣服，在走进卧室的时候，突然想起一事，回头道：“那个……沙发边的袋子是给你的。”

才准备将浴袍换掉，门上已经响起了急促的敲门声，他的声音亦有些干涩急促：“小乔，是买给我的吗？”

她微皱了眉头，不买给他，难道她是买来自己穿的啊。他的智商不会有问题吧。

他推门而入，动作飞速地将围裙脱了，把她买的那一件V字领的灰色毛衣套在了身上。左看右看之后，还在她的更衣镜前转了一圈，笑意满满，神色间似乎异样地满足：“你的眼光真好，这件衣服我穿着很好看。”

她不置可否。天知道他本就是一个衣服架子，几可媲美模特儿，穿什么都好看。他又欣赏了好一会儿：“我明天就穿。”

闻言，她手上拿着的睡衣差点掉在了地上，她很是吃惊地抬头，瞪眼看着这位老兄，他脑子不会真的出问题了吧。现在这种天气，穿件长袖衬衫已经差不多了，哪里用得着穿这么厚的毛衣啊。不过他爱穿就穿，跟她没有关系。但是记住明天绝对不能跟他一起外出。她可不想当熊猫，被人围观！

她原本还以为他是随便一说的。结果第二天，他在艳阳高照的情况下，居然还是真的穿了。她靠在墙上，摸着额头，冷汗淋漓。这家伙最近绝对撞到头了。

甚至在出门前，还在她更衣镜前来回地晃荡，一再地道：“我穿了好看吧！”他的语气绝对是肯定句。她几乎要晕死了，叹口气道：“虽然你岁数大点，个子高了点，皮肤白了点，可基本上还是属于帅哥一个。”

Chapter13

总算来得及明白那些不曾有过的爱

终于确定方才听到的一切都是真的了。

没有半点的虚假。

就算她想自欺欺人，想骗自己，也骗不了。

这日下午，他拨了电话过来："绿乔，晚上陪我去一个晚宴吧。"她握着手机，迟疑了数秒钟："我考虑一下。"他语调甚柔，有种诱惑："好不好？"

她想了想，万一碰到父母大哥怎么办？或许再次跟父母和好了，她太在意他们的感受了。不想让他们知道自己这个不孝女还在跟当年的男人纠缠。而当年的这个男的，甚至曾经还背叛过她。

便拒绝道："我还是不去了。"他继续哄道："去吧。请帖上规定了一定要带女伴。"她哼一声道："原来如此。要带女伴才想到我，我更不去了。"

他笑道："那我怎么办？"她亦笑了起来："你爱带谁就带谁。"他在那头哑然了下来，没有再说话。

后来还是被他拖去了。

可怎么也没有想到，真的碰到了她父母。她僵在了衣香鬓影的角落里，一下子竟然不知道怎么办了。

自小钢琴生日后，父母算是原谅她了。她也经常抽空回去，陪陪父母。可就算再怎么聊天，她从来也不敢提起他。父母也是。他的名字仿佛已经成了彼此共知的一道禁忌，没有人会去碰触。

楼父楼母从来没有问过他，她自然更不敢说一个字，就怕又惹他们生气了。可再怎么避开，却还是没有想到会这样当面碰到。

他似乎也十分紧张，连手心也有些微微的潮湿。可在她还愣着的时候，他已经拉着她的手，朝楼父楼母走去了。

他用力握紧了她的手，可在向楼父楼母颔首致意时却已经从容大方，彬彬有礼了："伯父好，伯母好。很高兴今天可以在这里碰到你们。"

父母亲自然也看到了他们，可他们这样的人物，就算再讨厌，这种场合，还是会言笑盈盈地客套几句。

她只觉得心跳如擂鼓，一下急过一下。事实上自她回家后，与爸妈的关系已经一日好过一日了。可彼此间却从来不会提及他，仿佛这是一个楼家的禁区，碰触不得。

她原本就不准备提的，毕竟她准备随时与他分手的。所以她根本不想让爸妈知道她与他又纠缠在一起了，不想让他们再次伤心失望。

此时居然在宴会上碰了个正面，她几乎不敢看爸妈的眼神了。

楼政华边上正站着几个世交老友，个个都是楼绿乔的叔叔辈，楼绿乔一一地打了招呼："张伯伯好，李叔好。"偏偏秦慕天甚是乖趣，忙跟着叫道："张伯伯好，李叔叔好！"

那张李两人自然也认识秦慕天，笑着应声："好，好……"转身跟楼政华打趣道："楼兄弟，我们老兄可真是羡慕你啊。生了这么漂亮的一个女儿，瞧，还找了个这么能干的男朋友。怎么什么好事都让你碰上了啊！"

楼政华笑着连连摆手道："哪里！哪里！"张伯滔呵呵道："什么时候摆酒，记得一定要叫上我。"秦慕天轻轻捏紧了她的手，连连道："一定一定！”

那绝对是不可能的事情，但她只能笑而不语。那个晚宴对她来说简直像是一种酷刑。感觉自己好似块牛排，不停地在煎锅里翻来翻去，里外都焦掉了。

那场遇见之后的第二天，她还像只乌龟，缩在壳里，不敢动弹。母亲打电话约她一起逛街。她暗中观察许久，发觉母亲不大像生气的样子。相反母亲似乎心情相当的不错，逛了一家又一家的旗舰店，买了不少的东西。

吃完晚餐，临上车时，母亲忽然转头凝视着她道：“乔乔，下个月是爸妈的结婚三十五周年纪念日。你带他一起来吧。”

她吃惊地抬头，不敢相信。

夜色苍茫里，母亲温柔地伸手替她拢了拢被风吹散的碎发，目光里头宠爱深深。小时候在幼儿园门前，母亲亦是用如此的眼光看她，如此温柔地替她整理好衣衫：“乔乔，要听老师的话哦。妈妈下课来接你。”

“乔乔，你已经是个大人了，你有你自己的眼光和选择。以前妈妈不懂，总以为你小……如果……如果现在你还是选择要跟他在一起。那么，这一次，爸妈不会再反对你了。”

她只觉得一阵强烈的酸楚直直地冲上鼻尖，可喉咙却干涩哑然，张着口，只叫了一声：“妈……”

“乔乔，一直以来，你就是爸妈最宝贝的宝贝。或许在爸爸和妈妈的心中，这个世界上谁也配不上你。可能以前，不是他，是另外的人，爸妈会一样反对也说不定！

“现在爸爸和妈妈都想通了。其实你跟谁恋爱，跟谁结婚，到头来可能会白头到老，作为父母当然是希望自己的女儿恩爱幸福，长久圆满。但是也有很大可能是会分手，会离婚的。因为我们都不知道明天，明天的明天会发生什么。既然未来是不确定的，那么我们也就不苛求了。只要你觉得开心就好。真的，只要你开开心心的。爸妈也就开心了。

“所以，那个人，是他。或者不是他。都没有关系了！爸妈只要你过得快乐就好！”

她从来没有想过当年那个坚决的妈妈这次居然会对她说出这样的话。当年她那么的企盼，希望父母大哥可以接受他。可是没有……现在却得到了……不费吹灰之力！

她看着母亲乘坐的车子慢慢地消失在霓虹灯处，泪轻轻地从脸上滑落……她想笑，泪却落得更凶了。

想不到过了这么些年，母亲居然也释然了。这中间自然有爱她的因素，也有他自己努力的结果。毕竟现在从外在条件看来，母亲可能认为他已经有资格配上她女儿了。

事实上她从来没有想过让他再次出现在她家人的生活里，但母亲的开口，却令她考虑了许久。

或许再给彼此一个机会，也不一定是坏事情。可是……对于当年那个画面她始终是耿耿于怀的。事实上这些年来最令她介意的也是这件事情。每次只要一想起，就如鲠在喉中。所谓一次不忠，百次莫用！她有时候想起他和那个女子亲密相拥走来的画面，恨得连杀了他的心都有。

她迷茫地将水茉约了出来。傻气地问她：“最后让你真正原谅言柏尧的是什么？”

水茉轻轻一笑，依旧如水温柔：“其实当年的事情对我来说就如一直插在心里的刺一般。无论他做什么，怎么做，我总是无法释怀的。后来我父亲的突然离去，却让我开始正视生离死别这个问题。

“我在内心深处问我自己，水茉，如果有一天他不在了，这辈子也不会出现在你面前了，你会怎么样？你知道吗，我无法接受。无法接受这样的情况，无法容忍他彻底地从我和小宝的生命中消失……要么接受要么放弃，人生无非就是这两种选择。没有第三种。在失去他和原谅他之间，我最后选择了原谅。当然我也可以选择不原谅，然后与他走向死路。事实证明我现在的选择没有错。我听从了我的内心。

“如果你也遇到了像我这样的问题，你也可以像我一样，扪心自问一下。或许你的内心可以给你真正的答案。让你继续或者放弃！

“你以前就曾经告诉过我，人生不如意之事十之八九。但最重要的是把握自己想要的。绿乔，你一直都是个明白人，比我聪明百倍，只是这次当局者迷了。”

看来这次水茉比她看得还透彻。要么继续，要么放弃，没有第三条路可以走。

一直拖到了父母结婚纪念日的前一天，她假装不经意地问他：“明天是我把爸妈的结婚纪念日。你……你要不要跟我一起去？”

他那时手里正拿着资料，闻言后，蓦地转头，一副天塌下来，不敢相信的样子，可眼里头分明有掩饰不了的狂喜在跃动。

她别过了头，尽量忽略，心跳却漏了一拍，有些结巴地道：“呃……呃……呃……我只是，只是问问而已。你……可以选择不……不去的。”

他忙重重地点头：“去，去，去，当然要去！自然要去！一定要去！必须要去的！”头点得那么重，那么用力，她真有点担心他的颈椎。生怕用力过猛，给折断了。

他还甚是隆重，好像跟去参加国宴似的。第二天一早让人一连送了好几套衣服过来，紧张地征求她的意见。她眉头微皱道：“都还可以啊！”

他很是不满意，问了一次又一次：“哪一套好一点？”她懒懒地抬头：“就那样，都差不多。”事实上男人的衣服说白了就那几个款式，除了颜色和细节变动外，都差不多。

他换了一套又一套的衣服展示给她看。她被他弄得烦了，有些完成任务似的随手指了指："这套还可以。"

他在更衣室的镜子前晃荡了一下，似乎也觉得满意了："好吧，就这套。"

大嫂说她不在的这几年，爸妈都没有过过结婚周年纪念日。今年又正好是三十五周年，按她哥的意思，原先是准备请亲戚朋友热闹一下的。可楼母说算了，一家人团团圆圆吃顿饭就成了，难得一家人聚在一起。

她陪着母亲在园子里剪一些花，留了他和父亲还有大哥在客厅聊天。这样也好，让他和父亲、大哥早些熟悉起来。

才一转眼，她从花园回来就不见他的身影了。

或许被父亲拖去看他收藏的古董去了，父亲最喜欢向朋友展示他的收藏了。她微微一笑，心想着去听听父亲怎么炫耀，是不是还是以前的那套一成不变的说辞。呵呵，她都可以倒背如流的！

门虚掩着，里头有模糊的交谈声传来："想来我不用提醒你，当年你答应过我什么？"一直未有人应声。看来这几个人真的在这里……

她的手轻轻地搭在了门上，正要推门而入……只听有个低沉的声音很轻却无奈地道："对不起，我想我做不到……"

听口音分明是大哥和他。可他们在说是什么呢？他为什么要说对不起呢？

她疑惑地止住了要推开的动作。当年？当年他答应过大哥什么？心里却模糊地害怕了起来，开始一点点地冷了下去，涌起无边无际的惶恐，好似有什么东西要被揭开了，有东西要破蛹而出了。

楼远乔冷笑着道："秦慕天，你不要以为今时今日，我已经拿你没有办法了。前段时间我警告过你，你最好马上离开我妹妹。否则我什么事情都做得出来。"

秦慕天的声音有掩盖不住的痛苦："楼大哥，我知道你爱小乔，你疼小乔。可是……你知道的……我也爱她。当年若不是……我也不会答应你，做了这件让我这辈子最后悔的事。”

楼远乔冷冷地看着他，目光炯炯：“事实上你确实做了，也确实拿了我们楼家的钱，和绿乔分手了。你没有资格在我面前说爱她……那笔钱是你自己拿的，不是我用刀架在你脖子上逼你拿的。既然你拿了钱，这辈子就已经没有资格说爱她这两个字了。”

秦慕天沉默半晌道：“不错，或许我的确没有资格说这两个字。可事实是这些年来，我没有一天忘记过她。如果这都不是爱的话，那又是什么呢？”

楼远乔深深地看了他一眼：“你怎么样与我无关。我只是想提醒你，当年是怎么答应我的。一个男人最起码应该做到的就是说话算话。”当年秦慕天确实有不得已的苦衷。但他拿钱也是不争的事实，是怎么样也改变不了的事实。

秦慕天眼神暗淡：“楼大哥……的确，我当年曾经答应你跟她分手，永远不在她面前出现。事实上这么多年来我一直逼着自己这么做。就算在同一座城市，呼吸着同样的空气……我一直强迫着我自己，不听，不想，也不问……”

他一直这样做着，如同机器人般每天重复着相同的指令动作，工作工作再工作。

如此地麻醉自己。直到在那个风大雨大的台风天，他看到了在雨中拦车的她……霎时间，世间所有的光与影都消失了，所有，所有的一切都抵不过他想见她的念头。

他在雨中，看着她冷漠地将他当成陌生人，转身离去……那一个瞬间，他的心像被人用无数双手在重重地撕扯……身体某处除了痛，还是痛，几乎要窒息了……

其实如果他与她不再见面，他还是可以一直如此地重复下去的，工作，工作，再工作。可是老天安排他见到了她，那天之后，他仿佛是上瘾了一般，无法克制自己不去想她，不去偷偷地跟踪她……哪怕只是隔着车窗玻璃，远远地瞧她一眼，也让他一天的工作充满着动力。

秦慕天黯然却又坚决地摇头："楼大哥……对不起……我做不到……无论当年我答应过你什么，我只知道现在我做不到……"

楼远乔挑了挑眉毛："这么说来，你是不肯主动离开乔乔的了……"

秦慕天的语气很坚定："不会，永远不会了。除非是小乔不要我了，要离我而去。"

房间里安静了下来，空气都似乎停止了流动。秦慕天好一会儿才又哑声开口："楼大哥，这么多年了，我早已经不是当年那个没有任何经济基础的人了，而小乔也早已经不再是当年的小乔了。既然过了这么多年，我们都还能在一起，说明我们真的有缘分。你何不给我一个机会呢？让我向你证明，我现在已经可以好好保护她、照顾她了。"

楼远乔目光如炬地看着他："其实我给过你一个机会的。当年我知道你急需用钱，所以找到你，给了你一个提议，我给你一笔钱，让你跟乔乔离婚。事实上这是我一个可假可真的试探。如果你不愿意，说明你是真的爱我妹妹，说明你把她放在你人生的第一位，排在你家人之前，在真心实意地好好爱她。其实你当时拒绝了，我也会给你一笔钱，去摆平你父亲的事情。毕竟乔乔认定了你，我们反对也没有办法，只能在认清楚你真的爱乔乔后，再在各方面协助你。

"可惜，你当时选择了拿那笔钱……那么说明，在紧要关头，你选择牺牲的第一个人是乔乔。无论你说你有多么多么爱她。你这份所谓的'爱'，根本是打折扣的……就算不在那个时候，或许到了另一个关键时刻，在迫不得已的情况下，你还是会作出这种选择的！"

秦慕天默然不语。他当年何尝不想傲气地拒绝呢。可当时的种种情况……父亲重伤躺在重症监护室，受害者家属哭求着赔偿，姐姐在那个时刻被厂里的机器砸断了腰椎，不能停止复健……什么都要用钱！一切的一切，让他没有办法选择，只有接受他的条件……

他曾经无数次想过，如果时光倒流，如果时光真的能够倒流的话，他会怎么办呢？就算他不想承认……他知道自己还是会如此选择的……虽然他明白，自己的选择会给自己带来什么样痛苦的后果。可这杯苦酒只有他自己用一辈子的时间来慢慢品尝。

楼远乔继续说道："虽然你后来一直想要还我这笔钱，明知道我不会收，亦坚持要打入我的账号。的确！现在你很有钱了，可以还我很多个一百万。可是对我来说，你终归是拿了，终究是为了钱放弃过乔乔的……我无法相信你……既然当年你放弃过一次，或许由于某种利益衡量亦会有第二次。在我眼里，就算你有再多的钱，也永远配不上她。乔乔是我最亲最爱的妹妹，她值得拥有更好的。"

整个世界在她面前天旋地转，轰然倒塌了。原来事实的真相竟然是这个样子的。所有的一切，只是一个故事。几个她最亲最爱的人相互编织的一场戏而已，而她是唯一的主角，唯一被蒙在鼓里的主角。

她神情恍惚地穿过了走廊，凭着感觉，茫然地来到了自己的卧室，只觉得自己的双腿止不住地发抖，全身筛糠似的瑟瑟发抖。

原来事实如此，比所知道的还要不堪。他是拿了她家的钱，才与她分手的。因为拿了钱，答应了大哥，所以跟别人做戏在骗她。还有比这种分手更不堪的吗？还有比这种分手更卑鄙的吗？

爸妈和大哥原来说他接近她是有目的的。她总是不相信。可事实证明，姜还是老的辣，群众的眼睛是雪亮的。他到最后还是拿了她家的钱。

很好，他就是拿着这笔钱回来起步的吗？她流着泪无声无息地笑了出来。

他以为他放弃的只是一段感情而已吗？她伸手用力擦干脸上的泪痕，

用力笑着。终有一天会让他明白，他到底放弃了什么。

想想自己真的傻到了极点，还像只呆头鹅一样一直为他而烦恼！她笑得越发灿烂了，可泪却如断线的珠子，成串成串地往下落，居然越擦越多！

人痛到了极点竟然还可以装作什么也没有发生过，她居然可以静静地看着他有礼地跟她父母告别："伯父伯母，谢谢你们的款待。"楼父楼母亦谦让客气，仿佛对待一位贵宾："秦先生太客气了。谢谢你今天的到来和礼物。"

而后他又跟大哥楼远乔握手说再见。两人脸上笑容依旧，丝毫没有方才房内谈话的半点痕迹。

他走之前，还温柔地嘱咐她："早点睡。"她微扯嘴角漾起一抹笑意，轻"嗯"一声，软软的音调像足了情人间的呢喃。

这个世界上并不是只有他有演戏的天分，她亦有。或许这个世界人人都在做戏，且都精湛得可以去拿奥斯卡奖。只不过，他们没有人推荐而已。

他熟悉的背影出了门口，在花园一点点地远去，最终消失在视线之中。

许久后，她缓缓地转过身，定定地望着他大哥："大哥，我能问你一件事吗？"

楼远乔微愣："什么？"乔乔蓦然雪白的脸色让他心生不安。她这么直愣愣地看他，好似洞悉了所有事情一般。

绿乔惨然地笑了起来："刚才你们在收藏室里说的，都是真的吗？"楼远乔脸色瞬间变了数变，不忍看绿乔眼里头触目惊心的绝望，他淡淡地垂下了眼帘："你听到了？"

她捏紧了手，仰头再一次问道："是真的吗？当年他是拿着你们给他的钱，才跟我分手的，是吗？"她的语气不缓不急，好像在跟别人谈论今天的天气好不好一般，那样从容平淡，好似一点也无所谓。

可屋子里的人却静成了一片，楼父楼母对视无言。连大嫂这个中间调停人都没有话说。显然，一切的一切都是真的。当年他拿了她家人给的钱，所以找了个人在她面前演了一场戏而已。

他或许从来都没有爱过她。所有的事情都只是演戏，只是为了钱而已。

最后还是楼远乔开了口：“不错。他的确拿了钱，也按约定跟你离了婚。”

终于确定方才听到的一切都是真的了。没有半点的虚假。就算她想骗自己也骗不了。

Chapter14

请君入瓮

他捏着手机，竟微微地发怔。

几天不见，才知道想念是如此之深。

她如此突兀地出现在面前，光彩夺目，可却那么的飘忽，他总是隐隐害怕，怕伸手一碰，她就会如泡沫般地消失，留给他一屋子的虚空。

她从来没有如此恨过一个人，以前就算他搂着其他女人出现在她面前，她虽然怒到了极点，伤心到了极点，却也没有如此如此恨他。因为感情的事情从来都是两个人的，其中一个人要变了，谁也没有办法阻止。可现在她终于知道了两人的分开竟是如此的不堪……他一直，一直是看中她们家的钱吗?

她也不知道自己是怎么走出的家门，怎么开的车，也不知道自己开了多久，只知道自己眼中有东西一直不停地落下来，一滴接着一滴，一串接着一串，眼前模糊一片，到后来几乎连路也看不清楚了。

她趴在方向盘上，呜呜地大哭……心想着哭什么哭，楼绿乔，你怎么就这点出息，不就是被人骗了嘛，又不是第一次了，不过是被同一个人欺骗了而已……地球不照样转吗？又不是不转了！

可她也是知道的。她哭，她掉泪，绝对不是因为被他和家人骗了……而是因为他拿了她家人的钱……他或许从一开始跟她在一起，就什么都算计好了的，就是为了她们家的钱。

原来他和她的一切值这么多钱？哈哈，值那么多！

抬头一抹脸上的水珠子，吸着鼻子，发动了车子，继续上路……可是，还是不行，眼中的泪水就是不肯听话，一直掉，一直掉下来……她无法自已……为什么他会拿她的爱如此伤害她呢？

如果不是他的再次出现，她应该能把他忘记的。那些年少轻狂，她早已经遗忘了，偶尔想起的时候，只觉得是梦一场罢了……这些年，她早已经复原了，至少在她再次遇到他以前，她以为是可以如此的……他为何要再次出现在她面前……他现在已经功成名就了，已经够有钱了，还想要骗她什么，还想要从她那里骗去什么呢？

寒冷的夜里，人被冻得木木的，也不过如此而已。可是在那个时候，若是有人给了你一点点的温暖，在你迷恋万分的时候，却又毅然决然地抽走，只会更让人觉得彻骨冰寒。

他就是如此，如他不再出现，她终有一天会忘记的……就当忘记一段过往而已——现在她终于明白了。或许从一开始他接近她，就是为了从她身上得到好处。后来发现她为了他与家里闹翻，他什么好处也得不到了……所以后来选择拿了大哥的钱，与她分手……可是这次她又上钩了……他很得意是吗？可以一而再，再而三地玩弄她……可这一次他想要得到什么呢？他想要的还有什么没有？

她泪眼模糊地停到了一家路边的酒店，迷蒙中似乎看到了酒店门口的门童一脸讶异，也依稀感觉到大厅里来往的人将眼光落在了她身上，可她已经什么也顾不了了。往日向来最最注重美丽优雅的她，此时已经什么也顾不上了。

前台的小姐好像说要身份证，她放在哪里了呢？应该在包里的……怎么不在呢？找了好一会儿才找到……还要交多少订金，她将包里的东西都翻了出来，才找到钱包……双手颤抖……也不知道弄了多久，前台小姐总算是把房门卡给她了，带着万分同情、万分讶异兼万分怜悯的眼神和笑容。

她跌跌撞撞进了电梯，又趔趄着从电梯里出来，朦朦胧胧地刷卡进门后，靠在门上，整个身子软软地倒在了厚厚的地毯上……缩成小小的一团，仿佛……仿佛这样才可以保护自己。

当年的她是被父母兄长呵护在手心的温室花朵，在出国之前连衣服也从来没有动手洗过。所谓的十指不沾阳春水，应该也就她这个样子而已。

可是为了他，她却与从小疼爱自己的哥哥吵架，与宠爱自己的父母翻脸，为他舍弃了一整个世界，只围绕着他旋转……在那间麻雀大的小屋里，学着给他洗衣服，为他学做饭，整理收拾……甚至连缝一粒小小的纽扣，被针扎着了手，也不觉得疼，还自以为是地认为那是天底下最大最大的幸福。

泪水就像小溪流一样潺潺而下。

可是他，他给她了什么呢？就算彼此分开了，她偶尔想起，总还是相信他是爱过她的，只是后来不爱了而已。爱情不都是如此的吗？来的时候和去的时候一样，总是让人猝不及防的。

可事实呢？她蹲在地上瑟瑟发抖，其实不冷，可就是控制不住地发抖，仿佛像是被筛选的豆子，身不由己地抖动。

泪不停地涌出来，整串整串地掉落下来。她不停地抹，不停地擦，可就是抹不完也擦不光……到最后连哭泣的力气也耗费殆尽了，什么都是软软的，只觉得无边黑色漫天袭来。

等醒来的时候，她依旧蜷缩在地毯上，房间里依旧是一片黑暗。她睁开眼睛，好一会儿才适应过来，发觉这里是酒店的房间，摇摇晃晃地站了起来，头晕晕的，如同一团糨糊。

摸着墙壁将灯打开，光线很亮，让人无所遁形，眼睛在一刹那如被无数的针在扎着，很是刺痛，适应了好一会儿，才又睁开了眼皮，摇摇晃晃地去浴室洗了把脸。

冷水泼在脸上，冰冰凉凉的，整个人也清醒了很多。镜子里的女人，双眼肿得跟核桃似的，披头散发形似疯癫，憔悴不堪到了极点，她呆呆愣愣地瞧着，竟然半天认不出来这人是谁。

那人的嘴角扯动了一下，仿佛想笑，却动弹不了，脸上好似被冻僵了一般，冷硬如铁。看来就算化上最浓最厚的烟熏妆，也遮盖不住那曾经痛哭的事实。

她躲在被子里，蜷缩在床上，竟然了无睡意，只是觉得心空荡荡的，脑子空荡荡的，什么都是空荡荡的。

就这样也不知道过了多久，她依旧睁大着双眼，最后索性起来，打开了电脑，发现才不过一天多没有上网，人世间已经天翻地覆了。

各大网上现在最轰动的新闻便是一线玉女明星袁圆与当红小生马晋天的分手门事件，疑似有第三者介入，但玉女明星袁圆一再否认，称是因聚少离多感情变淡，大家才选择做朋友的。

她微微扯了扯嘴角，分手，又是分手。这个世界就是个分手的世界。不过娱乐圈的分手，见网和见报的都是公关话语，几乎99%都是假的。玉女明星袁圆她自然是熟悉的，曾在很多的时尚派对见过，长得很是甜美可人，交际手段非常玲珑。套有谢小珊的话来说，这么懂得规则又识趣的美女，想不红也难哪！

猛然想起一个多月以前，她曾经在上海飞往美国的航班上碰到过，而她身边的那个男人却不是马晋天，两人互动频频，显得很是亲昵。但当时她只看到了数眼，本着事不关已高高挂起的态度，非但没有特地留意，更是刻意回避。毕竟娱乐圈这种事情多了去了，早见怪不怪了。现在看来，显然那个时候袁圆已经劈腿了……

这条新闻很火暴，看来这一期的杂志无论是哪一本，只要能请到袁圆做封面女郎，并进行专访的话，肯定会大卖。她登入了MSN，起身冲了两包速溶咖啡。既然准备工作，那就提起十二分的精神吧！

谢小珊正在线，看到她，忙发了一条过来："我的姑奶奶，你死哪里去了啊？总算是出现了，还不快给我滚回来。"语气还是又恶毒又亲切，不改她的本色。

她捧着热气腾腾的杯子，心里也似有暖流涌过，轻笑了出来，心情似乎一下子好了许多，回了一条过去："反正已经旷工了，索性玩儿个痛快！"

谢小珊发了一个喷火的头像过来："人家忙得连吃饭的时间也没有，你倒轻松。限你30分钟之内滚回办公室。否则家法伺候！"她发了一个摇头的头像给她："NO！"

谢小珊又连发了三个喷火的头像："快点啦。你知道杂志社没了你，就跟中国革命没了毛泽东一样，没了主心骨啊。这一期的封面还没有确定呢，马上就要印刷了……你……你……你还要不要把杂志做下去了啊。"

看来谢小珊这个女人平日里表现的不在乎百分百是装的。她摸着头，悠闲万分地连饮了数口，才不紧不慢地回了过去："不要着急，不要着急。休息，休息一会儿。去联系玉女明星袁圆的经纪人，说我们杂志请她做专访。"

谢小珊发了两个瞪眼的头像，估计气急败坏了："就你会想得到啊。现在哪一本杂志没在抢啊。昨天新闻一出来，我就让小美跟她们联系过了，人家经纪人的答复是目前的专访已经有好几个了，如果我们愿意等的话，下个月再说。牛得很哪！"

这个情况早在她的意料之中了，做杂志做新闻，抢的就是时间。太久没有喝速溶的咖啡了，此刻居然觉得还是挺好喝的，可能在极度恶劣的情况下，人会不自觉地放低要求。她一口气将咖啡喝了个精光，香醇的味道让人的心情似乎也一下子好了起来："放心。你再给那个经纪人打电话，报一个航班给她，MU574上海飞往美国纽约，座位号是××和××。时间是上个月5号。”算那个玉女明星倒霉，正坐在她的斜对面。

谢小珊有些不解：“什么啊？”她回道：“你只要将我这个报给她的经纪人，让她帮忙转告一下袁圆小姐就行了。你就等着好消息吧。”谢小珊在那头将信将疑，但还是决定按她说的去做：“好吧。”

她又打开了几条关于袁圆的新闻，多方面了解事件情况。工作吧，只有工作才不会辜负你，付出多少就有多少回报。每个女人都必须明白这个道理。

她在酒店里整整窝了一个星期，隔着电脑，从容不迫地指挥小美等人完成了所有的采访和稿子。也终于见识到了什么是化悲愤为力量。结果自然是不出所料的，一上市杂志大卖，销售量居同期之首。有话题就有卖点啊。

谢小珊高兴地连连发了kiss的图案过来：“女人，真有你的。”

到总台结清了费用，离开了酒店。外头依旧光线明媚，点点碎金，静静地透过车窗玻璃，微微地洒在了身上。因是冬日的暖阳，并不灼热，只带了些许的温烫。但还是多少让人的心情有些飞扬起来。看来这世界并不会因为你难过而停止转动的，哎，这句话真是真理啊。

她冷静地在某个转角处停下了车子，拿出了电话，按出了号码。不过半年时间，她居然早将他的号码牢记在心了，指尖熟练地按下，是完全不用经过大脑思考的条件反射。她想笑，可心底却一片冰凉。

她静然了一会儿，最后闭上了眼，将手指重重按住了拨号键，拨了出去。电话那头“嘟”地响了一声后，便随即接通了。

他那特有的声调透过话机传来，更觉低沉沙哑：“出差总算是回来了！你若是再不出现，我已经考虑要报警了。”

心依旧会泛起熟悉的酸疼，可她却佯装轻笑：“有这么严重吗？我这不是出现了。”

他在找她。她无声无息地消失一天后，他就直接打电话给了谢小珊。

而谢小珊不明就里，以为两人在吵架，而她正在耍花腔，按了她交代的话，说她临时有要事出差了，而且那边信号不好，很难通上电话。

一旦你撒了一个谎，就得为圆这个谎再撒很多很多个谎。她亦不例外，只得将编织好的说法，再说一次。

他没有怀疑，只笑着温柔款款地问了一句：“什么时候到家？晚上想吃什么？”她因为还沉浸在自己的谎言里，一下子还转不过来。他又问了一道：“想吃什么，我去买？”

她道：“随便吧，我无所谓。”他温柔地道：“那你先睡一下，我很快回来。”

她摇头：“不要了，在飞机上已经睡饱了。”他道：“那去做个SPA，我等下来接你。”

她道：“我不要……”他笑了出来：“那你要干吗？”

她沉吟着道：“要不，我陪你去买菜。”他微愣，心里一阵温暖，可是舍不得，因为去的是普通的农贸市场：“不用，菜市场很脏。”大概是出身关系，他对食材新鲜度要求很高。

她道：“没有关系……”

门上传来敲门声，他对着电话那头的她道：“稍等一下……”右手按下了内线键，问秘书道：“骆小姐，是谁？”

对方居然没有回答。他正准备起身，门被推开了，一阵淡淡的香气由远而近地袭来，她一边用手拂着头发，一边拿着手机嫣然巧笑，杏眼微眯地款款而来。

他捏着手机，竟微微地发怔。几天不见，才知道想念是如此之深。她如此突兀地出现在面前，光彩夺目，可却那么的飘忽，他总是隐隐害怕，怕伸手一碰，她就会如泡沫般地消失，留给他一屋子的虚空。

这是她第一次来到他的办公室。她挂了手机，目光却定定地落在了他的办公桌上，宽大简洁的桌面上摆了一个木质的相框，里头是一张旧照片。这其实很正常，十张办公桌，九张是这么摆的。

照片里的两个人，男子穿了一身黑色的西服，女的是一件白色裙子，正相视而笑，眉目弯弯，眼角眉梢都洋溢着一种醉人的幸福。

虽然看得出已经拍了很多年了，但照片里头两人浓浓的爱意却依旧迎面袭来。仿佛隔着这么一段的距离，隔了那么一段的时光，还是可以感觉得到两人之间浓得化不开的甜蜜。

可问题是如果一个已经离婚的男人，办公室的桌子上摆着与前妻的合照，多少是有些不正常的吧！

她想起方才进来的时候，外间的秘书小姐微愣之后，便笑容热情的样子，看来多半是将她认出来了。他如此“大方”地摆在办公桌上，无疑是向别人宣告他们的关系。

事实上凭良心说，他以往和她在一起，对她也是很好很好的。什么事情都顺着她，宠着她，不让她做这个，不让她做那样。以至于刚分手那段时间，她老是恍恍惚惚的，总不愿意相信两人会就这样分手了，而且是因为他那种方面的原因。

离婚签字那天，他坐在她右边的位置，隔了短短几十公分的距离。她捏着手里的笔，指尖不受控制地微微抽动，良久也无法写下自己的名字。

可他却寥寥数笔，轻松地将自己的名字签下。站起来，与那位金发律师握手道谢，然后停顿了一两秒钟的时间，转身离去了。所有的动作都那么的有条不紊，一气呵成！

她深吸了好几口气，才成功地将眼中的水气逼了回去，最后低头落笔。既然他如此毅然决然，连一丝留恋都没有，她又何必眷恋呢？

知道签字后，彼此就是真的离婚了。从此之后，彼此再无半点瓜葛了。在这个结婚快餐式的国度，离婚的速度也同样的快。

她木然地从律师楼里出来的时候，居然看到他站在街边，似乎在等人。见她出来，他走了上来："我送你回去吧。"

她不说话，只冷冰冰地看了他一眼，眼里的冷意足以杀死一个人。其实如果可以的话，当时的她真想杀了他。

可是她没有，她只冷冷地说了一个字："滚！"

有些事情她可以刻意不去想起。可当她看到这一张旧照，还是会不由自主地想起过往。她的胸口还是会在一瞬间冲起一股酸涩的恨意，猛然转头，望着微开的窗口，一瞬间，几乎有种冲动，想抓起相框扔出去。

这是两人唯一的结婚照，亦算是两人唯一的婚纱照！想不到这么多年了，她竟然会在他桌上看到。若不是现在看到，她几乎快要忘记曾经跟他拍过这张照片。

他想表明什么呢？他很念旧吗？这么多年来，一直没有忘记她这个前妻吗？原来他还真是"情深义重"啊！她在心里冷冷地一笑。

偌大的办公室里静然无声，她在桌前微怔。当年她带着恨意离去的时候，只带随身的衣物，其余的一切皆留在了那里。这些年来她从来都是刻意不去想去，努力想要忘记的。所以她也从来没有想过，竟然在某一天还会再见到这张旧照片。

照片里的女子巧笑嫣然，凝视着男子，眼角眉梢都是羞涩满满的爱意……楼绿乔看着过往的自己，几乎产生了错觉，这个人是自己吗？曾经那么傻，痴痴地爱着他，为了他，愿意做任何事……

那个时候怎么会觉得自己傻啊！还以为自己的义无反顾，是多么的勇敢……以为她可以向家人证明她一定会幸福的……

呵呵，事实证明姜永远是老的辣！

他看着她的样子，知道她回忆起了从前，心中柔软了起来，过来握着了她的手，与她十指相扣："小乔……"声音低沉，带着一种只有她才懂得的哀求，却很奇怪，又好像隐约有种无法形容的悲凉。

她咬着下唇，屏着呼吸，没有回头，任他紧紧抓着，仿佛疲累到了极点，顿了顿，才冷冷地道："放开我！"

他没有一点想松开的意思，被他握住的地方却开始隐隐生疼了。她突然间觉得委屈异常，泪水涔涔而下。

他已然察觉出了异样，忙放开她的手，心疼地道："小乔，以前的事情都是我的错……都是我的不对。对不起……我……"他越是解释，她却越是觉得凄苦难受。所有的东西本已经聚集到了胸口，此时早已经是难耐了。

他伸手想扳过她的脸，想看她，她只是不肯，一再地别过头去。他的手却触摸到了一脸的濡湿……他涌起了一阵慌乱，可他的声音却很低："小乔，都是我的错……真的，都是我的错……我们把以前的事情忘记好吗？永远永远不再想起，好吗？"过往的事情他只是觉得无力。就算他怎么努力，那也是回不去的，也是弥补不了的。

门口忽地传来了一阵轻快的敲门声，还未等他回答，门已经被人推开了，有个清脆娇柔的声音由远而近地响了起来："秦大哥，晚餐你有约没有……"声音却一下子戛然而止了。

是一个长发飘逸的美女，时下很流行的那种美女，水汪汪的大眼，我见犹怜的瓜子脸，让人绝对地一见难忘。楼绿乔也不例外，所以记得很清楚。她已往见过这位美女两次，一次是在餐厅，她一身黑色的名牌套装。而另一次是在医院的停车场。今天是第三次。楼绿乔别过了头去，不想让别人看见她此时的狼狈。就算是演戏，她也只演给他一个人看。

但显然那美女比她更为吃惊，先是呆在了那里，渐渐地回过了神，看着眼前相拥的两人，脸色又红又白地转了几转，最后则一点点地惨白了起来，好一会儿才顿顿地再一次开口："不……不好意思！"美女脚步踉跄地转身而出。

在这个中间，他一直搂着她，一点儿也没有想放开她的意思。

他低声道："她是我合伙人的妹妹。现任我们人事部副经理。"像是在对她解释。可她只推着他，倦意万分："放开我……"

他的声音低沉却坚定："不，我不放开。我不会再把你放开了。"他在心底说道："小乔，这辈子，我再不会把你放开了。"

他的话语静静地回荡在耳边，世界仿佛在一瞬间变得安静了，她听不到任何的声响，只余那句话在耳边一再地轰响。

再不会将她放开了。她在心里无声冷笑："可惜了，秦慕天，我早已经过那段'清蠢岁月'了，还会再轻易受骗吗？"女人成熟了或许就是如此的，再不会轻信男人的甜言蜜语了。

当年他说他会一辈子对她好的，可是才多久？那时间短得连她自己都羞于承认！人连下一分钟的事情都不知道，说什么一辈子呢？

余光落在了照片上，当年的一对可人儿如今依旧面对面站着，可如今就算再如何亲密相拥，却再也回不到过去的光景了

秦慕天几经艰难，总算找了个位置停好了车。下车前，还是有些不相信地问道："你确定你要去吗？"

她凝视他几秒钟后，轻扯嘴角："我确定，可以了吧！"他这才下了车，走到她这边，牵起她的手，这才进去。

这是一个很普通的传统农贸菜市场，混合着各种气味，鱼肉的腥味，活鸡活鸭的臭味，甚至还夹杂着熟食的香味，地上则湿漉肮脏，可这一切却充满着生活的热闹气息。

他大概以为她肯定是不习惯的，因为他从来不知道她刚回国的时候，是住在什么样的地方。这样的味道，她曾经无数次地闻到过。

摆鸡摊的是一个中年人，大概因为熟悉，一见到秦慕天便笑着打招呼："你又来买菜啊？这位肯定是你女朋友吧！"秦慕天一笑，道："帮我

挑只好一点的鸡，我要炖汤。”

那人道：“好嘞，我这些鸡可都是正宗的放养土鸡，今天上午才到，包你满意。”那人一边挑一边还在打量楼绿乔，忽然道：“你女朋友越来越漂亮了。”

她闻言，转头看着秦慕天，却语带笑意地问那人道：“师傅，你什么时候见过我？”她绝对敢确定这是她第一次见这个人。

那师傅呵呵笑着：“你男朋友的钱包里不是有你念书时候的照片吗？上次还掉在了我这里。所以啊，我认得你。”

“这可是他第一次带女孩子来买菜哦。现在这样子专一又长情而且又会煮一手好菜的男人真的是不多了。”

长情又专一吗？楼绿乔低着头，心里冷笑，不露半丝痕迹。

他从不让她进厨房，这次也一样。一进屋就把她推进了卧室：“先洗个澡，再睡一小会儿。很快就有好吃的了。”

在她家吃过饭后，她就失踪了一个星期。虽然谢小珊一直说她出差了，但他总隐隐有种说不出的惶恐。

方才见了她的样子后，他总算将心放了下来。他轻摇了一下头，怪不得古人说不能做亏心事，一旦做了，总是会寝食不宁的。而他就是一个活生生的例子。他怕她知道那件事情，很怕很怕。如果她知晓了，按她的个性……他猛地一摇头，每次只要触及这个，他背上都会冒冷汗，他不敢想象……

她洗好澡出来的时候，汤已经炖得差不多了，满室生香，诱得人直流口水。她陶醉地皱着鼻子吸了一口气，捧着肚子，一副馋状：“哇，好香哦。我饿了！饿死了！”

他正在清洗大闸蟹，抬头微笑：“等我把这几只螃蟹放进蒸锅就差不多了。”那笑容宁静温暖，目光亦是。

她撒娇着连连道：“我饿了，我饿了，饿死了！”

只见他擦了擦手，端起骨瓷小碗和小调羹，盛了一碗汤，吹了几口气，放在了她面前："凉点再喝。"

她漫不经心地用小调羹搅拌着汤，金黄的鸡汤上散了细细碎碎的青葱，色彩诱人，香气扑鼻，引人垂涎欲滴。

她才喝了一勺，忽地皱着鼻子道："什么味，怎么这么腥？"他转头，了然地笑了出来："蒸蟹就是这样的，等下就没有那么腥了。"

却见她整张小脸皱成了一团，一副极其难受的样子，捂着嘴巴就往卫生间里冲。他忙追了上去："怎么了？"

她已经将门甩上了，只听里头传来"呃呃呃"的一阵呕吐声，他敲着门，急道："到底怎么了？"

她没有回答，又过了好一会儿才出来，依旧捂着嘴，蹙着眉头，好像依旧很不舒服。

他扶着她在沙发上坐了下来，抚着她的背，帮她顺气，着急万分："到底怎么了，汤不对胃口吗？"她摇了摇头，喘着气道："我也不知道。刚刚还好好的。"

他将厨房里的火关了，关切地道："我陪你去医院吧。"她疲累地道："不用了，可能是我这几天出差累着了，我先去睡一下。"

估计真的是太疲劳了，他进卧室看了她数次，她似乎都睡得极沉。侧着身子，长发静静地披在枕上，仿若油画般静好美丽。他站在床畔，安心又担心。

第二天天才蒙蒙亮，他还处于半梦半醒状态的时候，只觉得她似乎爬下了床铺，冲进了浴室，不过几秒钟，浴室里头传来了跟昨日类似的呕吐声。

他立马清醒了过来，起身敲门："小乔，还是不舒服吗？"回答他的只是一阵一阵的冲水声。

他拖了她去了医院。在肠胃科问诊了一会儿，那眼镜医生一手托了托鼻梁上的眼镜，咳嗽了一声，才道："楼小姐的情况，我建议还是转妇科比较好。"

他握着她的手，紧张兮兮地问道："严重吗？"那眼镜医生一笑，略带神秘："这个可能要看检查报告的。妇科在楼层的最西面。"

在妇科，医生问诊了一会儿，便道："先去做个尿液检查和B超！"他又陪着她去了化验处和B超室。

可最后却是他愣在了医院拿报告的大厅里，久久无法动弹。检验的单子上，诊断结果白纸黑字，一目了然的很多个字当中，他只看到了两个："早孕。"

他捏着报告，呆在了原地，仿佛过了几个世纪，还依然不敢相信。因是清晨急诊，偌大的医院大厅里冷冷清清的就他一人，他不可置信地一再跟那个检验的护士小姐再三确认："是真的吗？真的怀孕了，有宝宝了吗？"他太过于紧张了，手居然止不住地轻轻颤抖。

那护士淡然地看了他一眼，大约看多了这种情况，都麻木了。也或许因为值了一夜的班，疲累的缘故，语气并不友善："你不识字啊！自己不会看啊！呈阳性，不就是表示怀孕了啊。"

他由于过于狂喜，只想找个人跟他再次确定这是事实而已。听了后，双手抓住那护士的手，大幅度地摇晃着道："谢谢，谢谢，太感谢了！"

他几乎是乐疯了，就抱着她狂转："谢谢你，绿乔。谢谢你。"他说这句话的时候，直视着她的眼睛，里头有点点的水光隐约流动。

她垂下了眼帘，将头伏在他的胸口，脸来回地在他毛衣上蹭着。羊绒的触感细腻，柔软中带了轻痒。她笑了起来："轻点，当心宝宝。"

他如同接了圣旨一般，忙又将她轻轻放下，紧张兮兮地问："不要紧吧？没有不舒服吧？"转头忙朝急诊医生询问，"会影响孩子吗？"

那急诊医生本来在心底嘀咕："这两人好像当我不存在。"不过后来想想，年轻人第一次做父母，心情激动也是难免的。这时听到那男子这么一句，心里好气又好笑，几乎要无语，就算没有做过爸爸，这点常识难道会没有吗？！

医生一边看B超报告一边回道：“这点幅度是没有问题的。但是怀孕初期，还是少做剧烈运动为好。”一边说一边交代注意事项。

秦慕天点头如捣蒜：“好的，好的，知道，知道。”

此时已经天亮了，东边有五色的霞光破云而出，红是宝石红，绿是青草绿，蓝是碧空蓝，浓的淡的深的浅的，像是被人在宣纸上打翻了百种调料，晕染而生。

他站在医院大门口，牵起她的手，道：“我们一家三口回家吧！”她的身子似乎微微震了震。数秒钟后，她的声音淡淡地响起：“嗯，回家吧。”

在医院回家的路上，他一直握着她的手不放，那温软的触觉真实而又温暖。长期盘踞在心里的那种隐隐不安，那种患得患失，似乎被这莫大的幸福给冲散了，渐渐地消失不见了。她有了他的宝宝，终于是让他相信了，这辈子，在她接下来的人生中，他终于又会正式参与了。

星期天，她在午后金黄温暖的阳光中懒懒地醒来。朦朦胧胧地似乎听见客厅里有点动静，她又在床上赖了好一会儿，这才出去。

也不知道他在弄什么，客厅里居然一团乱，她不解地站在卧室门口，愣愣地问：“怎么了，你在找什么？”

他从一堆杂物中抬头：“整理些东西……啊……你站着不许过来。万一给绊着……”

“这个咖啡机，咖啡豆你暂时用不着了，我先收起来。还有这些高跟鞋，跟怎么都这么细这么高……还有这些，这些……”

她忽然觉得好气又好笑，这么杂碎的琐事他居然亲自动手，也不理他，径直去了厨房。他神情紧张地立刻跟在了她身后：“你要什么，我给你弄。”

她转身没好气地道：“我自己倒杯水，行不行？”这几天她觉得她已经形同废人了。就算吃牢饭也比她现在自由！就连去一下洗手间，他都要跟到门口！

他点头：“行，行，当然行。”说归说，已经取过杯子和矿泉水倒了起来。然后，将杯子递给了她。

他说：“饿了吗？我让阿姨给你炖了点汤，要不我给你热一下，你喝点？”她这一个多星期天天喝补汤，一天三顿，连夜宵也不放过。以至于到现在连听到都快要吐了，赶忙连连摇头：“不，不要。我不饿。”

她晃晃悠悠地在沙发上坐了下来，他跟了上来道：“你跟谢小姐说过休假的事情没有？”她摇头：“还没。”

她不知怎么的，就莫名其妙地生起了闷气来：“医生都说了我身体很好。而且就算我要休假一段时间，也要将手上的工作慢慢交接给别人。也不可能一下子就请假休息啊。况且有的人都工作到快生的时候。你不要这么夸张，好不好？”

她几乎已经觉得他紧张到快有病的地步了。这个不准，那个不行的。

他万般无奈地妥协道：“那好吧。最迟一个星期，你一定要请假。”

最后在他的一再坚持下，她还是暂时请了一段时间的假。

休息一个星期后，她躺在床上无聊地吹口哨。

这天，她捧着杂志在一边看书，而他则打开了电脑离她远远地在看资料。忽然，她扔开了手上的杂志，只听“啪”一声，杂志从沙发上掉在了地上。

他转头：“怎么了？”她不理睬他，只嚷嚷道：“我快要无聊死了。”

自从她从休息的第一天开始，天天喊无聊。大前天这么喊了之后，使唤他开着车绕了半个城市去买一碗她想吃的小馄饨。吃了一口就吐出来，说跟小时候的味道一点也不像，任他这么哄怎么说都不肯再吃第二口了。

昨日稍微好点，说要去吃西班牙菜，结果在半路上又说不想吃了，掉头要回家。

他哑声笑了出来："今天想干吗？"她将脸埋在沙发里："无聊死了，无聊死了。"

他长叹了一声，将手提电脑放在她面前的茶几上，道："来，看看！"她不理他。他柔声细哄："看看吧。"

她依旧将头埋在沙发里，闷闷地道："有什么好看的，不看。"他笑了起来："不看的话，某人不要后悔。"

闻言，她才一万个不情不愿地转过头，看到电脑里的图片，眼睛微微一亮，语气依旧不怎么和善："干吗？"

他笑着蹲了下来，摸着她柔软的头发，那轻细的碰触，他唇边的温柔笑意，让她感觉自己仿佛是只宠物猫。

"有人不是一直吵嚷着无聊吗？我这个星期五晚上有个晚会，有没有人想和我一起参加啊？"

她白了他一眼。这个明知故问。明明知道自己被他禁足了，这两个星期，连出个门都得有人跟着，就算他偶尔不在，保姆阿姨也会一步不离的。

他指着图片："这件怎么样？还是需要加急定制？"她不停地摇头："难看死了……"

"那这件呢？""我不要穿……""这件？""不要……""这件应该还可以吧？""我都要吐了……""这一件呢？""……""这件？""……"

到了聚会那天。他站在卧室门外："小乔，好了没有？"门一点一点地被拉开，她穿着白色斜肩短式纱裙，腰上则系了一根深蓝色的缎带，飘逸而华美。

他被一震，愣在了原地。若这条裙子再长一点，曳地逶迤的话，若头上再多一条白纱的话……

她歪头璀璨一笑：“怎么了？”他这才恢复了过来，实话实说：“很漂亮。”她转头对他又是一笑，整齐的贝齿隐隐发光：“谢谢。”

今天的她似乎特别的高兴，时不时地露出笑容。他握紧她的手，只要她开心就好。

他们公司周年庆，衣香鬓影。他拖着她的手进入了会场，在主桌入座。在众人的注视下，他拉开了椅子，等她落座后才挨着在她身边坐了下来。

主桌上早已经有人了，一男一女。女的她见过几次，印象颇深，就是前段时间在他办公室里撞见的那位美女，或许可以说是她的潜在“情敌”。

而这个男的……她轻皱了一下眉头，怎么这么脸熟，分明是她以前很熟悉很熟悉的人，名字就在喉咙口，可就是一下子叫不出来。

只见那男的热情地朝她一笑：“怎么？不认识我了吗？”她冲口而出：“邵明中。”怎么会不认识呢？当年也是他的朋友之一，两人甚至一直在某个研究室工作。

邵明中挪了位置坐在她边上：“好久不见，大美女，你怎么比以前还要漂亮许多呢。天理何在！天理何在啊！”永远没有女人会嫌这种恭维话多，她亦不例外，微微一笑，露出整齐洁白的牙齿：“谢谢！”

她随即了然地问道：“你应该就是慕天的合伙人吧！”邵明中挑了挑眉毛：“你是知道我的，吊儿郎当的，这些年多亏了他，把我的身家翻了多少番。他呀，吃饱了没事情，就工作工作工作。按我说，当年的铁人王进喜也只有他的十分之一。”

邵明中说着转头介绍道：“这是我妹妹，邵洁好！洁好，这是楼绿乔。当年我们学校华人学生中出名的美女。”

邵洁好朝她浅笑着点了点头，看得出来有些勉强：“楼小姐，你好。”

其实女人与女人之间的感觉是绝对的微妙。大家有没有眼缘，气场合不合，绝对在初见时就能知道。

她们见过几次面，但相互介绍认识，这倒算是第一次，但她已经感觉到这位邵小姐不喜欢她。就算此时她挂着笑容打招呼，她还是知道，邵小姐不喜欢她的。

她不着痕迹地打量了一下。无论从哪个角度看，这位邵小姐都是个美女。中分的长发微卷，柔柔顺顺地披在身后，大大的眼，高高的鼻子，有些像是偶像电视剧中走出的美丽女主角。

宴会中，邵明中一直在跟她聊天打趣：“你知道这些年来我最后悔的是什么吗？”她笑道：“当然知道啊。就是后悔没有多追几个洋妞啊！”邵明中一副知我者莫如你楼绿乔的感慨，拿起了酒瓶，给她倒酒：“知己啊知己！来我来敬你。”

她笑嘻嘻地道：“好。”她伸手准备接过他递来的杯子。她边上已经斜伸出了一只手，将酒杯半路截住，道：“她不能喝酒，我替她喝好了。”

邵明中道：“什么跟什么啊？这酒是我敬她的，与你无关。要喝自己倒去。”秦慕天一笑：“她身体不方便。”

邵明中“啧啧啧”地摇头，对楼绿乔道：“我真的是服了YOU了。一物克一物。这家伙平日里也算是个人物，可就你能把他吃得死死的。”

她只笑不语。邵明中感叹道：“还好啊还好！”

秦慕天道：“还好什么？”邵明中道：“想当初，我也对楼大美女心动不已，还没有行动就被你抢先了。现在觉得，还好你把我救出。否则我现在岂不是生活在一片水深火热中啊！”

其实在座的几个人都听得出来，他是在拐弯抹角地说秦慕天。秦慕天不以为意地一笑，正欲开口，只听台上的主持人正在邀请他上台。

他在众人的掌声中被主持人请上台。他拿着麦克风道：“其实我没有什么特别想说的，除了感谢还是感谢。谢谢大家为公司的成长默默地付出……”

说了一些场面话后，他停顿了下来，一副欲言又止的样子，好像很是紧张，吸了一口气方又继续说了下去：“其实我想在今天让大家一起帮我见证一件事情。”他的目光落在了楼绿乔所在的主桌位置。

总经理的话似乎特别的耳熟，像是在某个特定场合的专门用语。台下众人一阵你看我我看你后，一致将目光定在了中间坐着的白裙女子身上。

其实以秦慕天现在的年纪、身份、地位，身边一直没有出现过任何一个女人。在公司里多少有些流言四起。有人说他只爱江山不爱美人；有人说他早有女友，只是没有公开露面；也有人说他其实已婚；甚至有人还有传言他是断背……

方才秦慕天拖着楼绿乔亲昵地进场，无疑当众宣布这女子与秦总的关系匪浅。后来坐定后，秦总更是斟茶倒水，万分的殷勤周到。以他今时今日的身份做这类事情，自己并不觉得什么，旁人看来却是诧异万分。私底下耳语四起，早在暗地里不停揣测两人的关系了。

只听秦慕天继续道：“这里有一个女子，我深爱了八年。当年都是我的错，让她离开我。这八年来，我无时无刻不想念着她。曾经我一度以为我这一辈子都不会幸福了。还好，感谢老天，感谢她，重新给了我机会。让我可以在有生之年，疼她，爱她，一直到我死去……”

他深深地注视着她：“小乔，我爱你。这八年来我一直爱着你，你愿意嫁给我吗？”

全场人员都快疯了，激动却又压抑着，皆屏着呼吸等着白衣美女的回答。偌大一个会场，居然一下子静了下来，鸦雀无声。

秦慕天温柔地看着，朝她伸出了手：“小乔，你愿意吗？”

众人看着白衣女子浅笑悠悠，缓缓地站了起来，步履优雅地来到了台上。秦慕天拿出了戒指，慢慢屈膝跪下：“小乔，嫁给我吧！”

那主持人看着她落落大方地站着灯光下，眼若点漆，眉如横翠，肤白如凝脂，当红明星亦不过如此而已。可不知道怎么的神色很是平静，非常之平静，一点也没有被求婚的激动惊喜之色在。

他在社会上摸爬滚打了这么多年，也算见多识广了，心里恍恍惚惚地涌起了几丝不安，忙道：“我们大家一起来为秦总加油吧。让我们一起来喊：答应他，答应他。”

全场本已经骚动不安，此时更是沸腾了起来，狂乐地叫着：“答应他……”“答应他……”“答应他……”

这样的场景几乎可媲美好莱坞电影中的画面了。她接过主持人递过来的话筒，脸上依旧笑意盈盈，可吐出的话却是：“NO。秦慕天，我不会答应你。我怎么可能答应你呢！”会场的音响设备太好了，她语音虽轻柔，却吐字如珠，字字清晰，在宽大而嘈杂的会场里，清楚地传到每个人的耳中。

众人被她的拒绝惊住了，全场一片愕然，所有的声音在瞬间都静了下来，好似被人用遥控器一下子定住了，整个会场里仿佛一片死寂，落针可闻。

她拿着话筒开口，一字一字地道：“我不会嫁给你的，秦慕天。这辈子都不会！其实今天我来这里呢，只是想请问一下秦总，拿了和我的一百万分手费，作为创业的第一桶金，有何感想呢？能不能和大家分享一下这个经验？”

众人显然被她所说的雷到了，整个会场开始骚动，低语声四起。

他的脸色白了起来，双眼圆睁，如被雷电击中，待在了那里。她知道了，她什么都知道了。

如愿地看到他脸色惨白如纸，没有一丝血色。她一笑，耸了耸肩，无所谓地道：“那好吧。既然秦总没有什么可分享的，那就这样吧。”

她转身将话筒递给了主持人，那主持人这辈子也没有碰到过这样子的情景，一下子也愣住了，一时反应不过来，只是眼睁睁地看着她翩翩而去。

有人比他早反应了过来，已经追了上去。主持人这才打了个寒战，忙打着哈哈道："这是我们给秦总设计的一个表演节目，以娱乐大家，慰劳大家这一年来的辛苦……来……来……来，我们为秦总方才的……表演……对，为秦总精彩的表演鼓掌……"

邵明中此时也已经上台救场："谢谢秦总刚刚精彩的表演。大家说秦总的表演是不是很棒？说实话，我啊，一直奉劝他去演戏，搞不好啊，他就是拿奥斯卡男主角的中国第一人！大家说有没有可能啊？接下来呢，由我为大家唱一首歌曲，名字叫做……"

他追了出来，一把拽住她的手，声音里不自觉地带着骇然："你都知道了……"她没有回头。两人一前一后定格在了大厅里。清亮柔和的光线此时都显得冰冷无比，彼此的身上都浮着一层薄薄的光线……

他低低地问道："你什么时候知道的？"

她冷冷地大笑了起来，好像听到一件极其可笑的事情一般："什么时候知道的？这有什么不一样吗？秦先生！"

他握紧了她的手，半点不敢放松，可手里却满满的都是汗，滑腻不堪，他想握紧却好似怎么也握不住，急促地说："小乔，对不起，很多很多个对不起！请你原谅我，请你听我说，我有不得已的苦衷……"

她冷"哼"一声，截断了他的话："我想我们已经没有什么可说的了吧。"

他的呼吸急促，胸膛一起一伏："小乔，我们怎么会没有什么可说的呢？我们还有宝宝啊！看在宝宝的分上，你原谅我，好不好？"对，他还有宝宝，他们之间还有宝宝。他的心里的惶恐不安似乎稍稍减轻了些。

她忽地咯咯大笑了起来，在空旷的大厅四处回荡，笑到最后几乎连眼泪都出来了，冷冷地甩开他的手："你错了，没有宝宝。"他呆呆地站着，不解，怔怔地问道："什么意思？"

她笑着转过头，脸上依旧娇艳如花，可那眼底却无半点的笑意，有的只是恨："你到现在还不明白吗？"

她看着他道："我答应跟你重新在一起，那个验孕报告，那个孩子……所有的一切都只是我对你的报复而已……孩子我已经处理掉了！以你的聪明你还不明白吗？不，只是你不愿意承认而已。我并没有重新爱上你，从来没有。我只是跟你在演戏，然后把你狠狠地甩了，跟你当初甩我一样……"

她看着他僵硬在原地，脸色一分一分地白下去，额角的汗一滴滴地流下来，额头上一片汗迹，眼神一点点地暗了下去。她心中涌起又恨又爽的快慰，可那隐隐的难受又是为什么呢。

"怎么？还要我继续说下去吗？"他没有回答，只是被定死在了那里，似乎还无法接受那些话语。

秦慕天，想不到你也有今天吧！

她笑着转身，可在转身的一瞬间，有一颗泪珠却落了下来。

她以后应该可以真真正正地忘记他了吧！

那一次她走了之后，也带走了他全部的爱。或许是以往与她的爱情用尽了他全部的爱，也或许是对她的内疚，以至于他现在根本没有办法去爱人。

而她这一次离去的话，是永永远远也不会再回来了。

他猛地上前一步又抓住了她，伤心欲绝道："不，不要走，小乔——我爱你……小乔……不要走……"他如中蛊般，不停重复。

她恶狠狠地甩着，却怎么也甩不开："秦慕天，你不配这么叫我。"小乔两个字，他也配叫吗？

可当年他总是喜欢在她耳边呢喃："小乔……小乔……小乔……"连小乔的这个昵称也是他取的。是他专用的，这个世界上也只有他会用这两个字称呼她！恋爱中的人总是傻傻的，为彼此取着自己认为是独一无二的专属名。可如今听来，却万般的讽刺。

心里亦是又恨又酸又疼，热辣辣的，仿佛当年那般，连眼眶里的东西似乎也又要落下来了。

她深深地吸着气道：“秦慕天，既然你不肯放手，那么我再告诉你一件事情，本来我是不打算告诉你的。”为什么她现在的心也会好痛好痛。那么，好吧，她也不让他好受。

要痛，大家就一起痛吧！

她残忍地说了下去：“这个孩子并不是我处理掉的第一个孩子。当年，在加州，我就曾经处理掉过一个……”

他如死般地僵硬，定死在了那里，狂乱地摇着头，眼神悲恸绝望。只是不敢相信，一遍一遍地问她：“不，不是。你告诉我你是在骗我的，对不对？你是恨我当年拿了你大哥的钱，对不对？”

她只是冷笑，语音中没有半点的温度：“你说呢？我现在还用得着骗你吗？”

第一个孩子是真的，曾经真实鲜活地存在过……不过这一个却是假的。那护士是她买通了的，无非在人家的报告上修改了一下名字，打印了一张报告出来而已。幸亏有了她的帮助，才能够合演一才场戏。他会演戏，她就不会吗？

他痛苦地号叫，流着泪，如一头伤治不愈的兽：“不，不……”而她决然离去。

他也会痛吗？

那他可知道当年将她生生推离，她的那种痛呢？她睚眦必报，谁叫她是楼绿乔。他怎么对她的，她也要双倍奉还！

Chapter15

最后的菊花茶

盛夏里的蔷薇枝条四蔓，开得一簇簇，一丛丛，筛下一城的阳光。

可他当时的心却凉得透彻。

不被祝福的爱情，终于还是没有修成正果……

他如果会疼，当年怎么就那么轻易地离开她！他如果会痛，当年怎么就不顾她的半点感受……他难道不知道她会感到痛吗？

她坐在酒楼的小角落里，拿着古色古香的青花小瓷杯，微微晃动……如琥珀般的酒盛在白瓷杯中，散着幽幽的酒香。

这里是江南有名的古镇，有小桥，有流水，还有人家。她在这里已经三天了，每天跑来这个酒楼，看着酒楼下的阡陌水道里船来船往，灯笼初上。

他说过的，会陪她来这里的。他会陪她去很多很多的地方。可是她知道，永远不会了。

人有的时候还是靠自己比较靠谱！

可她前段时间在旅游杂志上看到广告的时候，还曾经一度以为，他还是会陪她来的。可故事最后揭晓的结局却是如此的！

这辈子，或许会再有人在她酒醉的时候给她弄醒酒茶，泡蜂蜜水……可是，那个人只是那个人而已，再也不会是他了！

她猛地一激灵，自己疯了不成，居然满脑子是他。

她嘿嘿一笑，现在已经两不相欠了。亦已经知道所谓的“真相”了。她应该可以完完全全地忘记他了？不用再纠结为什么他会如此轻易背叛两人的感情这种傻问题了！

现实社会中，身家利益总归是排在前头的。更何况他或许根本就没有爱过她！一切只是做戏而已！

她恍恍惚惚地轻笑了出来，仰头将瓷杯中的酒饮尽……

她起来去付钱。才从包里摸出钱包，酒楼的老板已经笑着连连摆手：“不用付了。已经有人帮你埋过单了。”说罢，用手指着左侧靠湖边的位置。

她眯眼一瞧，是个男人，确切地说是个五官整齐的男人。她朝他点头一笑，以示感谢，准备离去。心里头却想起这么几个字：“无事献殷勤，非奸即盗！”

那人起身跟了上来：“你不认识我了吗？”她转头盯着他，细看了半天还是想不起来。微皱着眉头，略带一些不耐地道：“不好意思。我想我真的不认识你。另外，先生，你这种搭讪方式很老土。我建议你下次换一种。”

那男人大笑了起来，露出白皙整齐的牙齿：“你每次都要这么打击我的自信跟自尊吗？看来我真的没有什么魅力。这么短的时间你居然已经把我忘记了。”她不想跟他多说废话，直截了当地道：“谢谢你的请客。不过我还有事情，抱歉！”

那人拦住了她道：“真的不记得了啊。我还欠你一半的赌金呢！这一顿，小意思啦。”

赌金！一半的赌金！她念头转了数转，忽然反应了过来，是酒吧里那位。那人笑道：“想起来了吧。左允白。你好！”

她呵呵一笑，伸出手：“你好，楼绿乔。”

这种偶遇应该算是他乡遇故知了吧。虽然她跟这个左允白并不熟悉，但有个认识的人能跟你一同欣赏风景也算是不错的事情了。另外一个比较幸运的事情是可以搭车，有个免费的司机。

比如现在。左允白下了车，很有绅士风度地替她拉开了车门，取出了旅行箱："我送你上去吧。"

几天下来，两人也算混熟了。她侧头一笑，不客气地拒绝："呵呵，不用了。你知道的，我出去了这么多天。我家目前既没有热茶，也没有热咖啡！"

他闻言大笑道："你也知道的，我要求不高。矿泉水也行。"她亦知道他也在跟她开玩笑，摇头："矿泉水也没有。要喝自己去买！"

他亦摇头："女人见多了，没有见过像你这么小气的。"和他斗嘴，她心情大好，右手一摊伸到他面前："让你长见识了吧！付钱！二十一世纪什么最重要，钱！"

左允白笑道："好吧！我不送了，行吧！记得你欠我热咖啡，没有的话热茶也OK！"

挥手与他道别，看着他的车子在视线中逐渐地远去，她这才转身，拖着小小的行李箱，准备上楼。

可她僵硬地停在了入口处。有人像幽灵一样突然出现在了面前，亦像一尊门神般站立在她公寓的大门前。

秦慕天脸色憔悴，眼窝深陷，胡子邋遢，反正以一副她这辈子绝对想象不到的形象出现了。怔怔地站在那里，仿佛是一个人期盼得太久了，当梦想终于实现了，他反倒有些不敢置信，不敢动作了。

彼此愣了数秒。她很快抽神，拉起行李箱，朝大门走去。

两人擦身而过，他霍地伸出手，一把抓住了她的手腕，低声道："给我一点时间，听我说一下八年前的事……"

其实早在转身的那个刹那，她的手早已经不自觉地捏紧了包包。她多少料到他会来她这里的，所以早在出去散心的时候就特地吩咐了物业替她更换了门锁。

她僵硬地站着，别过了头，冷冷地道："秦先生，我想没有这个必要了。我们已经说得够清楚的了。请你马上离开，以后也不要再出现在我家门前，否则休怪我叫保安。"

虽然只近瞧了一眼，却看得非常清楚，他的脸色如灰，眼底呈现一种淡淡的青色，下巴上皆是青青的胡楂，看来这几天他过得很不好，极其的不好。看来挺公平的，她会伤心绝望难过，他也会。现在的他也并不好过。很好，一报还一报。她心底涌起一阵恶毒的快慰。

他伸手一把抓住了她的手臂，声音低沉地道："跟我去一个地方……"她用力地一挣，想摆脱他，但他却不肯放。抓得那么紧，似乎害怕一转眼她又会消失不见了。

她仰头，冷冷地看着他，道："放手！"他嘴唇微动，仿佛想说话，却还是止住了。他拖着她的手，竟不肯松开半点，沉声道："跟我来……"语气不容她拒绝。

她用力扯着自己的手臂，斩钉截铁地道："我不去。你放手。否则我报警了！"被他握住那处隐隐生痛，仿佛她心里的某处一般，被热铁烙过，又烫又疼。

她的声音冷到了足以将物体冰冻："秦慕天，我们已经没有半点关系了。从此以后我们桥归桥，路归路。请你有点绅士风度，放开我。"

两人相处以来，他素来都听从她的，几乎从没有过违逆。在别人眼里看来是又疼又宠的。可这次他似乎也铁了心，紧抓着她的手臂不肯放，一直将她拽到了他的车子里："你难道不想知道当初为何我会这么对你吗？难道你一点也不想知道吗？"

保安大概从监控器那里看到了异状，小跑着过来道："楼小姐，需要帮忙吗？”她提高了声音：“请帮我……”

报警两个字最终消失在他和她的唇齿间。他居然狠狠地吻住了她的嘴，将她所有的话堵在了喉咙口。她张嘴想喊，他却借机扫荡……她握起拳头，推着他，用膝盖撞他，可他却好像铁板一般，没有半点抗拒。

好半晌才将大口喘气的她放开。在她反应过来之前，转头很不好意思地朝保安道：“不好意思。麻烦你了。你知道的，女人有时候爱无理取闹。”

那保安免费看了一场“热辣”的表演，已经觉得不好意思了，忙连连点头：“不好意思，不好意思，是我搞错了。”这位男士天天与楼小姐出入小区，大家都知道他们是一对情侣。

她的唇畔、鼻尖都是他的味道。她伸手用力地擦拭，试图将它抹去。

他的眼神绝望而痛苦，却又带着一种焦躁的狂乱，那神情竟让人有种错觉，他似乎丢失了他生命中最宝贵的东西似的，如此失措。她却反而平静了下来，任他替她系上了保险带。

车子穿出了市区，上了高速，一路向北驶去。两人皆不说话，暖气里有种窒息的冷凝。

她一直别过头，看着窗外流逝的风景，农田、屋舍不停地在后退，一路行去，感觉越来越简陋，天色似乎也越来越阴沉了。到了后来，不停重复的景色，看得倦意袭来，再加上几天的旅途总归是劳顿的，便迷迷糊糊地睡了过去。

醒来的时候，车子依旧在动。可外头居然在下雪，大朵大朵的雪从车头处辗转落下……纷纷扬扬，一团团，一缕缕，一絮絮，宛若无数盛开的白花飘零……

她的身上盖着一件他的黑色呢大衣，鼻间萦绕的，都是专属于他的气息。她的第一个反应，就是拉开那件大衣，仿佛那里头有致命病菌般，扔在了后座上。她没有看见，他握着方向盘的手，捏了捏紧，轻吸一口气后，这才微微放松了些。

她正眼也没有看他，转头瞧了外头一眼。不知道什么时候已经下高速了，这里的公路很简陋，却也不是电视台专题片中那种最差的黄泥石子路，是条黑黑的柏油路。

又开了好一会儿，到了柏油路的尽头，已经进山了。他停下了车子，替她拉开了车门。寒风一下子呼啸而至。可站在路边，仰头可以看到不远处的群山间云雾缭绕，虽是寒冬，山上却依旧黄绿相间，如画般的景色，仿佛不在人间。若是现在情景不对，场合不对，她还想赞叹一声真漂亮。

他将他的大衣递了过来，只吐了两字："穿上。"此时温度已经极低了，吹来的时候带着刺骨的冰寒，雪依旧在飘，纷洒摇摆着辗转而下。她穿得有些单薄，风呼呼而来，似乎随时都会被吹走一般。

她却不肯接，别过头去，只是用双手抱紧了自己。她就这个倔脾气！他一把扯过她，将衣服罩在了她身上，并扣上了扣子，声音低沉却带了严厉的威胁："你敢给我脱下来试试。"

他甚少用如此的语气与她说话，可不知为何，听到耳中，却仿佛带着一种威胁的宠爱和亲昵。她怔了一下后，才伸手想扯衣服，指尖碰触到了柔软的毛呢布料，又摸到了冰凉如水的扣子……最后还是止住了。

而他只穿了一件灰色的V字羊绒衫，已经走在前头了。风一吹，黑色的裤脚便如同打摆子一般，随风乱舞。她咬着下唇，慢慢地跟了上去。那是她当初送他那件。

最先入眼的是一幢两层的低矮楼房，露着红红的砖头和灰灰的水泥。有个老人正站在屋檐下搬干柴，眯着眼睛瞧着他们来的方向。不过几秒钟光景，那老人已经快步走了出来，朝他们迎了过来，是一个有些岁数的老头，灰白的头发，满脸的皱纹，朴实而苍老。

秦慕天仿佛变脸似的，一下子就挂了温和灿烂的笑容，客气恭敬地打着招呼道：“阿三伯，你好啊！”

阿三伯笑着道：“小天，怎么今天有空回老家来啊？天气这么冷，穿得这么少，当心着凉……”说话间，把眼神移到了楼绿乔身上，目光里带着明显的惊喜，呵呵地笑着，眼睛眯成了弯弯的一条缝，“还把女朋友一起带来了啊！好，好，好啊！”秦慕天依旧笑着，没有承认也没有否认。

因为说着当地的土话，她也不知道说些什么，只静静地站在他旁边。殊不知，别人望过来，就如同天造地设的一双金童玉女一般。由于大雪的关系，大家都房门紧闭的，走了四五户人家才又碰到了一两个人，他也笑着热情地一一打了招呼，谦恭客气而有礼。

一直到了几间破瓦房前面，他才停下了脚步。她身体微微一震，几乎无法相信她所看到的，这么低矮的泥砖房，这么破旧的房子，似乎风大一点儿就马上会被刮走，雨大一点儿就马上会被水冲走……这种房子……这种房子……她以前只是在电视里的贫困专题片中看到过。

而他就是在这种地方长大的吗？她微愣地转过头，只见他正凝视着她，仿佛知道她心底想问的话。微微扯了扯嘴角，苦笑道：“你不会相信吧，我就是在这里长大的。来，来看看我从小生活的地方是怎么样的。”

就算两人甜蜜的日子里，他也甚少跟她真正说起他从小生活的环境。偶尔她问起，他也是轻描淡写地说：“一个字，穷啊！”

其实很多留学生，都很穷，都要靠自己打工补贴生活费。她不以为意!

这次他没有抓住她的手，但她却不由自主地跟了上去。屋子里很简陋，只有小小的三间小房。堂屋里入目的是一个大灶台，边上则摆着一个放碗筷的低矮木橱，颜色灰灰的，看来已经有好些个年头了。堂屋里还有一张四四方方的八仙桌，也是灰暗的颜色。这么三个物件就占据了屋内大半的空间。破旧的墙上挂了他父母的黑白遗像，笑容温煦，仿佛在注视着他们。

她的眼光停驻在了母亲的手腕处，黑黑灰灰的照片里头，还是可以清晰地看到他母亲戴了个手镯，与她现在手上戴着的，一模一样……

东面的一间房间，显然是他父母的卧室。他则带她来到了西面的一间，只有一扇小小的木窗，光线正透过两块小小的玻璃照进来。此时按时间算已近黄昏，屋子里头已经很暗了，有一种几乎接近夜晚的黑。

只摆了两张小床，两张床中间拉了一条钢丝，挂着一块印蓝色花纹的土布，有些类似蓝印花布。另外还摆了一张小书桌和一把椅子。整间屋子大概就数小桌子上的那盏台灯最值钱吧，但也看得出已经是很久之前的式样了。

他的声音低低地传了过来："吃惊了吗？这就是我从小到大居住的家。跟你们上海的小洋房比起来，是不是一个地狱一个天堂？"她轻轻地靠在墙上，连说话也无力了起来。她一直知道他家境不好，在刚认识的时候就知道了，但她从来都不知道，他家境竟然差到如此程度。

可他还是用打工赚来的钱替她付了一年的学费！她心头轻颤！

"我和姐姐就睡在这里。这张小书桌是我和姐姐共用的……

"其实我去过你们家的，在我们谈恋爱半年后，可我一直没有告诉过你。那年暑假，我们是一起回来的，就是在我们刚恋爱那一年。那几天你不在，去旅游了，你哥哥把我接到了你们家……他的目的，我是知道的。想让我知道两家的差别……真的是天差地别。让我自己主动跟你说分手……"

他当时很义正词严地拒绝了她母亲和她哥哥的钱："楼大哥，我爱小乔，不是爱她的钱或者爱她可以带给我的好处。我只是爱她而已。就算今天小乔很穷，跟我一样，来自农村，社会的底层，我依然会爱她！所以，请你不要用这种方式来侮辱她，也来侮辱我！你是小乔的哥哥，你应该知道她有多美，有多好……"

楼远乔只是冷笑："乔乔的确很美好，只是你配不上她。"

秦慕天抿着嘴不语。楼远乔想不到他竟然这么难对付，挑了挑眉毛道："你开个价吧！"

秦慕天淡淡地道："对不起，我想我明白你的意思。只是我无法照办！再见！"

盛夏的蔷薇枝条四蔓，开得一簇簇，一丛丛，筛下一城的阳光。可他当时的心却凉得透彻。

不被祝福的爱情，终于还是没有修成正果……

如果没有当年的事情，他和她或许早已经有属于他们的宝宝了。可是，可是，谁能知道结局呢！

姐姐残废，父亲撞成了植物人……他被现实逼得实在走投无路了……可能，可能一切都是命运吧。最后他还是走了那条路，拿了楼家的钱，与她分手。

他永远记得他木木地从她大哥手里接过支票的情景。薄薄的纸张仿佛有千斤重般，他捏着，手不由自主地颤抖……从头到尾，他没有看她大哥鄙夷的眼神……因为他不用看也知道……

怪不得那个暑假后，他对她好像有些冷漠的样子。当时她还害怕他不爱他了，整天整天地缠着他所有的空余时间……可他每天要打工，根本不能陪她，她就去赖在他屋子里……

缩在袖子里的手，慢慢地捏紧成了一团，她似乎觉得自己在摇头，也似乎听见自己的声音飘忽地响了起来："不要再说了，都过去了……"

他却仿佛铁了心似的，径直说道："你以为我想拿你大哥的那笔钱吗？可是……可是我有什么办法……我父亲开拖拉机撞上了一辆车，撞死了几个人。他被交警认定事故全责，因为是无证驾驶……可是那年头我们农村里开拖拉机的，从来没有人有驾驶证的。父亲自己也受了重伤，住进了重症监护室，命在旦夕。我姐姐……我姐姐的脚那个时候已经残废了，应该负责的老板却跑路了……我一点也不知道，因为父亲和姐姐都不想告诉我，怕影响我的学业……

“那几个死者的亲属天天来医院，要求我们巨额赔偿……可我还在念书，就算我立刻辍学，我也拿不出什么钱来……小乔，我知道，我对不起你。因为我明知道拿了那钱，对我们来说，就是末路了。可是我还是拿了……

“因为我没有其他选择。是，我是卑鄙，我是无耻，我知道。是我亲手葬送了我们的感情……可当时，我能怎么做，怎么做呢……我是卑鄙无耻可恨……可我能怎么办，能怎么办呢……”他的脸上呈现出一种痛苦的疯狂。这个样子的他，她全然陌生。

楼绿乔的心仿佛被刀狠狠地刺着，那么的酸，那么的痛。他那么迷乱，那么烦躁，那么痛苦，仿佛一个做错事情又迷路了的孩子。哪里有半点意气风发的影子。

她缓缓地闭上了眼睛，悲凉地道：“不要再说了，我都知道了。”她从来都不相信命运的，但这一刻，竟然生出了认命的感觉。

在这一场感情里面，根本没有谁对谁错。大哥和爸妈没有错，他们因为爱她，所以怕她吃苦受累。他也没有错。在当时那个条件下，异地而处，她也会作出这样的选择的。

他确实曾经爱过她，他们确实彼此相爱过。这对她来说，已经足够了。真的，已经足够了。

她现在相信了，他也挣扎过无数次。但怎么也逃不开命运的枷锁。

他也确实是拿了大哥一笔钱，才答应大哥离开她的。只是现在所有的一切都已经晚了。世界上的路是如此之多，只是他们两人已经走到了尽头，再也无路可走了。

两人默默地站在屋里，静得可以清晰地听到彼此规律的心跳声。只是不再说什么了，再说什么都已经是多余的了。天色渐渐地暗了下来，一点，一点，直至无边无际的黑。

正沉默间，屋外传来了阿三伯爽朗的声音："小天。"他这才回过了神，转身而出。只听两人的对话声从堂屋传了过来。"阿三伯。""小天，来，拿着。你阿三婶知道你回来了，宰了只鸡……快，快带你女朋友来吃饭啊……"

秦慕天委婉地道："阿三伯，不用了，我们马上就回去了！"阿三伯道："回去？你看雪已经下了这么久了，肯定积得很厚了。你可千万不能现在开车回去。我们这里的路，虽然你出钱修过了，可山路难开啊。你也不差这一两天的时间，等雪融了再回去。"

秦慕天道："阿三伯！下次吧。她特别害羞……还是不去了。我随便煮点就行了。"听秦慕天这么一说，阿三伯甚为重视，小天的女朋友第一次来，不好意思是难免的，自己还是不要勉强的好。否则人家女孩子下次不高兴来了。

这才点头："那好吧。你们一定得多留几天。等雪化了，去你父母的坟前祭拜一下，好让他们知道，你找好女朋友了，马上就要结婚生小孩了。你们老秦家要有后了。"秦慕天点头："嗯，晓得的！"

秦慕天看着阿三伯的身影佝偻着逐渐远去，脑中闪过的却是父亲笔直的身影，瘦却笔直，那一年父亲用拖拉机载着他，将他送到十几里远的镇上。由于是镇里第一个出国留学的孩子，乡里乡亲的都知道这个好消息了。一路上，不停地有人驻足打招呼："爱国兄弟，你孩子真出息……""爱国兄弟，你孩子真给你长脸啊……""娃，以后要跟小天哥哥学习，长大了也去美国念书……"

父亲乐呵呵的，一直笑，脸上的皱纹也更深了。到了镇上唯一的破旧车站，一再叮咛："父亲啥也不懂，也不会教你。但你要记着，无论做什么，不能给爸妈丢脸。要努力读书……总之，总之，不用担心家里……晓得吗？"

他背着包，一直不停地点头。心里暗暗发誓，一定要给父亲姐姐争气。

可是谁能想到那一场突如其来的车祸，却将父亲永远地带走了……

他好半晌才回屋。她依旧静静地靠在墙上，没有移动半分。他找出了抹布，将一把椅子仔细地擦了几遍，这才道："你坐下来休息一下吧……"

远远地又听到阿三伯的声音，由远及近而来："小天，小天……你阿三婶让我把鸡给你拿过来。你不要的话，自己去还她。还有些晒干的香菇，自己家腌制的咸鱼和咸肉。还有些青菜和大白菜。"

秦慕天忙开门："阿三伯，真的不用了。你们拿回去自己吃吧。"阿三伯哪里能容他推辞，将手里的东西放在桌上，道："晚上冷，煮点热汤喝喝，驱驱寒气。"

"阿三伯……""我要回去了。这雪啊，越下越大了。你难得带女朋友来一趟，一定要住两天再回去。哎，谁让爱国兄弟两人走得这么早呢，否则肯定开心死了。你都这么大年数了，也从没有见带什么女孩子回来过。你看村里头跟你同年的小正、小锋他们，哪个人的孩子不会打酱油了啊。你阿三婶都替你急死了……好了，好了，这下我们也放心了。"阿三伯絮絮叨叨的，一步三回头。

他在矮小破旧的木柜子里找出了一件破校服，大约是初高中时期的，可他现在的身形又不比当时，所以穿在身上显得短小滑稽。从屋檐下熟练地搬来了些柴火，利落地点着了之后，烧了满满一大锅的水。

又不知从哪里找出了一个铜的圆壶，类似于上海人说的"汤婆子"。仔仔细细地清洗了一下，灌了满满一壶热水，将盖子拧紧了，又在外面套了一个自家缝制的厚布套，才递给她："当心烫着，暖暖手。"那布套很是老旧，看来有些年头了，不过还保持得很好，干净整洁，依稀看得出来原来的花色。

她坐在长长的木条凳上，隔着他的大衣，抱着热乎乎的铜壶，定定地瞧着自己的鞋尖，呆呆地出神。

他又拧了一块抹布，利索地将屋子的东西擦洗了一遍，边擦边跟她说话："我平均两个月回一次家。上个月才回过，所以还不算太脏。"她也不搭话，任他这么自说自话。但他却一直不停地说着，也不期待她回应。仿佛只要她在，他就觉得满足了，连空虚的心房也被填得平平满满了。

才不过一小会儿的工夫，他已经利落地打扫完毕了。端了一盆热水过来，道："洗把脸吧。"毛巾自然没有新的，他把他以前用的那条拧干了，递给她："就这么一条，你将就着用用。"她柔顺地接了过来，也不说话，慢慢地梳洗了一下。

他又不知从哪里找出了一袋干菊花，给她泡了一杯菊花茶。细细小小的杭白菊，在水里肆意地舒展了开来，一朵一朵，仿佛正在枝头盛开一般。

伴着阵阵特有的清甜香味，让人有些情不自禁。她慢慢地饮了一口，果然跟想象中的一样，茶气氤氲袅袅，带着菊花的清浅幽淡，喝了几口后，连身子也开始暖了起来。

小时候奶奶就特别爱喝菊花茶，每天到了下午，必定会泡上一壶，一边吃些蛋糕饼干，一边喝菊花茶。还教导她："杭白蕾菊，性凉甘苦，归肺、肝二经、有疏风、清热、明目解毒之功。通肺气，止咳逆，清三焦郁火。"

大约是那时候养成的习惯，她也爱喝菊花茶。久了，在办公室，大家都知道她只喝两种饮料，一种是咖啡，一种便是菊花茶，就如同她人一般，很矛盾的两种，却很自然地结合在一起。

他看着她轻轻闭眼的小动作了，一刹那，只觉得浑身都充满了小幸福。他自然知道她喜欢喝这个。每次回来，他总会带一小袋过来，仿佛知道，总有一天，她会喝到的。

现在看着她双手捧着热气腾腾的杯子，脸上呈现出一种满足的神色，他几乎想让时间就此凝止了。只觉得此刻是如此的美好，只怕过去了，再寻找不到。

Chapter16

幸福终了

在这种飘雪的天气，和最爱的人相拥在一起，看着雪花从一望无际的苍穹一片一片地坠落，是最最幸福浪漫的事情。

她知道他很会煮饭。她和他在一起的日子，都是他煮的。她有时候会学着煮饭，等他回来。他都会宠爱地刮着她的鼻子："有我在，怕什么。就算你一辈子不会，我也会煮给你吃一辈子的。"

那时候太年轻了，以为很快就一辈子了。可现在才知道，一辈子是如此的漫长，一个人连下一秒会发生什么也不知道，哪里还能保证得了一辈子啊。所以岁数渐渐增加，说出甜言蜜语或者誓言的时候，都不会加上一辈子这个词了。因为学乖了！

那时候，恋到浓处，她经常会从后头搂着他的腰，一味撒娇："没有你，我要怎么生活下去。"可是后来他离开了，她不照样生活得好好的。既没有饿死，也没有缺胳膊少腿，还很滋润地活着。她微微苦涩地笑了出来。

灶上正幽幽地冒着白白的热气，诱人的香味充斥着整个屋子。她缩在灶口，伸着手烘着热气，怔怔出神。灶头里面的木柴正熊熊地燃着，火光四溢，偶尔发出"啪啪"的清脆声响。

他把一个碗递到她面前，声音柔和地道："你先喝几口汤吧。"浓浓的汤表面浮着金黄的一层油花，他略略撒了一点碧绿的香葱，光看色泽，就已经诱人至极。因放了咸肉和香菇一起炖煮的关系，融合了咸肉的咸香和香菇的干香，一闻就让人食欲大动。

前段时间，他就经常煮汤给她喝。可是她为了演戏，十次中九次半会把喝下去的吐出来。可是他每次还是会煮，会吹凉了，一口一口地喂她……

原来曾经得到过，后来没有了，竟然会让人如此失落惆怅！

她眼中鼻中都是热辣辣的，为了掩饰，伸手接过，轻尝了一口，嗯，真鲜，真好喝。一连喝了几口，抬头，只见他拿着勺子站在灶边，一动不动地盯着她，嘴角有些轻微地上仰，依稀有一种朦胧心酸的满足。

桌上摆了两菜一汤，最最家常的那种，绿油油的炒青菜，清蒸咸鱼，还有一个咸肉香菇鸡汤。不知是他手艺太好的关系，还是她在外一个星期的关系，她吃了整整一大碗饭，又喝了两大碗的汤，最后才满足地放下碗筷。

其实在这种飘雪的天气，和最爱的人相拥在一起，看着雪花从一望无际的苍穹一片一片地飘落，想来是最最幸福浪漫的事情。

可这种场景，对他与她，却别样的悲哀和伤感。恋爱的时候，曾经缩在他怀里，扳着指头，说着以后要一起去看日出，看海，看下雪，看世间所有的美景。犹记得那一年，某网站的论坛评论出全球一百个地方不可不去的度假胜地，她就把那一百个地方打印了出来。

搂着他的脖子，指着打印出来的那一百个地方，撒着娇道："以后我们都要去。一个洲一个洲地去，好不好？"他接了过去，研究了老半天，才吐了个"好"字。仿佛那个好字有千斤般重。

现在回忆起来，如同发生在昨天一样，心酸得又想落泪了。神志却是极清楚明白的，那是这辈子也永远去不成了。

事实上她后来除了工作方面的需要外，就算去旅游度假，也会绕开那一百个地方。因为那些地方，她与他说好了的，以后会一起去的。可原先说好陪她一起的那个他，却在中途离开了，所以她无法去，她不能去。她不能到一个地方就想起他，破坏心情又破坏气氛。

但前几天，她去了，去了一个两人曾经说好会去的地方……她的确时常常会想起他……想起他痛苦号叫的模样……爱很多时候是把双刃剑，她伤他的同时，也伤了自己！

她亦很想问他一句，他当年如此对她，心是否会有一点点的痛苦难过？

可是，她无法问出口。既然已经回不去了。那个答案也已经没有那么重要了。万一他给的，又不是她想要的，不是更让人痛苦。

他收拾碗筷，擦洗桌子。她抱着暖暖的铜炉，靠在门扉上，看着落雪漫天飘摇而下，无声无息……就像爱情一般，来的时候，也是如此，无声无息……

如果当年两个人没有相遇，是不是会比现在幸福些。各自守着各自的恋人，天长地久地过着平淡日子——可是谁又能知道那样的日子到底是不是幸福呢？没有真正经历过，谁人能知道！因为毕竟他跟她终究相遇了！

后来，他终于收拾完毕了，便端了一大盆的热水过来。他又搬了张小椅子过来，坐了下来，道："过来，坐着。"

她依言坐下来，他就伸手抓住了她的脚。她愣愣地抬头，缩着脚，略带一丝紧张地道："你干吗？"

他已经在给她脱靴子了，闻言，轻扯了一下嘴角，微微露出一笑："洗脚啊。"她呆了呆才反应过来，忙道："我自己来。"

可他却好像没有听见，径直地脱着她的靴子，脱了左脚脱右脚，盯着她透明的黑丝袜，微叹了口气，极轻地道："这么大冷的天，穿这么少，等老了没有关节炎、风湿病才怪呢。"

她听得不是很清楚，轻问了一声："什么？"他也不说话了，掬了一小捧热水淋在她光裸白腻的脚背上，道："烫不烫？"她轻摇了一下头。他这才捧着她的脚放进了热水盆里，温度正好，她舒服得直想叹气。

他良久才又道："穿这么少，很容易得关节炎类风湿的。老了，可要吃苦头的。"她怔住了。老了，老的时候，她连明天、后天的事情都不知道，怎么能想得那么久远呢？

他动手帮她搓揉，很是细心，一根脚趾又一根脚趾，连细缝里都揉得仔细。指尖带着水的温度，轻柔缓慢，珍重得仿佛那是件稀世奇珍。

水慢慢凉下来，他又去取热的倒进去……又慢慢凉了……他又取了热的过来……如此反复……也不知道过了多久，他拿来了擦脚的毛巾，又帮她细细地擦干。她唯一能做的只是紧紧地抱着铜炉，眼中却酸涩无比。

她侧卧在他以前的床上，他睡姐姐的，两床之间只隔了一块小小的布。被褥原有些潮湿发霉，他就在铜壶里装满了热水，把被褥里里外外熨烫了一遍。此时被褥变得松软温热，她连动也不想动一下。可他特有的气息却强烈地萦绕在侧，不知道是来自被褥还是来自房中的他本人。

房间里一片黑暗，只有那两扇小窗轻轻地照进了一些光进来。她了无睡意，睁大眼睛一动不动地望着灰黑的墙壁。

他大约知道她没有睡着，声音淡淡地响了起来："我以前就在那个桌上看书，有时候没有电，就点上蜡烛。其实我姐姐读书比我还要棒，她年年考第一。可是条件不允许，她勉强读完高一就辍学了。去南方打工的时候，她叮嘱我一定要好好用功读书，让我一定要考上大学。那个台灯你看到没有，就是当年我姐姐用打工拿到的第一笔工资买给我的……"

他的语调是没有一丝波澜，仿佛讲述的只是别人的故事："在她心目中，我考上大学就等于她考上了。在我心中，也是一样。我总是暗暗地告诉自己，别人是一个人念大学的，而我是两个，我和我姐姐。后来我争取到了斯坦福的奖学金……"他没有再说下去，因为他接下来的生命中就有了她的存在。

他的声音低微地传过来……她涌起了阵阵莫名的悲哀……她也不能怪

他？可她又能怪谁呢？谁也不能怪，谁也没有错，只因为每个人的立场不同罢了。

她依旧定定地看着面前只有数寸之隔的破败墙面，似乎隐约可以闻到那酸酸的霉味。脑中缓缓闪过的却是小洋楼里自己的卧室：贴着精致花朵图案的墙纸，干净的闪着光的地板，白色的欧式公主床，白色的欧式柜子，白色的蕾丝帐子从顶上一层层地垂落下来，梳妆台上的花瓶里天天插满了自家花园里的鲜花，簇簇团团，繁复盛开。

楼家单传几代都是男孩子，到了他父亲这一代，才有了她这么一个女孩，所以整个家族都宝贝儿得跟什么似的，尤其以她奶奶为最，真是怕含在嘴里给融了，捧在手心里给化了。就算是她想要天上的月亮，也会想尽法子去给她摘的。

跟他从小生长的环境确实是天差地别的。所以父母亲和大哥坚决不同意她与他在一起。易地而处，她若是有一个女儿，也必然是很难同意的。

想不到在这样的时刻，在这样的地点，她竟然奇异地明白了父母的良苦用心。她想笑，可眼中却越来越酸涩了……心底亦是，满满的都是苦涩……

她一直没有话，呼吸清浅而悠长。他静了下来，出神般地听着。这样风雪狂虐的夜晚，她隔着一面帘子听他的故事，他只觉着，除了幸福还是幸福。可是却又是如此的患得患失，因为他无法确定，下一秒，下一分钟她是否还愿意听他继续说下去。

她其实并没有睡着，神志清楚得可以说出到目前为止他压低了多少咳嗽的次数。或许因他偶尔回来的关系，屋子里只有一床被褥，他全部让给了她。自己只找到了一条破毯子，在这种零下几度的天气里，不硬冻成感冒才怪！

她蜷缩着身子，迟疑了良久，终于是开了口："你……过来吧。"声音沙哑暗沉，听在耳中，根本不像是她所发出来的。

他亦没有睡，听到她的话，几乎以为是在梦中产生了幻听。他咽了一口口水，润了润自己的喉咙才道："小乔，你说什么？"

她微微移动了一下身子，闭着眼睛，轻"嗯"了一声。表示方才自己所说的就是他所听到的。

暖暖的被窝里全是她的味道，香香幽幽的，铺天盖地地袭来。他僵硬地绷着身子，贴在床沿，尽可能地离她远远的，不要碰触到她。

而她则侧缩着在墙边的最角落里。可不知道是什么，是被子里铜炉的热，还是她身上的清香……他只觉得热……他忽然低声开口："小乔，我不是柳下惠，我也做不了柳下惠的。"

这些年来，他有过的女人只有她一个而已。邵明中总是觉得不可思议。他说，欲望就跟毒品一样，一旦碰触过，尝过个中滋味，一般是不可能戒掉的。但是邵明中不知道，只要一个男人他愿意，心甘情愿地愿意，他就可以做到。

可现在，她在他身边，如此的温软腻人。他如何能抗拒这个诱惑。

她没有说话。房间里很静，寒风吹打着两扇小窗子，发出呼啦哗啦的声音。

他一点点地靠近，呼吸忽轻忽重地喷到了她光裸的脖子上，她觉得是痒，又觉得是热，又好像痒热也辨不出来，只是觉得难耐。

他的手沿着她的衣领一点点地向下，从颈到肩到胸口，一点一点，滑落下去……他的指尖明明是冰冰凉凉，可她却只是觉得热，他指尖所到之处，仿佛都有灼热的气流从那里吹拂过……好热，好热……

她醒来已经是中午了，屋外的阳光虽然是冬天，却很温暖，透过小窗，柔和地洒进来。他不在了，可被子里依旧暖意融融的。大概是那个铜炉烫烫的缘故，看来有人已经换过热水了。

这样的舒适暖和，这样的心满意足，她几乎不愿意醒来，索性又眯了眼睛。

Chapter17

只是绕了一个圈，却找不回原点

是的。都要幸福。

才不枉费彼此辛苦走了这么一段旅途！

他带她去拜祭他父母。他凝视着她，目光温柔："我父亲当年很想见你。如果你不介意的话，可以陪我一起去看看他们吗？我想……"他停顿了一下，方道，"希望你能答应我这个请求！"

她抱着暖暖的"汤婆子"，低垂着头，几秒后才轻声回道："好！"这是第一次，想来也是最后一次他带她去了。

很久很久以前，他曾经抱着她说过："小乔，真想快点毕业回国。我想带你看我的妈妈……我想她一定会很开心，很开心见到你的。"

他说过很多关于他妈妈的事情，他妈妈是村里出名的美女，他妈妈心灵手巧，会用最廉价的毛线织出村子里最好看的毛线衣，会给他做最耐穿的布鞋，会给他煮最美味的饭菜……大约是回忆的关系，他母亲在他的心目中，永远无人能及。

所以她知道许许多多关于她前婆婆的事情。如今虽然以朋友的名义去拜他的父母，也算了却了当年的一个承诺。

雪暂时停了。可天色依旧很阴暗，灰蒙蒙的一片，沉沉压下来，仿佛随时都会有雪花飘落。

他伸出了手，牢牢地握住了她的手："路很难走。"他的手很暖，她任他握着，深一脚浅一脚地跟他走了一段路。或许这是两人的最后一段旅程了。

他走得很慢，用粗树枝一边探路一边走，有时候还要拨开小路边的枝叶。可无论怎么难走，他都将她握得紧紧的，一路保护着她。

曾经以为握得牢牢的，会一辈子走下去的。可谁想到，走着，走着，中途彼此分开了。如今依旧这样握着，还会是当初的模样吗？

因大雪的关系，坟墓已经被雪厚厚地覆盖住了，连墓碑也是。只见他小心翼翼地拨开墓碑上的雪，然后将从他家屋边折的几枝金黄盛开的腊梅花放在墓碑前。

他的声音低而柔和："爸，妈，我带小乔来看你们了。"

她站在他身后，看着他的背影，心里居然有说不出的酸楚黯然。他很小的时候就没了妈妈，他父亲一手将他和姐姐带大。当年他就曾经多次跟她说起他的心愿，就是想早点毕业，多赚点钱，让家人过好一点的日子。

他如今已经实现了这个愿望。可惜他父亲到底福薄啊。还有她姐姐，大好年华，却瘫痪了……

冷风呼呼而来，吹得四周的树呜呜作响。他孤单地伫立在前面，背影单调而悲伤。她几乎有种冲动，想伸出手，去轻抚他的背，抹去他深深的哀伤。

他静默了许久，才道："我们回去吧。"

父亲当年一直想见她。可是到了最后，他只给他看了两人的合照。父亲最后露出了欣慰的笑，这才安然闭眼。这个画面仿佛就在眼前，可一转眼，居然已经这么多年了。

父亲到死也不知道，那个时候他已经拿了楼家的钱，签字跟她离婚了。

一生耿直的父亲，会不会在另一个世界怪他呢？所以这些年来从来不曾进他的梦乡来看看他。

才回到屋，雪又开始纷纷扬扬地落个不停了。

她还是被他按在灶口负责看火，暖意融融。他正在择白菜叶子，她忽然站了起来，道："我来。"

他微愣，转过头来望着她。她接过白菜："我来洗，我来煮吧。"他拨开了她的手："不行，太冰……水很冰……你的手会冻坏的……"

她浅浅地摇头，轻轻地道："没有关系。"麻利地剥去了外头的枯干叶子。

他惊讶地看着她利落地倒油，将菜下锅，动作熟练地翻炒……他从来不知道她居然学了做菜，还如此地熟练。

两人重聚后，她从来没有露过这一手……而他也总以为她还是跟在加州一样，连烧点饭都会焦掉，要不就不熟，夹生的那种。

原来真的很多事都已经变了。只有他一直傻傻地以为什么都没有改变。他还来得及！可是，他还来得及吗？

最后白菜热气腾腾地出锅了。她又去盛了热汤和两碗饭，端上了桌子。

两人静静地对坐着，都没有动筷子。许久，她拿起了筷子，轻声道："吃饭吧。"

他这才举筷，大口大口地吃着，直至盘子见底。

而她却一直没有怎么动筷，一直低着头。在他吃好放下筷子的一瞬间，蓦地站了起来，冲进了房间，靠在门板上急促地喘气。

她在很多年以前曾经允诺过他："我以后一定学会煮饭，煮给你吃。一辈子做你的煮饭婆。你一定要全部吃光。否则我以后煮给别人吃去。"

他在那时候总笑她，说她永远也不可能学会煮饭。每次逗得她几欲发火，他才会笑着哄她，说他会一辈子煮给她吃。但是她如果真敢煮，他绝对会“冒着生命的危险”把它吃光光的。

她扑过去捶打他：“什么叫冒着生命的危险？你……你给我说清楚？”他只是笑，乐不可支地笑，哈哈大笑，任她捶，任她打。她嗔怒：“说，快说……否则，否则我不理你了……”他一直笑一直笑，最后把她抱起来……

往事历历在目，好像就发生在昨天一般。

一转眼，却已经过了这么多年了。可是她竟然实现了她的诺言，他也实现了他的允诺，把饭菜吃得一点都不剩。

真好，不是吗？两人都没有失言！多好啊！她笑着，笑着流出了酸酸热热的泪水。

可中间，中间居然隔了这么多年。只是他和她，如今是再也回不到当年了……她这几年那么恨他，可谁又知道，原来自己的至亲才是罪魁祸首。她能怪谁，她能怨谁，谁也不能怪，谁也不能怨。

秦慕天摸着粗糙的门，低低问道：“小乔，告诉我。我们的两个宝宝从来就不曾存在过，对不对？你一直是骗我的，对不对？”

这是来到他老家后，他第一次提及这个问题。或许他也是怕，怕听到肯定的答案。所以不敢问……可是他还是会时时牵挂的……

她倚着门，缓缓地蹲了下来。泪悄无声息地从手指缝里渗透了出来。她也宁愿是骗他。可是，她和他的宝宝，是她打掉的。是她亲手打掉的。

她在做戏时候的呕吐不适并不是看电视学来的。事实上，当年他离开后，她就有了反应。每天早晚恶心干呕的，抱着马桶大吐特吐。后来……后来，水茉也是这样，所以被她一眼就识破了。

她在门的那头，只是无语。他的心一点一点地沉了下去……两个人，一扇门，一房间的无力……

去的时候，她没有瞧他一眼。回来的时候，她亦无法看他一眼。就怕自己会先崩溃！车子缓缓停了下来，在她所住的楼下。

她转头，只见他亦凝望着她，两人已经没有路了。这世界上有千万条的路，而他们之间却已经无路可走了。

他的手慢慢地伸了过来，握住了她的手。她的指尖很凉很凉，透心的冰凉。他捏得紧紧的，想要将它焐热。良久，才低低地道："小乔！小乔！"中间夹着懊恼的"对不起"。

她任由他握着，许久才轻声道："慕天，不要再说对不起了！"这或许就是命，命中注定两人是这样的。

她轻轻地抽出了手，低微着道："我骗你的……"她咬着牙说下去，"我从来都没有怀孕过……对不起！以前我只要想到你，就恨不得杀了你……以前我那么爱你，我那么对你，你给我的却只是背叛。所以我一直恨死你了……所以处心积虑地想要伤害你，不管是用什么方式，什么方法！但是我们的宝宝……"

她停住了，绷紧了打战的牙齿，努力让自己接着说下去，一字一字，那么肯定，仿佛真的从来没有发生过任何事情一般："我们的宝宝，真的从来没有存在过！"

如果那是秘密的话，就让她一个人埋葬吧。一个人痛苦总好过两个人一起痛苦。既然没有办法让时光倒流，那么就这样吧……

如今知道了一切，她没有怪他。如果换作是她的话，她也会作这样的选择。她也不怪家人。或许这段感情本来就不应该开始，更或许这段感情开始在错误的时间，错误的地点而已。

他捂着脸，哑声道："不，一切都是我的错。如果当年……"她幽幽地摇了一下头，打断了他的话，无边落寞："已经没有任何意义了！以前的事情就让它过去吧。"

她抬起了手臂，凝望着手腕上那只古旧的银镯子。她是看到他母亲的遗像才知道的，这只银镯子是她母亲的遗物。虽然不值钱，可对某个对的人而言，是价值连城，千金不换的。

可是，她不是那个对的人。所以她无法收下这样贵重的礼物。

她的手指碰触到了沁凉的镯面，她曾经一度很想将它丢弃，可或许是戴久了，居然也成了习惯，她竟然有点舍不得……她苦笑着，右手用力一撸，银镯子一点一点地滑过她的手背，指尖……

她缓缓转过头，怔怔地看着他，一会儿，轻柔地把镯子放在方向盘的空位置上，这才轻声喃喃道："慕天，再见！"这四个字说得极慢，一字一顿，像是被割破喉咙吐出的，干涩吃力。

他猛地放开手，她已经推开了车门，他叫道："不，小乔……不……"他知道她再见背后的意思。

他一把拉住了她的手："小乔，那昨晚呢？昨晚算什么呢？小乔，我们明明对彼此还有感觉的！"

楼绿乔背对着他，闭上了眼又再睁开："昨晚……昨晚对我来说没有任何的意义。你也可以跟我一样，把它当成是人类之间最基本的相互取暖……或者是其他……我们都是成年人了，不是吗？"

她低低地叹了口气："过去的就让它过去吧。我们放开过往，好好生活吧。慕天，给这只镯子找到最适合它的主人吧，祝你幸福！我们都要幸幸福福的！"说完，她用力抽出了手，毅然地下车而去。

是的。都要幸福，才不枉费彼此辛苦走了这么一段旅途！

他愣愣地坐在车里，看着她的背影慢慢远去。许久后，他才有点反应，抬头仰望着她的屋子。灯光已经亮了，她已经进屋了，与他在那里度过的每一晚一样的清亮璀璨。可他却再也回不去了。

就算她知道了他的一切，就算知道了他所有的苦衷，就算她知道了这些年来他只有她，他只爱她而已。可是她和他，还是回不去了。

这么多年过去了，只有他还傻傻地留在原地。

Chapter18

另一个故事的开始

人生是一场无法回放的绝版电影。

错过了就是错过了。

她投入了忙碌的工作中。有人说恋爱失意，工作得意。有时候居然真的可以应验。杂志的销量月月递增。

和水茉见面，她也是一副容光焕发的样子。害得水茉左看右看的以为她受伤过度。她只是微笑："不要安慰我。我现在心里想的是，下一个肯定会更好！是不是很有阿Q精神？！"

水茉在对面的座位无法答话。一直到聚会结束，绿乔叹了口气，才流露了一点点的伤感，跟水茉说："总是可以获得新生的……一切总可以重新开始的。水茉，你应该为我高兴，不是吗？终于摆脱过去的阴影了！"

以前她总是无法将他放开。因为他将她伤得好深。在感情最炽热的时候被他生生掐断。那个伤口，深不见底，重得几乎影响了她日后的爱情观。他的背叛和离去，令她一度不再相信爱情了。

现在知道了所有的"真相"，她却反而真的放开了……她无法和他在一起。因为无法原谅他，也无法原谅自己。无法原谅他从她大哥那里拿了钱！无法原谅自己的残忍，将他和她的孩子打掉……既然无法原谅，那么就放手吧！放开过往的一切，好好地生活。

她总归要跟一个人重新开始的，只是那个人永远不会再是他而已。她想好好地谈一场恋爱，好好地结婚。她想要得到父母祝福的恋爱。她想尝试着开启不同的人生。

她甚至答应母亲去相亲。天知道，她以前有多嘲笑男女以这样的方式见面。感觉就像动物园里的熊猫，一举一动，连打个小小的哈欠，都遭无数人的监视。一男一女间所有的东西包括过往，都被摊在桌面上，几斤几两，无所遁形。

可是现在岁数长上去了，才知道，有的时候相亲也是孝道的一种表现。事实上，很多时候，爱情、婚姻绝对与孝道有关。

她抬头审视着更衣镜中的自己，OK，衣着得体，妆容完美。如果相亲成功的话，甚至披上件婚纱就可以直接奔赴教堂。

她嘲讽的笑略略委顿了下来，教堂……她已经去过一次了。那个时候多年轻啊，所谓的无知者无畏，大概就是她这个样子的。

真不知道这次是哪个家伙，居然答应父母来相亲。百分之百是不知道她已经有过一段婚姻史了。

当她挽着母亲的手，一身文雅的淑女裙装，优雅地出现在包厢里，看清楚母亲一再推荐的相亲男的真面目时，她惊讶得几乎要叫出来了。

居然……居然是那个欠了她一半赌金，偶尔还会打她电话说她欠了他咖啡的那个家伙——左允白。

事实上，前几天，她才请他喝过咖啡，在星巴克。请他已经不错了，他还挑剔说，口感不好，情调不佳。

她听后，嘿嘿直笑：“我们俩这种关系就不用去口感好情调佳的地方了。去了也是浪费。现在不是全国提倡环保吗？咱们也适当环保一下！”

他百般委屈，万般无奈地端起面前的咖啡喝了起来。她觉得又好气又好笑。可能是他们两人当初认识的方式太特别了，彼此又全然不了解对方的任何背景资料，所以相处起来，居然比一般的朋友还轻松。

谈得来就好，何必在意别人有什么样的过往，有什么样的曾经呢？谁没有过去！

原本负责中间介绍的那位林阿姨本是媒婆中的老手了，此刻一看他俩的反应，已经心领神会地知道这两人早就是认识的。忙笑意盈盈立刻道：“呵呵，楼夫人，左夫人，这可真有缘！楼小姐和左先生居然是认识的。那么就不需要我们这些电灯泡在这里添乱了。”

那左夫人笑容温柔，气质雍容，浅浅点头：“嗯。这可真是缘分。那我们就让他们自己处处。”

几分钟后，闲杂人等自动消失。偌大的包厢里头就只剩他们两人了。

楼绿乔收起了笑容，没好气地质问道：“怎么是你？”害得她如临大敌一般，到现在才轻松些。

左允白眉毛一挑，很是奇怪地问她：“怎么，你第一次吗？”楼绿乔白了他一眼，明知故问啊！

她回道：“废话！哪像你，身经百战，脸皮比树皮还厚！”左允白丝毫不介意，姿态很高：“那你应该庆幸我在那么多相片中挑选了你。”

她扮鬼脸：“是啊，谢谢你让我经历第一次相亲。”

左允白笑得畅快，因为难得见她如此窘状：“难道你来相亲前，都不看看对方的基本资料吗？”哦，对哦。她母亲是给过她一袋资料，但她一回到家就随手一扔。现在早不知道在哪个角落了。

她眯着眼，咬着牙，恶狠狠地道：“那我问你，早知道是我，怎么也不先通知我一声？你是故意看我出糗的！左允白，我记住了！”

他只笑不语，他早在一个星期前就知道是她了。不过后来两人一起喝咖啡，她完全没有进入状态，便知道她根本没有打开过文件袋。他本来是想过提醒她的。但想想最近生活很是乏味不堪，于是便打住了念头。哈哈，今天的效果不错。他想想又忍不住嘴角弯了起来。

其实对她来说，跟谁相亲，那人是什么工作，什么身份，又有何不同意义呢？纯粹是应付母亲而已。在某种程度上或许也是在应付她自己。

她最后恶狠狠地说道：“这顿不要想着让我出钱！”他嘿嘿直笑：“放心，你的赌金还在我这里。可以支付很多次！”

她闻言，睁大了眸子：“晕！快说，一半的赌金到底有多少？”他只是笑：“秘密。”秘密他个头，摆明了不想说。

跟左允白的“交往”，其实也算不上交往，无非是吃吃饭，偶尔去打球，或者去看电影或者去听音乐会。

她不怎么上心，但他似乎比她还不上心。估计十成十是被家里催得烦了，找个顺眼的人合着演演戏，各取所需。

连跟她开玩笑也百无禁忌。有一次说起婚姻，她笑着问他：“那媒婆有没有介绍过我已经结过婚，离过婚了？我坦白从宽！要求社会主义新中国待遇！”

左允白喝了口，嘴角微笑，神秘兮兮地道：“结婚无非就是一男一女合法地躺在一张床上。”说着说着，放下了酒杯，跟她招招手，示意她把头凑过来。附在她耳边低声道：“事实上，我跟N个女人曾经非法地躺过一张床上。”

她笑着骂他：“变态。”左允白不以为意地耸耸肩膀：“所以我有什么好介意的。我也有我的过去……”忽然认真地抬头，“你想听吗？”

她的眉头拧成了结，一脸的嫌恶：“不要。谁要听你那堆陈芝麻烂谷子的事情。”有些事情最好烂在心底。既然她从没有提供她故事的开头，又何必听他故事的结局呢。

这天，因为连续好几个月的销售好成绩，谢小珊决定“劳军”，对她说："你想想，附近有什么好去处。千万不要那种风景名胜，到处都是人。清净一点的，让大家好好放松放松。"

根据谢小珊的描述，她的第一个想到的地方竟然就是他带她去过的那个温泉会所。她跟谢小珊大致描述了一下，谢小珊很是满意，连连点头："不错，就订那里吧。"

"领导"发话，她马上安排人员预订了房间，安排各种事务。因是私人会所的关系，她还借用了他哥的名义。

第二天，大家开着几辆小车，浩浩荡荡地出发了。

会所的环境幽雅怡人，同事们都百分之百的满意。分发钥匙完毕，各自拿着行李回房了。她站在大厅里，捏着方才同事递给她的钥匙。沉吟了一会儿，才拎着包到前台："我能换个房间吗？"

前台的美女服务生露出标准化的笑容："小姐，您好。请问您想换什么样的房间？"她咬着嘴唇："换901房间，可以吗？"

那前台美女的笑容略略僵了僵，才回复她："小姐，不好意思。901房间现在不对外营业了。"她心里涌上一阵说不出的失望，忽然很讨厌自己神经质的一时冲动。微微扯了扯嘴角："哦。好。谢谢。"

那美女抬头，浅笑着道："小姐，你好。901边上的903房间目前没有客人入住，我们可以为你调换。可以吗？"

她顿了顿，才道："好的。谢谢！"

从阳台望去，还是可以看见山间景物依旧。只是物是人非了。

两人正式说清楚分开后，她曾经在某个餐厅大堂碰到过他一次。是半年多来唯一的一次！

当时她与左允白从里头出来，而他推着她姐姐进去，边上还站着邵洁好。两人郎才女貌，所谓璧人不过如此！当她看到的时候，已经闪避不及了，彼此明显呆了一呆。

秦慕雨先跟她打招呼，笑容依然：“绿乔，好巧哦。好久不见了。”她知道他望着她，就算没有转头，她亦知道。那种目光，就算不对视，她也能强烈感觉到。

她叫了一声：“慕雨姐。”也没有刻意介绍左允白。而左允白则大方地留了空间给她，在边上跟秦慕雨他们颔首致意：“绿乔，你陪一下朋友。我去取车。不好意思，失陪！”

只是彼此也没有什么可聊的，秦慕雨道：“绿乔，有空来吃饭。”她微笑：“好的，慕雨姐。”

他和邵洁妤都没有跟她说话，她也没有。只要知道彼此都好好的，好好地工作，好好地生活，已经足够了。

她也没有料到秦慕雨的客套话居然不是客套。过了几天，秦慕雨打了电话给她：“绿乔，有空一起吃饭吗？”她不好意思说没空，支吾着不知道怎么回答。

秦慕雨却大方地开口：“慕天不在，出差了。你不用担心会遇到他。”楼绿乔平时应付任何客户都大方得体，进退有礼，那个时候几乎被自己的口水噎到，忙道：“不是，慕雨姐，我不是这个意思。”

秦慕雨声音低柔：“绿乔，来看看我吧。我很想见见你。”她知道慕雨姐一直很喜欢她，对她很好。想着她经常一个人寂寞孤单地待在那个空荡荡的大房子里，心一下子就很软：“好。”

秦慕雨在电话那头欢喜道：“太好了。那早点过来哦。”

下班后，她买了一大束的康乃馨。在她心目中，虽然秦慕雨只长她五岁，可她却一直将她当成自己的半个长辈。

他果然不在。她说不出是庆幸还是失落抑或是其他。

秦慕雨煮了好几个她的拿手好菜，频频给她夹到碗里，一再叮嘱着：“多吃点。”

饭后，她又亲手泡了菊花茶给她。看着盛开在水中央的花儿，秦慕雨温柔浅笑道：“慕天说你最喜欢喝菊花茶了。所以我买了很多杭白菊放着呢，你有空常过来。”

小而精致的菊花盛开在透明的杯子里，雾气氤氤氲氲，清香飘飘袅袅。楼绿乔低声道：“慕雨姐，对不起，让你失望了。我们……已经……分手了。”

秦慕雨伸过手来，拍了拍她的手背，像是安慰又像是安抚，柔声道：“我知道的，我知道的。”

秦慕雨拉住了手道：“绿乔，我知道所有的事情。当年是我和家人拖累了慕天！他当时真的被逼得走投无路了。那几个死者的家属天天到我爸爸住的重症监护室的门口来闹，闹得医院要求我们转院……那时候我的腿已经坏了，家里穷得只剩下锅碗瓢盆了，我们就算砸锅卖铁也付不出那笔钱来的，更何况我爸爸当时生命垂危，也是靠器材药物维持着，每天要交钱……我坐在轮椅上，每天也要吃药，医生还要求做复健……笔笔开销都要钱。那段时间，慕天天天在为钱发愁。我却一点忙也帮不上，还拖累他。你知道吗？我每天早上都不想醒过来，想着就这样永远睡着了，该多幸福啊！不要醒来，就可以不用面对医院的催款单，不用哭着求死者的家属多给我们一点时间……”

“正在那个时候，你哥哥出现在了我们面前……”

秦慕雨一直记得楼远乔的模样，穿了一身黑色的西装，冷淡而疏远地看着秦慕天：“有时间吗？我们谈一下！”世家出来的人，无论在什么时候，无论在什么地点，无论再怎么讨厌一个人，可还是会彬彬有礼，距离感十足。

慕天跟着他去了半天。回来后闷声不响，一副心事重重，情绪低落的样子。那个时候，她自己都一片慌乱，也没有注意到他的异样，还以为他只是在忧心父亲的病情和钱的事情。

可是没有几天，慕天却摆平了所有的死者家属。甚至还有一大笔的钱交进了医院。她才察觉出了问题，拉住了他，问道："你怎么会有那么多的钱？哪来的！"

他只说是他开口跟一个富二代的同学借的。还说，他同学中很多都是富二代。这些钱对他们这种家庭来说是天文数字，可人家看来，根本就是小菜一碟的事情，就少买一两块表，少买半辆车而已。她听他说得头头是道的，心里也释然了，也就没有多心。

现在想来，也或许她当时太彷徨无助了，就算是一根浮在水面的稻草在那个时候出现，她都会毫不犹豫地去抓住。所以很自然地选择了相信慕天的说法！

前段时间，她让他带绿乔回来吃饭。他沉默了许久，才告诉她："姐姐，我跟小乔分手了。"

她大吃一惊，明明这两人一直很恩爱甜蜜，她甚至一度以为自己很快会抱侄子侄女了。她问他："为什么分手，怎么会分手的？"

他只是不语。无论她怎么问，他就是不再说一个字了。

他和绿乔这么辛苦才又重新开始，怎么会又无声无息地分手了呢。他越不肯说，她就越觉得他有问题。

后来给她端药过来的时候，她怎么也不肯吃："你如果不告诉我为什么，我以后不会再吃一颗药了。"事实上她倔犟起来跟他是一样的，谁让两人是亲姐弟，血管里流着一样的血！

他面无表情地僵在了那里，一直没有动。坚持了半天，最后才无力地道："姐，你还记得当年父亲的医疗费和赔给那些死者家属的赔偿费吗？"

秦慕雨点点头，她怎么会忘记呢。当他们略有点小钱的时候，她总是催促着慕天去把钱还了。她还一直想请他同学吃饭，可是慕天说他同学定居在美国，很少回来。

慕天的声音有种令人心寒的冷："其实……其实这钱是我跟小乔的离婚费！她哥给我的！"他一字一字地说来，仿佛他诉说发生在别人身上的故事。

她震惊地转过头看着他，尖声道："你说什么？"

慕天只是怔怔地望着她："姐，我这么没有用，你是不是后悔当年把读书的机会让给了我？"

她大口地喘着气，摇着头道："你说什么？再说一次！不，我不相信！"

他却开始大笑起来，笑得泪也掉了下来，最后抱着头慢慢地蹲了下来，在她面前号啕大哭。

她吸着气："不，慕天，你怎么能这么做？绿乔怎么办，你有没有想过她怎么办？"他别着头："姐，那你说我当时该怎么办？"

"姐，你说我当时该怎么办？""我当时能怎么办？"

是的。他当时该怎么办！他当时能怎么办呢？

她慢慢地滑动车轮，搂住了他的头，两人在自家偌大的客厅里肆无忌惮地大哭起来。

慕天将头枕在她毫无知觉的腿上，喃喃自语："姐，我这么没有出息。小乔那个时候就算跟着我也会吃苦的，对不对？"

如果可以，谁能轻易放弃自己的爱人！如果可以，谁会拿那么屈辱的钱。

她想到西装笔挺的那个男人，那双高贵冷淡的眼。泪水一波波地涌了上来！

只要一想起两人之间所发生的事情，她总是没有由来地心疼，心疼慕天，心疼绿乔！心疼两人之间所有的一切！

如果不是当年父亲那场意外车祸，慕天和绿乔怎么会走到如此田地呢？

秦慕雨叹了口气："绿乔，你跟慕天真的一点希望也没有了吗？"楼绿乔低着头，只是沉默。

秦慕雨柔声道："绿乔，这么多年来，慕天他一直爱着你，一直在等你！你回头看他一眼，好吗？只要你解开这个心结，你会发现慕天到底有多爱你！"

可是，可是她就是解不了，过不去。因为曾经深爱，所以更过不去。

楼绿乔默然着，好一会儿才轻轻地道："慕雨姐。过去的事情就让它过去吧。都这么多年了，我们都变了。早都已经不再是当年的我们了。我和他，回不去了……就算回去了，结婚了，或许到时候还是伤痕累累。我们连今天会发生什么都无法预测，又哪里能够保证以后呢？若是如此的话，还不如保持现在的样子……也保持彼此在心底最美好的记忆。"

秦慕雨叹口气："你不试试，又怎么知道呢？唉……你和慕天都是成年人了，加起来都六十多点了，如果能试着原谅的话，就努力一下……"

楼绿乔一脸的哀伤。秦慕雨只好道："我也不再多说什么了。来，我带你去看些东西。"

她将绿乔带到了慕天的卧室。绿乔不解地看着她，她滑着轮椅，打开了相连衣帽间的移门："右边的那个柜子，你去打开来看看。"说完，她慢慢滑出了卧室。

大大的衣帽间里充斥着他的气息，好熟悉，熟悉得连心都要纠结起来了。她摇着头，试图驱散他的味道，可是漫天遍地的都是，迎面袭来，无处可去，无路可避，亦无计可消除。

她不是不想跟他在一起的。可是她过不了自己这一关。她的自尊，不允许！她的骄傲，不允许！

她心酸得几乎要哭了。为了挥去这种酸涩感，忙打开了衣柜。偌大的衣柜只挂了几件衣服。

一白一黑的两件衣服。白色的是她结婚那天的白裙子，黑色的是他那天穿的廉价黑西服。衣服外面套着透明的密封袋子，显然主人保养得很用心，甚至连黑西装的领结也还在。

角落里还放着一个小盒子，如果她没有记错的话，这个盒子是当年他们买戒指时候的包装盒子。

她的手一点一点地接近，触摸到了绒绒的表面。“啪”的一声打开，赫然是他们的结婚对戒！

她从来没有想过这辈子还可以看到这对戒指。那天将手上的戒指摘下后，狠狠地摔在了他脸上……戒指“铮”一声掉在了地上，又滚到了某个角落……可她拉起箱子就走……

那戒指上的锆石居然还很亮。

那天她挽着他的手臂，在一个无名设计师的小摊上买的。她一眼挑中了，他便买了下来。虽然廉价，但当时在她的眼里，却是无价之宝。

犹记得她曾经戴着那个便宜的戒指，挽着他的手，穿过大街小巷，嘴里哼着改编后的歌：“今天我要嫁给你啦……今天我要嫁给你啦……”

他边走边不时地回头看她，眼角眉梢都是浓浓的笑意……

她怔怔地看着，只觉得眼皮越来越酸，越来越重。

可是……可是……他们还能怎么样呢？当做一切从未发生过吗？可事实上它们真实地发生过了！就算她可以欺骗她自己，可是她爸爸妈妈，大哥大嫂呢？他们会怎么看他？

后来她出了卧室，秦慕雨见她的神情，叹了口气道：“绿乔，希望你不要怪我打乱你或许已经平静的生活。我……我只是想最后为你们俩做点什么，不想你们彼此再错过了。”

她想起了邵洁妤，低低地道：“慕雨姐，我……我已经有男朋友了。那天你看到的那个就是。”

秦慕雨不语。楼绿乔道：“而他身边，不也有一个很适合他的人选吗？”

秦慕雨轻摇着头："你说好洁吗？如果慕天愿意的话，孩子早都已经满地跑了。"

绿乔幽幽地道："慕雨姐，我以前是不明白的。以为结婚，只要两个人有爱情就行了。有爱就可以克服一切困难。只要两个人相爱，有牛奶了，也会有面包的。可是现在大了，才明白，结婚不是要找一个最爱的，而是要找一个最合适的。"

他是她这辈子最爱的男人！可是发生了这么多的事情，她如何能够不顾及父母家人的感受。她已经不是小孩子了，不能一直这么自私了！人长大了，就有了责任。不能再像小孩子一样，随心所欲，肆无忌惮地过着只为自己的日子了。

她望着落地玻璃外的无边夜色，道："我只能说我跟他不是彼此最合适的，但是我还是跟你一样希望他可以过得很幸福。"

他和她的爱情或许并不发生在什么错误时间，错误地点。只是彼此错过了……

如果那个时候无论什么境况，他都牢牢地牵着自己的手。

如果当年他坚持他的婚礼誓词，无论未来是好的还是坏的，是艰难的还是安乐的，他都会陪她一起度过。无论准备迎接什么样的生活，他都会一直守护在她身边。他会信任她，尊敬她，爱她。与她一起欢笑，一起哭泣。

是不是，彼此就可以白头？

谁也不知道！因为人生没有倒退键，没人能回到过去，再重来一遍。就像有句话说的，人生是一场无法回放的绝版电影。错过了就是错过了！

Chapter19

还可以拥有爱情吗

她应该推他的，可是她居然没有，而是任冰冰的雨水顺着他的头发，滴落在她光裸的脖子上，再滑到衣服里面。

她和谢小珊泡着温泉，喝着小酒。难得这般放松，连谢小珊也满意声连连，笑得灿若春花：“你选的地方实在太赞了，害得我都不想回去再工作了。”

楼绿乔笑着白了她一眼：“说真的假的？若是真的，我要去还神了。谢谢神佛保佑，压在我们这群奴隶身上的三座大山终于被推翻了……”

谢小珊听得柳眉一竖：“你说什么？我有这么可恶吗？”楼绿乔赶忙用力点头：“有，绝对有！”边说边乐！

谢小珊道：“我对你们严格，这是要求大家进步——”说着说着连自己也忍不住笑了出来。

两人又聊了些有的没的，不知怎么的就谈到了左允白，谢小珊问她：“你认真的？”

她饮了一口，漫不经心地回问：“你说呢？”谢小珊道：“以结婚为前提的交往？”

楼绿乔挑着眉道：“我们已经是大龄剩女了，马上要步入圣斗士了，还不以结婚为前提交往，难不成你想修炼成战佛啊？我是没有关系，反正我已经结过了，也离过了。”

谢小珊差点把刚喝在嘴里的酒给喷出来：“圣斗士？战佛？苍天啊，大地！拜托，我还没这么夸张吧。”

楼绿乔不冷不淡地瞅了她一眼：“我好像明明记得你跟我一起念小学、初中的啊，而且还是同级，甚至有三年还是同班。难不成你出生就已经去学校念书了啊？”

谢小珊道：“可我明明比你小啊！”楼绿乔白了她一眼：“是，你比我小，小一个半月啊！我记得的。我今年已经……”还没有说完，谢小珊已经成功地捂住了她的嘴：“老娘我过了二十五周岁后就没有再过生日了。不许给我说年龄！”女人，再厉害精明的女人，骨子里其实都会自欺欺人的。

两个人在温泉池里打打闹闹，好似回到了小时候。谢小珊笑语盈盈，不无感慨地道：“唉，一晃眼啊。才一晃眼的工夫，居然已经老了……那个时候，我们还偷偷地穿我姐的高跟鞋、裙子，还偷抹她的口红、胭脂。抹得跟猴子屁股似的，还自以为好看死了，在镜子前照来照去……小时候啊，总是盼着长大。可是现在我们真的长大了，却宁愿回到那个时候……无忧无虑的……多好！一点简单的小事情都可以乐上半天！”

楼绿乔点了点头：“是啊……多好的年华啊。”因为回不去了，所以总是念念于心，久久不忘。小的时候，快乐是那么的简单。长大了，想要简单也是一件不容易的事情。

一转眼，彼此都已经过三十了。

楼绿乔叹了口气，声音低了下去，感慨又有些无奈：“我们都不小了。我爸妈岁数也大了，唯一的心愿大概就是想看着我穿婚纱幸福地结婚！我已经任性过一次了。不可以再这样继续任性下去了。或许我老了，真的，我已经没有勇气再任性第二次了！”

以前一直以为父母是不会老的，会一直陪着自己，无论自己犯多少错误，做多少傻事，他们总会在那里，在那里，等着她回去。

可这次与父母重归于好后，她才惊觉，看似雍容高贵的母亲，其实已经华发丛生了，若是不染发的话，怕看上去要比现在老十几二十岁。她也才深切地体会到，父母真的老了。

她想起了水茉说过的，树欲静而风不止，子欲养而亲不待，是人世最大的悲哀。父母已经再没有多少个八年可以给她了。

既然父母中意左允白，而她也不讨厌，这样不是已经很好了吗？那种爱得死去活来，折腾来折腾去的感情真的已经不合适她了。平淡一点，未尝不是件好事情！

谢小珊的房间在六楼，于是一到六楼就跟她挥手拜拜。她一个人上了九楼。走廊上空无一人，很静！她几乎有点后悔换房间了！本来就还可以东晃荡，西串门子的。

事实上她也只是一时的冲动。等真的换到903房间，她都想不通自己怎么了，怎么会这么的冲动。或许是离开了熟悉的环境想放纵自己，任性一下。也或许可能是两人在这里的记忆很甜美，所以她总会不经意间想起。这次难得到来，就重温一下似曾相识的景物。

她从包里摸出了磁卡，刚要刷，边上的房间正好有人开门，她条件反射般地轻轻转头，看到了一个熟悉的身影。

她大约酒喝得有点多了，所以出现了幻觉。可那个人似乎也很吃惊，怔在了原地，一副措手不及，不敢相信的样子。许久才唤出了口：“小乔……”

她这才确定不是她的幻觉。因为他住的是901房间！

她微微扯了下嘴角：“你好！”他怔怔地问道：“你怎么在这里？”

她不知道怎么解释了：“呃……我们杂志社活动……地方挑在了这

里……呃……很晚了，晚安！”

他道：“还不晚，介意一起吃点夜宵吗？”她还是笑，拒绝：“谢谢，我想睡了！”

他站在不远处，点了点头：“好。”她慢慢地关上了门，将他关在外面。

他怎么会住在那个房间，那个房间不是不对外营业吗？她一直带着这个问号，翻来覆去N次后，蒙蒙眬眬地入眠了。

第二天的早上，是谢小珊的电话将她吵醒：“快起来，陪我吃早餐。”她口齿模糊：“你自己去吃吧，我困死了，再睡一下。”现在是休假期间，可以很放肆，包括不听老板的话。

也记不清谢小珊后面到底说了什么，她又睡了过去。也不知道为什么，依稀有种心安。仿佛就这样一直睡下去，也是好的。

她最后是在正午时分醒来的，被肚子叫醒那种。胡乱刷牙，洗脸，扎了个马尾就准备出去了。

拉开门，一呆，他轻靠在门口的墙上，微微转头：“一起吃饭吧？”

很明显是在等她。她也不矫情，点了点头。

不过两人从电梯到餐厅俱是无言。彼此什么都不说，可是又好像彼此什么都说了。

他好像明显瘦了。连手指似乎都更修长了些。他的手一直很漂亮，干净修长白皙，就像音乐学院那些弹钢琴的手，一点儿也看不出从小在田地里劳作的影子。苦读成才，工作后又勤奋努力，如今终于站在人前，器宇轩昂，不输别人半点。

菜一个个地端上来，满满的一桌。她只是默默地埋头吃着。他也是。

一包厢的安静，有个铃声很突兀地打破了所有的静谧。她从包里取出了手机，大大的屏幕上，左允白的名字在一闪一闪地跳动。

她顿了一两秒，才按下通话键。左允白在电话那头的笑声低低颤颤地通过手机传过来："还在睡懒觉啊？"她放低了声音："才没有。人家已经在吃午饭了。"

事实上她前半夜根本没有睡。怎么也没有想到他会在这里。而且就住在两人曾经住过的房间。这是巧合的话，那么也太巧了！

左允白笑了出来："你难得休假起这么早干吗？"她鼻子里轻轻一哼，反问："干吗要告诉你。"

又说了几句，这才挂电话。抬头，他似乎什么也没有听到，很慢很慢地在扒饭。她缓缓地道："他是我男朋友。"他没有说话。

她轻轻地开口道："我们总有一天还是要各自结婚的，对不对？"他还是不说话，一直在扒饭，动作很机械化，一如电脑控制般的有节奏。

她冷静地道："你怎么样我管不了，可是……可是——慕天……我还是要结婚的。"人生很多时候就是这样的，与一些人恋爱，又与一些人结婚。但彼此相爱过，走过那么一段旅程，也是一种缘分。他和她总有一天都会与另外的一个人结婚的。

他放下了筷子，看着她问道："为什么，为什么是他？为什么就不能是我呢？"她捏着筷子，屏住呼吸，不回答。

他凝望着她："绿乔，为什么不能是我？我们经历了那么多，比谁都了解彼此，也比谁都懂得幸福，懂得珍惜。为什么就不是我呢？为什么就不能是我呢？"他的目光如湖水平静，如此的理性，好似在说别人的事情。可谁能知道他的手在桌子底下握成了拳头，捏得没有一丝血色。

她笑了起来："就是因为我们都错过了。"再想去珍惜，也已经无路了。

她放下筷子，道："因为我永远忘不了你拿了我大哥的钱和我分手……"还有，还有因为她忘不了那个曾经真实存在过的孩子……或许这就是惩罚，对彼此最好的惩罚。惩罚他，也惩罚她自己。

她与左允白发展得十分顺风顺水，甚至还应邀到他们家吃饭。她捧着大束的鲜花，和他手挽手，“恩爱”地出现在了他们家。

左母她已经见过，华贵大气，见了她，笑容满满，热络地招呼：“绿乔，来，来来，快坐，快坐！”

她忙捧上鲜花：“伯母好，伯父好。”左母连声道：“好！好！来就好，何必破费呢！”转头已唤来了阿姨，“把花插起来。瞧这花开得多漂亮啊！绿乔的眼光就是好！”

左父她第一次见，穿着居家的毛衣，十足的居家好男人。温和得很难把他和商业杂志上的采访照片联系起来。

一顿饭下来，也算其乐融融。

很明显的，左家是接受她的。是真的接受她，抑或是接受她家的背景，她就不得而知了。她不想探究，也不必探究。生活中哪有真的黑是黑、白是白的东西啊。很多时候连买件物品，都看包装了。更何况人呢?

回家的路上，她想到了一件事情：“听说你还有个妹妹，已经工作了。”左允白明显顿了顿，才道：“哦，她不在这个城市。所以今天没有出席。怎么，你介意？”

她笑着摇头：“怎么会呢？只是突然想到，所以问一下而已。”

车子停在了她大厦门口，她适时下车，与他挥手道别。

她清楚左允白对她只是朋友间的喜欢而已，或许中间还夹杂了一些欣赏，可绝对不是什么爱情。想必他也清楚她对他的感觉。她是因为父母和现实，不得不妥协。可他为什么要强迫自己呢？按他的个性并不是一个能轻易妥协的人啊?

又到阴雨季，黄梅天，一天到晚总是绵绵细雨下个不停。她一回到家，就冲进了浴室，舒舒服服地洗了个澡。吹干头发后，倒了杯红酒，懒懒地半躺在沙发上翻杂志。

外头雨势大了起来，此刻正大雨滂沱，豆大的雨点“啪啪啪”地打在落地玻璃上，又顺着玻璃蜿蜒而下，留下了一条又一条长而蜿蜒的痕迹。

才享受了片刻，就听到有人在按门铃。

她起身，很意外地在应答机上看到了左允白熟悉的人影，按下键，诧异地问："怎么这个时候来找我？"左允白的声音很是沙哑，透着浓浓的一股倦意："绿乔，我想见你。"

她迟疑一下道："可是已经很晚了，我想休息了。"他捂着额头，一副难受不堪的模样："绿乔……"

她闭上眼，睫毛不停颤动，不停地跟自己说："你跟他是男女朋友，是男女朋友。"再睁眼时，按下了开门键。

当左允白真的站在她面前的时候，她几乎要吓一跳。整个人不知道怎么了，被雨淋得浑身湿透，像是只刚在河里被捞起来的落汤鸡，十分地憔悴，万分地颓废。左允白这个人一向最注重他的仪表了，每次打扮都对得起风流倜傥这几个字。今天不知道是受什么刺激了！

她的眉毛估计已经打结了："你怎么了？你失恋了啊？把自己搞成这样子！"他没有说话，只望着她，雨水滴答滴答地从他身上滴下来。一直望着她，好似一只迷路的小狗。

他上前一步，一把抱住了她，语气很虚弱："绿乔，让我抱一下。就一下。"他似乎受了什么打击似的。

她挣扎了一下，可他抱得紧紧的，她动弹不得："到底怎么了？"他的头埋在她的颈间，湿漉漉的头发黏糊糊地触碰着她的肌肤。她才刚洗好热水澡，她应该推他的，可是她居然没有。任冰冰的雨水顺着他的头发，滴落在她光裸的脖子上，再滑到衣服里面。

许久后，他才放开了她。两人所站之处的地板已经是湿答答的一片了。

她心软了，推着他："你先去洗个热水澡。"

秦慕天原来在这里的衣物，她早就收拾好，扔掉也不是，放着也不是，最后唯有堆在杂物间了。现在也没有办法，她只有找出来给他。

等他洗好的时候，她已经把家居服放在浴室门口了：“你将就穿一下。”

左允白穿好了出来，居然挺合适的。她泡了一杯蜂蜜水，摆在几上：“你还好吧？”

他不语，自顾自地出神。她道：“你喝了这杯再走吧。我去洗个澡，就不送你了。”

等她出来的时候，左允白还没有走，蜂蜜水倒是喝完了，歪着头倒在沙发上。她上前轻轻叫了他一下：“喂，左允白，你给我起来……”

他似乎睡得很死，一点反应也没有。她推了推他，他还是没有反应。她心里不知道怎么有点慌了起来：“左允白……”

手在推他的时候碰触到他的肌肤，很烫。她忙用手摸了摸他的额头，天哪，真烫。他在发烧。这个神经病，没事去淋雨干吗，还以为自己十几二十岁，青春无敌啊。

左允白恍恍惚惚中觉得有很冰凉的物体覆在了自己的额头，有人很温柔很温柔地在念他，给他擦汗，擦手。

他的心好像浮在一片温暖的云间，舒适安心。

楼绿乔第三次给他换过冰块后，这才有时间坐在床边喘口气。目光移到了左允白的脸，发现他的唇很干。准备站起来去倒杯水，刚要转身，他却抓住了她的手：“小棋，不要走……”

这辈子只有人叫过她“小乔”，可从来没有人唤过她“小棋”。她应该吃醋的，毕竟她现在是别人眼中他的“正牌女友”。不过她竟然一点也没有，第一反应只是觉得这个名字似乎有点耳熟。

她低头望着左允白，也是傻子一个啊。他的样子，铁定是爱了一个不爱自己的女孩子。否则有几个人能抵抗他这样子的极品啊。

唉，同是天涯沦落人，相逢何必曾相识啊！

他依旧迷迷糊糊的，依旧在呓语：“小棋……小棋……不要走……我不准你走……小棋……”

看在他帮了她很多的分上，她俯下身，柔柔地哄他：“好，好……我不走。我去给你倒杯水，好不好？”他自然不会回答，可却慢慢地松开了手。

她自己先试了一口水温，这才喂给他喝：“慢点，小心……”他很是听话，一小口一小口地喝了半杯。

后来又抓住了她的手，只是喃喃自语：“小棋……小棋，不要走，不要走……不要离开我……”她靠在床边，一直不停地哄他：“好，我不走，不走！”

突然间，她呆了呆，如果她没有记错的话，他妹妹的名字就是左允棋。

第二天，左允白醒来的时候，她刚从外头买了白粥和小菜回来，朝他扬了扬手里的袋子：“醒了啊，来，给你买了早餐。”

左允白依言坐了下来，又恢复了往常的样子，笑得贼兮兮的：“不好意思，昨晚喝多了，没有打扰你什么吧。”她递筷子给他：“是啊，是啊。你打扰我的艳遇了。快吃吧你。”

那次之后，左允白偶尔会到她家来小坐片刻。某次被谢小珊在电话里听到他的声音，还笑她：“恭喜，恭喜啊，终于入厅堂了啊。”

事实上她和左允白只是朋友而已，但绝非恋人。彼此似乎都无意再前进了！

Chapter20

婚约，与爱无关

或许开始一段新恋情是忘掉上一段恋情最好的方法。

但是婚姻不是！爱情是两个人的事情！

可是婚姻……

她只觉得今天一进办公室，气氛就怪怪的。她才一出现，大家的头都在数秒内转向了她，可几乎是在同一瞬间，便转过了头去。

她一如往常地进了自己的办公室。前脚才跨进，谢小珊后脚就跨了进来。左右端详她后，才古怪地开口："你今天开过电脑，上过网，看过微博没有？"

她没好气地道："昨天加班到半夜，刚爬起来，早饭还没有吃就被你催着来上班了。哪还有这个美国时间上网，上微博啊？"

谢小珊点了点头："明白，明白。"几句明白后，就莫名其妙地出去了。

她一边开电脑，一边拿出了手机。看来秘密就在网上啊。可是什么东西会与她有关呢?

可是居然真的跟她有关。素有娱乐圈第一美女的姚翎翎被偷拍到和一英俊富商半夜出现在酒店门口。照片有好几张，两人一前一后，虽然并无眼神交流，但出现在酒店门口，且是半夜，是绝对的事实。

姚翎翎是目前娱乐圈人气最旺最红的女明星，脸蛋娇媚，身材火辣，而且是出了名的演技好，部部电影都卖座，去年还拿了个国际影后的头衔。最难得的是，她是娱乐圈少有的洁身自好者，鲜有绯闻。

所以此消息一经披露，便有无数的转帖和跟帖，天涯也开始了人肉搜索。但她不需要，因为她只需要一眼就可以认出，这位英俊富商就是秦慕天。

她索性打开了相关的电脑网页。姚翎翎被堵在了家门口，表示不会回应任何问题。由于天涯和微博都有人扒出了秦慕天，所以各路记者正守在他的办公大楼前。

还有各种所谓相关人士，密友的爆料，精彩纷呈。还有的已经将秦慕天的出生、学历、经历、资产，甚至女友都给扒了出来，精彩度直逼几年前的××门事件。更有好事的媒体已经在推算两人世纪婚礼的日期了。

可当看到自己模糊的照片居然也在网上的时候，她觉得快崩溃了。那照片上的造型她这辈子也忘不掉。就是在他公司周年晚会上她刻意穿着的白衣造型。好在照片过于模糊，论坛上至今为止还没有将她的资料扒出来。

不过她们办公室的人不要说照片了，只要一个剪影就可以把她准确无误地认出来。怪不得大家有如此反应。

除了她的内容外，其余部分当真是十足的精彩，她整整看了一个多小时还没有看完，直到谢小珊再次进来："你觉得真假度如何啊？"楼绿乔耸了耸肩："你觉得呢？"

谢小珊扯了扯嘴角："万事皆有可能吧。你还好吧？"楼绿乔笑了出来："我？很好啊。你脑袋秀逗了啊，我和他早没有半点关系了！"

谢小珊"嗯"了一声，才道："中午我请你吃饭，地点任选。"楼绿乔道："真的假的？不心疼荷包啊？"谢小珊一脸心痛的样子："最多我做好洗盆子的准备，怎么样？"

楼绿乔嘿嘿直笑："不吃穷你，你还不知道我是个吃货呢！"

几句话后，谢小珊去了自己的办公室。屋内一下子冷清了下来，她突然觉得心一抽一抽的，闷得难受。

这样不很好吗？两个人各自有各自的生活，各自有各自的旅程，也各有各的精彩。

可是一天下来某个地方总是觉得难受，闷闷的，有点痛，像被人狠狠揍过一拳似的。

谢小珊请她吃了中饭又请了她吃晚餐。她在闷头大吃中，问过谢小珊：“你觉得真实度高吗？”

谢小珊却摆好了架势，认认真真回她：“我刚刚已经打过电话给阿美了，你知道的，她们娱记敏感度高，任何风吹草动都瞒不过她们的。不过她只跟我说了四个字，无可奉告。她一点内幕也没有。不过阿美说她一看到那张前女友的照片就知道是你……她开玩笑说要不要跟你约个采访？我直接把她堵回去了……”

“另外如果发表我私人看法的话，我觉得可能性有啊。你看那个姚翎翎的身材脸蛋，跟你是一个类型的。你知道的啦，男人喜欢的女人其实有固定模式的。”一边说，一边还不忘瞄瞄她。

她不置可否地道：“是吗？”就算真的是如此，也跟她无关了。他终究会开始新的感情的，无论是邵洁妤还是这个姚翎翎，他终究会开始没有她的人生的。

她放下了筷子，看着谢小珊，平静地回她道：“其实我真的没有什么特别难过或者郁闷之类的。我跟他早已经分手了，而且我已经有男朋友了。如果这件事情是真的，我还要恭喜他。他找了姚翎翎，很好啊。人家现在是炙手可热的国际影星，天使脸蛋，魔鬼身材，要美貌有美貌，要品位有品位。说实话，我还不如人家呢！所以很好啊。他找了个强过我的，总比他去找一个小保姆之类的小学毕业的好吧。如果他真找一个这种的，那我真的还不如一头撞死算了。”

或许每个女的都是如此。前男友的下一任方方面面比自己出色，那也倒无话可说了。但若是什么都严重不如自己的话，那女的肯定郁闷得要死，甚至觉得跟这个人谈过都是种耻辱。

晚饭后又与谢小珊去做了美容SPA后，这才挥手道别，各自开车回家。临上车门前她还故意问谢小珊："要不我们这期杂志约姚翎翎做个专访，像上次的袁园事件一样，绝对畅销，肯定属于一上市就断货的那种。"

谢小珊皮笑肉不笑地道："成。你去负责实施！"她朝她恶狠狠地一笑："想得美，每次都是我冲在前头。这次换你了。我等着听你的好消息！呵呵！"说罢，像电视剧里的坏配角似的，坏坏地笑着扬长而去。

好友就是如此的，总是用实际行动来默默安慰。谢小珊全程刷卡请客，还一路赔笑。

还有水茉，虽然跟老公出去度假了。可还是在得到消息后，佯装什么都不知道地立刻打电话来旁敲侧击。唉，人生有这些个好友，夫复何求啊。

已近深夜，路上的车流已经不多了。平素热闹的红绿灯处，也显得有些冷冷清清。

她踩下了刹车，等一分多钟的红灯过去。百无聊赖地拿起仪表盘上的手机，滑开页面，显示的依旧是他头条新闻的网页。

她都还没有来得及看他的照片，只觉得一阵剧烈的撞击从车尾袭来。后来便什么都不知道了……

她在一片淡淡的酒精味中醒来，映入眼睛的是白茫茫的墙壁，白茫茫的床单，所有的摆设都说明了这里是医院。

她转了转千斤重的头，只听母亲欣喜宽慰的声音传来："乔乔醒了，乔乔醒了……"父母大哥大嫂的脸都跟放大似的一一出现在面前。

她眨了眨眼睛："我怎么会在这里？"楼母道："你发生车祸了……是有人醉驾，一群神经病，从后面撞上你的车的……"从小到大，楼绿乔都从未见母亲骂过人，今天居然都骂出神经病几个字，可见她已经气愤到了极点。

白光一闪，她模模糊糊记起来了。从饭店出来，她跟谢小珊挥手告别，各自开车回家。在某个路口，因红灯停了下来。她停车等候的时候还拿出了手机，在看关于他的新闻……最后的记忆是听到“砰”的巨大声响，只觉得自己受到了猛烈震动，只觉得额头一阵剧痛……

医生说除了脑部有震荡外，其他的伤都是些皮外伤，没有什么大碍。醒来后不久，脑部的扫描报告也出来了，没有什么问题，只是要留院多观察几天。大哥半开玩笑地说还好她买车的眼光不错，那辆车经得起撞。否则半条命已经没有了。

所谓小病是福，母亲一直围着她的病床转，倒茶端水。动手洗水果，还要连皮也剥了，才一颗一颗地喂她。

她只觉得一阵恍惚，似乎回到了小时候。她偶尔生病，母亲总是会如此，不眠不休地照顾她。

她慢慢地侧过身子，将头蹭在母亲的大腿上，喃喃着道：“妈，我觉得自己现在真幸福。”楼母双手拿着水果，怔在了那里，一会儿才不着痕迹地吸了吸鼻子：“傻孩子，说什么傻话呢……”

一个下午，就枕在母亲的腿上，沉沉地睡过去。阳光透过帘子，细细地漏进来，安宁静好。

左允白一早来过后，晚上的时候又捧了一大束鲜花过来，母亲大嫂见状，便推说要回家照看小钢琴了，给他们留了大大的空间。

左允白道：“怎么样？”她点了点头：“嗯，好多了。就是头有时候还是有点晕晕的。”

左允白道：“这是脑震荡的缘故，还好不严重。”她又“嗯”了一声。左允白道：“你妈说你一天没怎么吃东西？没胃口吗？”她点了点头。

左允白半开玩笑似的道："你想吃什么，我给你去买怎么样？就算在国外，我也飞去！"

楼绿乔嘻嘻一笑："真的假的？我想吃甜品，××路那家，你要不要帮我去买？"

左允白居然一口应承下来："好，我这就帮你去买。你自己当心，一有事情就马上按床头的铃。"

楼绿乔道："好。可是我很无聊耶，能借你的手机上网吗？"左允白看着她，笑得跟花似的，贼坏贼坏的："你不会是想查我岗吧？"

楼绿乔哈哈大笑："是的话，你给不给？"左允白只是笑："给，拿去吧！慢慢查！"将手机递给了她，这才出了病房。

她的手机被撞飞了，想来已经是碎了，不过就算不碎，此刻也被锁在交警的档案袋里了。

网络上还是铺天盖地的关于他和姚翎翎。不过两个人都没有任何回音。但越是这样沉默，媒体就越追着不放。

有人敲了敲门，她以为是医护人员，头也没有抬："进来。"可来人站在门口半天，没有半点动静。

她这才抬头，居然是秦慕天。

他的声音有点沙哑，神色也十分憔悴："你……你——好点了吗？"她点了点头："嗯，谢谢。"他最近怎么瘦了这么多。上次在温泉酒店遇到，她就觉得他变瘦了。可是这次他瘦得似乎更厉害了。

许久沉默后，他才说了一句："那个都是假的。"她"嗯"一声。

什么都不用说却等于什么都说了。无声胜有声，大概就是如此的。可是就是这样子的沉默，他也觉得有种说不出的好。

一直到左允白笑着推门进来："看，我给你买了什么？"

见到秦慕天，也面不改色，依旧言笑盈盈地打招呼："你好。"秦慕天也微微颔首："你好。"

左允白打开了盒子，一股清甜的香味立即在房间里散了开来，很自然地用小勺子挖了一口，送到她嘴边："吃吧。"

如此的场面，犹如针在扎眼，秦慕天戳在了那里，有点尴尬地咳嗽了一声才道："不打扰你们了，我先走了。"

秦慕天一出病房，楼绿乔便伸手接过："我自己来。"左允白递给了她，随手拿起自己的手机，无意中碰到了滑移键，网页上显示的照片，赫然是方才出去的男子。

他淡淡地开口："你前男友？"她轻"嗯"了一声，后来想到一事情，随即更正："猜对一半，我前夫！"既然彼此说到了这个话题，她也就没有必要隐瞒。况且她一开始就说得很清楚，光明正大的。

左允白没有什么惊讶之情："我早就猜到了。"楼绿乔一笑："是吗？"

左允白似乎有话想说，组织了片刻才开口："绿乔，我这段时间其实一直想告诉你，我已经买了钻戒，想问你是否愿意跟我结婚？"

她差点被喉咙口的甜品噎死："你不是疯了吧？还是看我受伤可怜我，同情我啊？"左允白淡淡一笑，有些许的哀伤："你觉得我在开玩笑吗？我已经三十多了，有些发小的孩子都已经在泡小妹妹了。"

楼绿乔终于将甜品咽了下去："可是，我们连手也没有牵过，你不觉得太快了吗？任何事情总得有个过程吧！"

左允白又恢复了赖皮的神色："牵手还不容易啊？"说着就来拉她的手。她推开他的手笑道："走开啦。"

两人嬉闹了一下，楼绿乔才正色地看着他道："左允白，或许开始一段新恋情是忘掉上一段恋情最好的方法。但是婚姻不是！爱情是两个人的事情！可是婚姻……"她想起了曾经那段不被祝福的婚姻，叹了口气，"婚姻是两个家庭的事情。"

左允白点了点头："我知道。你可以考虑一下我的建议，其实和我结婚也不错的。毕竟我们身份背景相当，又知根知底……很多人不是说结婚要门当户对，郎才女貌吗？我们好像符合他们所说的所有条件！"说着说着，自己嘲讽地笑了出来。

楼绿乔低敛着睫毛，看不出什么表情，只点了点头："好，我答应你我会考虑的！"

如果有一天，她不得不结婚的话。反正那个人不会是他，那么左允白也是个不错的选择。毕竟路还这么长，她一个人等着也是孤单寂寞。而且也不知道那个真正属于她的人到底何时会到来，到底会不会到来。那么沿途找个人一起说说笑笑也不错。所以一直以来她并不排斥与左允白的往来，虽然左允白并不爱她。可有谁规定结婚的人一定要相爱吗？没有，不是吗？

谢小珊过来的时候，她带着迷茫地提起了这件事情。谢小珊惊讶得嘴巴可以塞一个鸡蛋了："你被车撞还能撞出个男人来跟你求婚！够牛的！"

随即哀怨地感慨："奶奶的，你都快二婚了。我看我可能真的有战佛的潜质。"

看着楼绿乔哭笑不得的表情，她转了转眼珠子道："可是我觉得你的神情一点也不像刚被求婚的女人。"

楼绿乔道："那我应该是什么表情？放鞭炮庆祝吗？"谢小珊发挥强烈的八卦求知精神："那你会考虑答应他吗？"

楼绿乔平静地回答她："不知道！"她真的不知道。如果为了父母，她应该答应的。可是如果遵从内心的话，她应该会say no。因为她一点也不想再结婚了。

所以她真的不知道。

Chapter21

再见吧，最后的爱人

其实他现在什么都不想做，只是想好好地爱她，补偿她……
可是他连一点点的机会也没有了……

由于秦慕天和姚翎翎的长时间不回应，再加上之后半个月再没有拍到两人类似联系的照片，一段头条绯闻慢慢淡下来，迅速地被另一个头条所代替，最后不了了之。

她窝在自己柔软舒服的床上，按了半天的遥控器也没有找到一个自己想看的节目。

白天的时候，父母、大哥、大嫂、左允白、谢小珊、家政阿姨等，时不时就会出现。她有时候还觉得太吵，现在夜深人静，真的静下来了，她又觉得孤单冷清。

人，有的时候真的是一种矛盾的动物。

索性将电视打开着，听声音睡觉。正侧着耳朵听着节目中主持人夸张的笑声，放在床头的手机传了几声音乐，提示她有新短信。

懒懒地从温暖的被窝中伸出手，摸到了手机。一个没有显示名字的号码出现在大大的屏幕，是秦慕天的。

“我在楼下，方便上来吗？如果可以的话，这是我最后一次打扰你了！”

她怔了数秒，回复道：“不好意思，我睡了。”他很快回过来：“好的。你好好休息，好好照顾自己。”

她将手机关了机，可是却关不住脑中的思绪，就因为他的一个短信，她整个人烦躁不安了起来，不过几十分钟，在被子里不停想找个舒服入睡的姿势，可就是找不到。整个人像是条煎锅里的鱼，不停地翻转。

一直折腾到了一点，她还是连一点睡意也没有。索性起身，拉开了卧室内的窗帘，她的楼下停了一辆车，虽然因视角的关系，并不能看到车牌，但她还是可以肯定绝对是他。

她开了手机，拨通了他的号码：“你上来吧。”

他似乎更瘦了，脸都快凹进去了。她压抑自己的情绪，直截了当地问道：“好了，你也上来了。说吧，你想干吗？”

他道：“我只是想看看你好不好。”楼绿乔挑眉一笑：“那现在也看到了吧。我很好！我要睡了，你下去的时候记得帮我关门。”

她转过身，又道：“对了，你的东西我帮你收拾好放在杂物间，请记得搬走。”

这一晚，她睡得很沉。居然一夜无梦！

第二天醒来，发现他居然没有走，靠在她客厅的沙发上，待了一晚。他睡得似乎也很沉，不知道是不是因为睡着的关系，睫毛更长了，可脸上几乎没有几两肉了。手上也是。

他到底是怎么了？她缓缓地伸出手，指尖触碰到了他的手背，手指几乎瘦得只剩骨头了。他这段日子到底是怎么过来的啊？

他似乎感觉到了她的碰触，眼皮微微地动了动，慢慢地睁了开来。她赶忙收回手指，指向时钟的方向，面无表情地道：“看来你迟到了。”

那天晚上，他又来了。她口气不大好，很是不耐：“秦慕天，你到底要干吗？”他只说：“我来搬东西。早上忘记了。”她面无表情：“在杂物间。”

她转身去找电视机的遥控器，胡乱地打开了一个台，是娱乐台。女主持清脆的声音霎时传遍整个客厅，正要习惯性地转台，只听到："根据××××剧组的工作人员透露，姚翎翎虽然贵为国际级巨星，但工作十分敬业，在拍摄某个高难度武打动作的时候，不顾危险，亲自上阵……由于对手的失误，导致姚翎翎脸部受伤……剧组不得已停止了姚翎翎的拍摄戏份……我台记者正在医院，随时报道姚翎翎的最新情况……"

他静静地站在原地，一动未动。她冷冷地抬头看着他道："我还有事要出门，你可否加快速度？"

他不语，默默地转身，进了杂物间。

她心里头闷得难受，拿起遥控器一阵乱按。可换来换去就是找不到喜欢的。从头按到尾，再从尾换到头。

一直到他从杂物间出来，远远地问她："我的毛衣呢？"她又换了个台才回他："什么毛衣？"

他道："就是灰色那件！"灰色那件，不就是她送他那件。人都分手了，还要她送他的毛衣干吗？

她只盯着电视机的画面："不知道。反正你所有的东西我都放在那几个纸箱里了。你搬回去慢慢找。"

他静静地说："可我已经找遍了，不在！"

她在整理的时候，好像是没有看到过这件毛衣。她不耐地道："不过是件毛衣而已。不见就不见了。何必大惊小怪的呢？"边说边走向杂物间。

才推开虚掩的门，她就已经快昏倒了，他居然为了找那件破毛衣，把几箱的东西都翻在了地板上。天知道，她整理了三个多星期！

他转头看着那一地的狼藉："那件毛衣根本不在里面。不信，你自己去找！"

她疯了才会帮他去找，转头道："秦慕天，你应该有很多毛衣的，少一件又不会死。你这么紧张干吗？至于吗？”

他的声音寂寞：“是，我是有很多……”可是，可是只有这件，只有这件是她送他的！

他转身大步朝她卧室走去。她跳了起来：“秦慕天，你要干吗？”

可他腿长，速度到底是快。她才追进了门，只见他已经打开她的衣柜，在翻她的东西了。她双手抱在胸前，恼道：“你到底要干吗？”

他道：“我找找我的毛衣。”一边说一边还在翻她的物品。她扑了上去，双手按住，怒道：“不要把我的衣服翻乱了。跟你说了没有……你干吗啊？不许翻！不准翻！”

他的口气很奇怪：“你的衣服就算我不翻也很乱……最多我给你翻乱了，再帮你整理好。”

她的喉咙像被人用东西给堵住了，哑口无言。确实，她没有什么整理天分。别的女孩子总是把家里整理得井井有条，可是她连自己的衣物都没有办法整理归类。他在的日子，总是他帮她整理的，按色彩深浅一一分类。让她想穿的时候一目了然，不必费心找。

如今他不在了，她的衣物的确不翻也够乱的。

可是输人不能输阵！她顿了顿，才道：“谁要你整理！你这么有空，你要关心的话，去关心你那位姚小姐。她不是拍片受伤了吗？”他用很奇怪的眼神看着她：“我不是说过跟她……”

她打断了他的话：“你跟她是什么关系，我没有兴趣知道。我只是想拜托你，把东西搬走，不要再来找我了，OK？”

他是跟她说过那件事是假的，可谁知道是真的假的还是假的假的！怎么那么巧，两个人同时间出现在那个门口，随后又一前一后地出了酒店。据她所知，很多明星就是这么玩儿的。欲盖弥彰啊！谁不懂啊！

他的目光落在她身上，深深热热，分明有一丝喜悦：“找到毛衣我就搬！”她双手叉腰：“那按你的意思，你一年没有找到你的毛衣，你就一年不搬。两年没有找到，就两年不搬。三年没有找到，就三年不搬啊！”

他没有说话，但应该就是这个意思。

她走到他的身边，抬头与他对视，平静地说：“秦慕天，我们都是大人了。不要玩这么幼稚的游戏了。你不搬也行。我明天就拿去扔掉。信不信由你！

“另外请你不要再过来了。我们不可能成为什么好朋友之类的。情人到最后，其实不是变成仇人，就是变成陌生人。那些说什么分手了还能成为好朋友的话，是骗人的。我们都是成年人，其实都清楚这一点的。所以我们不可能再成为什么朋友的。最多只是两个曾经熟悉的陌生人而已。所以，也请你不要再来我家里，不要再出现在我面前了，好吗？现在我的男友是左允白。我不希望他会误会。”

他安静地站着，似乎没怎么反应过来。好一会儿，才慢慢地转过头，凝视着她：“我跟那个姚翎翎的确认识，但是只是在某个活动见过一面。如果我说我碰巧在那个时间出现在那个门口，而她也是。你相信吗？”

她靠着墙，透过通明的落地玻璃看着半个城市的璀璨繁华。她相不相信，已经没有任何意义了。良久，才缓缓地道：“与我无关的事情，我不想知道。我只是请以后你不要再来了。来了，我也不会开门的。这真的是最后一次！”

他只是静默，一片死寂的安静。好一会儿才慢慢站了起来，取过扔在沙发上的西服外套，跨步而出。他的脚仿佛是灌了千斤重的铅一般，如此如此的沉重，他几乎无法提起，更无法跨出。

可他清楚地知道，现在的这一切，也是他偷来的。她早已经跟他说得很清楚了，两人只是很普通很普通的朋友而已。如今她说得那样的坚决，那么的斩钉截铁，清楚又残忍地提醒着他，真的，真的，这一切其实早已经结束了。只是他一直不肯相信，一直固执地在傻傻坚持！

当清晰的关门声传入了耳中，她才缓缓地转过身。他没有看到，她的眼底深处有无数的水光在波动，盈盈欲坠，只是因为她极力忍着，所以才没有滑落。

她一动不动，定若雕像，只是呆呆地看着那扇关上了的房门。他终是走了，再一次地走出了她的生活。只是这一次，什么都已经说清楚了，连彼此幻想的奢望也给断得一干二净了。

不知道过了多久，她木然地拿起了手机，一个数字一个数字地按下了他的号码。她的手指冰冷，仿佛握着天山上那千年不化的坚冰，那么那么的冰凉，好似一辈子都摆脱不去了。

指尖无助地颤抖着，但终究还是拨了出去。也接通了，却只是无语。她隔着电话线，清楚地听到他轻而淡的呼吸，就如他拥着她的时候那般清晰。

两人只是沉默，空气仿佛都凝结在了一起。整个世界仿佛是一个空城，但彼此都知道对方依旧在那头，从没有远离。良久，良久，她终于开了口："他跟我求婚了。"

他依旧没有说话，呼吸渐渐急促了起来。她静静地陈述："我跟他说我考虑一下。不过我想我会答应他的。因为他符合我父母所有的期望。"他还是无语，但呼吸明显重了起来，那么的缓却又那么的沉。

"我总有一天是要结婚的，对不对？慕天！你也是。总有一天也会结婚的。我们总有一天是会和一个另外的人结婚的。"从此天涯海角，再不联系。偶尔在某年某月的某一天相遇，彼此或许只会淡淡地打声招呼道："真巧啊，原来你也在这里。"也或许牵着另一个人的手，交错而过。人生不过如此而已。

她的眼中水汽氤氲，泪缓缓地滑落了下来，滴落在地板上，悄然无声息。"慕天，这次真的再见。我们也说好，再也不要再见了，好吗？"她怔然无助地挂了电话，泪水一点一点地从眼中缓缓流下。

他一动不动地坐在车里，依旧拿着未按结束键的手机，一直保持着同样的动作，仿佛她依旧在那头与他通话。眼里有东西轻而缓慢地滑落了下来，他知道是什么。把脸慢慢地俯到手心里，任那东西一颗一颗地顺着手心滑落，一点一点地濡湿了整个手掌。

是的。是的，总有一天她会跟别人结婚的。她一定会跟一个人结婚的，只是那个人，是别人，永远不可能是他。

她一辈子也忘不了他曾经从他大哥手里拿过那些钱。就算他早在赚回第一桶金的时候就开了支票寄还给了她大哥，就算他现在用百倍、千倍、万倍去偿还，也永远偿还不了……

对她来说，他是拿了，他是曾经背叛了她的爱……这些就已经足够了。那些钱，那个不堪的过往，就仿佛是架在两人脖子间的利刀，再无法转动一点点……因为一动，就会万劫不复了。

他比谁都了解她！她那么骄傲，那么爱他，所以无法原谅。所谓的一次不忠，百次莫用。无论她再怎么爱他，她都不会回去了。

若是爱，她便用力深爱。若是不愿再爱，她会比谁都决绝！

这便是他一直爱着的楼绿乔！

在这一刻，他宁愿她少爱他一些，或许她就会原谅了。可是她爱他，用尽了力气的爱，抛弃了一切的深爱。那样用尽全力的爱，一辈子只有一次。所以不允许他一点点背叛。

可是他却背叛了……

还有那个真实存在过的孩子。她到现在还在瞒着他。若不是他请私家侦探社，他永远都会被蒙在鼓里。

其实他现在什么都不想做，只是想好好地爱她，补偿她……可是他连一点点的机会都没有了……

她什么也不要他的。她连孩子的事情都要瞒着他！只要他离得远远的。那么好吧，小乔，这次我就真的离开了。这或许是他现在唯一能为她做的。也是她唯一想要的。

只要她想要。他就去做。好吧，小乔，这次我真的离开。离你远远的，再也不见你!

他真的再没有出现过。而她也“如常”地过着她精彩却繁忙的日子。

三个月后的某天。从上午到下午，为了当期杂志，一连开了两个会议。其实忙乱也是好的，特别是人在情绪低落的时候。忙起来，连想的时间也没有，更不用说哀伤了。

从会议室出来已经接近下班时分了。刚进办公室，Lisa就跟了进来，道：“楼小姐，有位××珠宝的朱先生想见你。”

她有些愕然地抬起头：“××珠宝，没有跟我预约过啊。”××珠宝是个国际顶尖的奢侈品品牌，跟她们的杂志也有定期的合作。但这些方面的联系，具体也不是她负责的。所以说这个品牌的工作人员想见她，多少是让她有些诧异的。

进来的有两个人，其中一人客气地伸出手，与她相握，开门见山：“您好，楼小姐。我是××珠宝的朱辉。”她亦客气地请两人坐了下来，这才开口：“您好，朱先生。不知道您找我所为何事？”

朱辉道：“我们是受一个客户所托，把这颗钻石给楼小姐送过来。”说话间，另一人打开了一个盒子，里头还有一个黑色的丝绒盒子。那人郑重万分地戴上了白手套，小心翼翼地用双手把盒子取了出来，恭敬地放到了楼绿乔面前的办公桌上。

“啪”的一声丝绒盒子打开了，一颗完美的鸽子蛋呈现在了面前，晶莹剔透中带着盈动闪烁的粉。她微微愣住了，就算她不是专业人士，但亦知道这么大一颗粉色的钻石，其价值绝对不菲。

朱辉又从公文包里取出一些文件，递到了她面前，并一一解释道："这是颗顶级IIA型裸钻。我手里的这些是这个钻石的一系列证书和文件……最后这张是签收纸。楼小姐，如无问题的话，请签一下名字签收。"

签收，她又没有买过这么名贵的珠宝！就算是他大哥买的话，也应该让她大嫂签收的啊！哪里轮得到她哦！

她收起了诧异，淡淡地笑了出来，道："请问，我能问一下，您是受哪一位所托吗？请理解，没有人收到这么一个礼物会不惊讶的。我也不例外。"

朱辉笑着道："当然。我能理解。但我能提供的资料有限，只知道我们的客户姓秦，是我们顶尖的VIP客户。不好意思，具体名字我无法透露。但是相信楼小姐肯定可以猜到的。请问还有什么疑问吗？"

楼绿乔回以礼节性的一笑，自然知道是谁，大约这世界上不会有第二个姓秦的会这么豪气地送这么大一颗钻石给她吧。

朱辉道："那请楼小姐签字吧。我想任何一位女士拥有一颗这么顶级的完美钻石都会很开心的。"

楼绿乔也不否认："当然。"这么大一颗鸽子蛋，收到不开心的话，估计是头脑有问题了。但她似乎也接近了头脑有问题的边缘。竟然除了一开始的万分惊讶外，心底一波一波涌上来的，却是绝望的悲哀。既浓且重，似乎要将她吞噬掉了。

他说过："小乔，等我有能力了，我会给你所有最好的。"是的。现在他有能力了。他可以做到了。他也那么做了。可她只觉得哀伤，苍凉无尽的悲哀。

这算是补偿吗？

的确很诱人！可是她不需要！她如果稀罕这种物质的东西，当年怎么会跟着他吃苦受累呢！

当年她不稀罕，现在她依然不稀罕！

朱辉道：“楼小姐可以切割成任何你喜欢的款式。我这里也带了专门为这颗钻石设计的一些款式，楼小姐是否有兴趣看看呢？”

楼绿乔摇了摇头：“谢谢。不用了。等我想好了，再跟贵公司联系吧。”朱辉道：“好的。好的。”但见她依旧没有想要签字的样子。道：“楼小姐，还有什么问题吗？”他隐约感觉到这位一直浅笑盈盈的楼小姐似乎一点也不开心，相反似乎很是忧伤，几乎随时都会落泪的样子。

只见楼绿乔微一摇头，静了一会儿，才问道：“请问您的客户还有什么要您帮忙转达的吗？”朱辉道：“没有……”忽然想起那位秦先生从保险箱里取出这个盒子时，脸上那股哀伤绝望之情几乎与她如出一辙。

可眼前的这位楼小姐似乎很想听他再多说一些，眼神里隐隐有种渴求，不知怎么的就多嘴了起来：“其实这位秦先生最开始买的是小钻石，但是他每年都会换一两次。最近这几年，换的克拉也越换越大，且吩咐我们一有好品质的钻石就第一时间通知他。这颗是两个多月前秦先生才刚换的……”

那位朱先生最后的话她几乎没有听进去，整个人似乎有些处于茫然空白状态了。只知道自己愣愣地在签收纸上签了字，然后又木然地站了起来，目送他们离去。

那一年，她看了一部小说。里头有一个情节很感人，她便描述给他听：“慕天，这本小说整体很平淡，几乎看过后就会忘记。但有个情节却特别动人。故事里的男主人公很爱女主人公。我印象最深刻的一段，却是在他死后，女主人公去开两人共有的保险箱。里头有一颗大的钻石，里头写着男主人公这几十年来，每年去换一次，从最开始的一颗小钻石，换到他死的时候那颗大钻石。钻石本身并不值得感动。最感动的是他在旁边注明了××年×月×日，他将多大的换成多大的。每年都标得很清楚。甚至有时候因为生意原因，哪一年换得小了，就在边上跟她说对不起，今年生意不好，所以没有给她换很大的。请她原谅。明年他一定会努力换大的……”

她说：“我想看过这本书的人肯定会很羡慕女主人公。羡慕的不是那个女主人公拥有那颗硕大昂贵的钻石，而是那个男子给予她的满满的，永无穷尽的爱……”

那个时候，她缩在他怀里，躺在公寓里头那张小小的单人床上，在他耳边低低地絮语，诉说着感动着她的故事。这么些年过去了，她早已经忘记了……

但此时此刻，那些画面却清晰地在脑中慢慢地浮现了出来……清楚地记得，他那时候什么也没有说，只是紧紧地抱住了她……

可是谁知道呢。她随口道来的这个故事，他竟然记得，记得如此的清楚。还照着小说里的男主人一样，每年换。她说的只是小说而已，可他却在现实生活中真实地做着。

她脑中闪过一个念头，忙取过盒子，把钻石取出。终于在丝绒盒子的底部找到了一张纸……她怔怔地放下了盒子，指尖颤抖地打开了纸张。

映入眼帘的是他飞舞的字迹，果然，上面密密麻麻地写着：

2002年10月16日，和小乔在路边摊买了一对镀银锆白的对戒。心里觉得很抱歉，只能给她这么低廉的结婚戒指。那时候就在心里发誓，以后一定要努力买世界上最好的钻石给她。

2003年4月7日，父亲出了车祸，命在旦夕，急需要医药费用。可是自己手里头却什么也拿不出来。这一刻，才终于知道什么是一文钱逼死英雄汉。只要谁能借我父亲看病的钱，让我去死我也马上去做……（字迹慢慢混乱了起来……）做了这辈子最最后悔却也最最无奈的事情，小乔的大哥来找我，说只要我愿意跟小乔分手，他就会给我一笔钱，解决所有的事情……我知道我以后肯定会后悔，后悔得想要死去……可我没有办法……对不起，小乔。可是小乔，我爱你，很爱很爱你……

这是一张纸中最长的一段，且有水洇开的痕迹。

2003年4月10日，小乔离我而去了。她把戒指狠狠地砸在我脸上，我的心痛到麻木……可我知道她比我更痛几倍，几十倍，几百倍……可我只能眼睁睁地看着她离去……什么也无能为力。因为这是我自己选的……小乔，对不起，对不起……如果有机会，我会用尽一切去补偿你！

2004年4月10日，今天是小乔离开我的一周年，知道她一直在打工上学，直到毕业。很心痛。小乔，父亲终是离我而去了。我今年攒了一点小钱，是我工作赚来的，终于可以买一个真的钻戒给你了。小乔，我爱你！可对不起，小乔，这个钻石只有0.13克拉，实在太小了。我会继续努力的。

2004年10月30日，今天是小乔的生日。小乔，我把钻石换成了0.2克拉。生日快乐！我爱你！

2005年4月10日，小乔离开我两周年。好想你。辗转打听到你回来了。把钻石换成了0.36克拉。对不起，小乔，本来可以买大一点的。可是我要把钱攒起来，先还给你大哥。对不起。小乔，我爱你！

2005年10月30日，小乔，生日快乐！今年赚了人生中的第一桶金。可是不能跟你分享……你在哪里？知道你生活在这个城市，跟我看着同一片蓝天，呼吸着同样的空气。可是你在哪里。真希望有一天能看到你。小乔，我爱你！你知道吗？钻石换成了2.01克拉的。还是太小了。

2006年4月10日，小乔离开我三周年。钻石重量3.22克拉。小乔，我爱你！

2006年10月30日，小乔，生日快乐。知道你在办杂志，希望你万事顺利。很想知道所有你的事情，却不敢，也不愿意请私人侦探。小乔，我爱你！钻石重量换成4.59克拉。

2007年4月10日，小乔离开我四周年了。经常会做梦，梦到与小乔一起在那小小的公寓里。上个月，飞到了那里，把房子买了下来。可怎么布置，也布置不出那记忆里的样子了。钻石换成了5.13克拉。不知道什么时候可以把钻石送给小乔。其实心里知道，或许一辈子也不可能了。可是小乔，四年了，我依然爱你！

2007年10月30日，小乔，又到你生日了。生日快乐。钻石：8.47克拉。好想好想你。无数次地在梦中见到你。如果可以我愿意拿我所有的财富将你换回。如果真有那么一天，你会回到我身边吗？小乔，我爱你！依然好爱你！

2008年4月10日，五周年了，小乔，你离开我五周年了。不知道这五年是怎么过来的。都不敢往回想。小乔，我爱你！钻石：10.02克拉。

2008年10月30日，小乔，生日快乐。我今年30岁了，我们以前说好的，等我30岁了，一定要生一个宝宝的。可是你不在了，宝宝更加不会有了。好想好想你。如果能用我所有的财富让你回到我身边，那该有多好……小乔，对不起，我爱你！钻石：14.22克拉。

2009年4月10日，小乔，今年是离我而去的六周年。但是我又遇见你了，我一定要让你再回到我身边……大而好的钻石现在越来越难换了，所以只换了15.88克拉。对不起。会再努力的。爱你！

2009年10月30日，小乔，这是我六年多来最开心的一段日子。因为可以看到你，听到你的声音。生日快乐！希望有一天可以用这个钻石跟你求婚。好爱你！钻石：18.03克拉。

2010年4月10日，七周年。你又离我而去了。一直以来我都希望这颗钻石能有一天重见天日，能让我设计成戒指，亲手戴到你的手上。可是我知道，那一天可能永远不会有了。我爱你，小乔。如果可以，我宁愿此刻不能呼吸。钻石：33.44克拉。

小乔，祝福你。我把这颗钻石送给你，希望那个人可以像这颗钻石一般，生生世世恒久远地爱你，宠你。秦慕天。落款日期是在两个月前的某天。

可她的眼睛早已经模糊一片，分辨不清了，泪水一颗一颗地滴落在那纸上……她趴在了桌子上，仿佛一只受了重伤的小兽，抽抽噎噎地哭着，任泪水肆意狂流。

秦慕天！她好恨好恨他！为什么当年他连商量都没有跟她商量一下？他们可以假离婚，可以骗她大哥……可以……她可以跟着他的……他为什么连问都没有问她一下，就自私地作了所有的决定，自私替她决定她的未来呢！

秦慕天，真的好恨你，好恨你！

是什么？到底是什么，让彼此走到了这般境地！

她拨了无数的电话给他。手指不受控制地一再按着那些数字键。可就是无法接通，那头一直传来固定化的语音回复："你拨打的电话已关机。"

她抓起包和钻石盒子就走，因过于匆忙，撞到了推门而进的谢小珊，她手上拿着的杂志"啪"一声掉落在了地上。谢小珊捂着手臂，连连呼痛："你去投胎啊，这么急？"

她也不答理她，径直出去。谢小珊在后面叫着她："新一期杂志出来了……喂……女人……是最新一期的杂志啊……"

这女人到底在忙什么事情，居然听到最新一期杂志也没有反应。若是以往，老早扔下一切跑过来看了。她曾经在某次醉酒后感性地说过，每一本杂志都是她的宝宝，是她的心血凝结而成的。

虽然会笑她，可在谢小珊的内心深处还是深深同意她这句话的。每本杂志都包含了她们所有的努力。

可是他家里也没有人，连她姐姐也不在。打她姐姐的电话，也一样的关机。

他似乎真的消失了，无声无息的。她找不到他。她居然找他不到了！

她去他的办公室。以前的她，认为自己这辈子是绝对不会再来了。可是，还是来了。

从楼下前台到来往人员，到他所在楼层的秘书，她一路过来，不亚于明星出街，到处吸引员工眼球。看来当初她的话震撼力依旧在啊。或许只有她知道，她当年有多爱他，所以说出那几句话的时候就有多恨他！

秘书骆小姐依旧笑容热情，躬身起来，客气地打招呼道："您好，楼小姐。"楼绿乔的目光落在了她身后的门上，双门紧闭，他有可能正在办公。

楼绿乔开口道："你好。请问秦先生在吗？我想见他。"骆小姐道："秦先生不在，他出差去了。"按以往，楼绿乔绝对不会再多问上一个字。可现在……她只有尽量让自己看上去不要像一个在追问情人行踪的人，可或许她失败了，她的确实非常想知道他在哪里。

楼绿乔问道："他去哪里出差了？"骆小姐语气温和，言辞并非秘书的标准用语："楼小姐，我真的不知道。秦先生两个多月前只以电话通知我，他将放假一段时间。具体业务操作让我找邵总。对不起，我只知道这么多了。"

楼绿乔微微一笑，表示感谢："谢谢了，邵总在哪个楼层？"她已经多少给自己提供了线索。

按着骆小姐的提示，她乘着电梯到了所在楼层。邵明中的秘书小姐十分的尽责，告知："不好意思，邵总在开会。可否留下你的姓名和电话，以便邵总给你回复。"

楼绿乔道："不用了，我在这里等邵总就可以了。"

这栋楼的玻璃幕墙都是透明的，她在会客的沙发上坐下来。抬头，就可以看见楼下来来往往的车流，蜿蜿蜒蜒如十里长龙。

以前从来都是他主动的，她从不曾主动过。唯一一次，大概就是他生日那次，她送了那件毛衣给他。可他却欢喜得跟什么似的，老是要穿那件衣服。

后来那件衣服到底去哪里了呢？她低头细想，却怎么也想不出来。

现在才知道，要找到他，也是这么费力的事情。

可是，她这次一定要找到他的。找到他后，做什么呢？她不知道。她现在唯一的念头，就是要找到他，一定要找到他！

似乎有视线落在了她身上。楼绿乔一转头，映入眼帘的是邵洁妤姣好明丽的脸，从表情看，她似乎并不怎么欢迎自己。

邵洁妤又盯着她看了好几秒，才走近她道：“方便说一会儿话吗？”楼绿乔点了点头。

邵洁妤带着她到了楼顶的咖啡吧。树木萋萋，鲜花灼灼，不时有花香随风而来，低头又可以看见这个城市的风景。她从来没有来过，竟不知道楼顶居然有如此风光。

因为她从来不在意他的一切。就算他曾经提议过几次，说他们的休息区很不错，想带她来顶楼坐坐，却总是被她一口拒绝。

邵洁妤开门见山地道：“楼小姐。想来你要找的人一定不是我大哥吧？”既然人家如此直截了当，楼绿乔也索性落落大方地点点头：“不错。我不是要找你大哥。”

邵洁妤道：“听说你要结婚了？”楼绿乔：“是。你要恭喜我吗？”邵洁妤盯着她，浅浅一笑：“你需要我的恭喜吗？”楼绿乔一笑，不以为意：“恭喜不是越多越好的吗？”

邵洁妤没有跟她说恭喜，只是淡然地道：“既然你找不到他，就说明他不想再见你了。对不对？”

楼绿乔不语。她承认邵洁妤的话是对的。他若想要她找到他的话，绝对不会电话停机，家里没有人。既然他存心想躲开她，那么她是找不到他了。

她从来没有想到过自己居然这么傻，这么明白的事情需要邵洁妤提醒她。也想不到他这次真的这么听她的话，从此再不出现在她面前了。可是他为什么要送那个破钻石给她，扰乱她已枯寂的心呢？

明白邵洁妤带刺地在提醒她，既然她已经要结婚了，又何必再来找秦慕天呢！不过楼绿乔根本不以为意，邵洁妤在她和他的故事里，根本连路人甲也算不上。所以她说任何的话，对她楼绿乔而言都是不具半点杀伤力的。

她露齿一笑，依旧灿烂："对。可是我还是要见一下你大哥。"如果要死心的话，也就死个明白。

好久好久以前，她做了那么多的傻事。如今也不差死缠烂打这一桩了。

邵明中见到她时候的表情明显一愣，可他只嘻嘻哈哈地跟她乱扯："怎么了，楼大美人，今天怎么良心发现想到来看我了啊？呵呵，我看看，今天太阳是不是从西边出来了！"

楼绿乔的盈盈笑意并没有维持多久，她低下了声音："他在哪里？"邵明中叹了口气："我不能告诉你。"

楼绿乔道："那你告诉我他的联系方式。"邵明中道："绿乔，对不起。"

既然邵明中什么也不肯说，那么就表示他曾经叮嘱过邵明中，不得对她透露的。

楼绿乔微微一笑，他什么都料到了。她从包里取出了那个丝绒盒子，放在了邵明中大而简洁的办公桌上："既然如此，替我转交给他，谢谢。"

既然这是他给她的祝福，那么她收到过了，放在心间也就足够了。并不需要这些物质的东西炫耀于人前的。

那么长的岁月，那么好的年华，他曾经如此深爱过她，她也曾经那么深爱过他，他们曾经真正地相爱过，就真的已经足够了。

她去找左允白，特地约在了一个情调佳、气氛好的地方。左允白带着几分不相信的眼光，打量了好一会儿店里的环境，这才道："你怎么转性了？居然舍得破费了，也不环保了。"

她只笑不语。左允白斜睨她："你该不会是想要跟我谈分手吧！"

她正喝着一口咖啡，结果被他一说，差点喝到气管里，拼命地咳嗽。左允白站起来帮她拍背顺气，还在逗她："那我实在想不出你为什么请我喝咖啡了。所谓无事献殷勤，非奸即盗。"

楼绿乔顺了气，才低声道："左允白，我们真的分手怎么样？"

左允白似乎并不诧异，挑眉一笑："不会吧！有人会放弃像我这样的'五高'黄金汉？"

楼绿乔认认真真地看着他道："左允白，对不起。我们分手吧。"左允白道："你真的确定？"

楼绿乔低声道歉："对不起。"

左允白道："楼绿乔，你得搞清楚，你放弃了我，可能真的要成为剩女，再接下来就要成为圣斗士了。"

楼绿乔点了点，老实地道："知道。如果等我成为圣斗士还没有解决的话，就会成为战佛。我知道的。"

左允白哈哈大笑："所以啊，如果你现在反悔的话，还来得及，放心，我会一辈子对你好的。"他把一辈子说得很柔很缓，似乎很难发出这个音来似的。

楼绿乔道："是的。你或许会一辈子对我好的。可这一辈子里，你或许一点点的爱也不会给我。"

左允白诧异万分地看着她。她说："我不是没有感觉的。你不爱我，你爱的是另外一个人。所以你也不在乎我爱不爱你。因为你知道我也爱着另外一个人。我们俩是属于同病相怜的人，所以一直以来你照顾我，帮我。因为在我身上，你找到了另一个自己，对不对。我们在某种程度上的确是一对的。自欺欺人的那对！"

左允白的脸色很奇怪，再不见往日的嬉皮笑脸，低落忧郁："我以为一直以来我掩饰得很好。"楼绿乔幽幽地道："感觉是掩饰不来的。"就像我们能装作喜欢某个人，可是那个人能明显感受到你的喜欢到底是真的还是假的。

楼绿乔：“或许你受伤了，想着凑合一下。不错，很多人在等待那个人的时候，不知道那个人到底什么时候会来，到底会不会来，所以就选择凑合地找了一个，凑合着过日子。”

“可是我们都曾经爱过，都知道那个对的人曾经出现过。所以……所以我没有办法凑合，没有办法将就。或许暂时可以的，可是我们没有办法一直凑合下去的。与其这样，我们还不如做朋友更适合。”

“我不想跟你结婚的另一个最大原因，是我不想失去你这个好朋友。”现在这个社会已经不是易求无价宝，难得有情郎了，而是难得有一个知心朋友！

左允白的神色万分失落：“我曾经以为我可以的。就这样，和一个人，凑合着，凑合下去。这个人不是你，也会是另外一个人，可永远不会是她。你知道的，是你的话，凑合起来乐趣相对多一些。”

楼绿乔缓缓而笑，他居然连想法都跟她这么相似。是的。如果这个人是左允白的话，她相对可以凑合些。就跟他说的那样，彼此凑合的乐趣多一点，也相对长久一些。

可是她现在终于决定了，不再凑合了。就算这辈子修成战佛，孤孤单单，她也满足了。因为她曾经深爱过，而她深爱过的那个人也在那个时候深深地爱过她。这已经是最大的幸福了。

有的女孩子，就算按部就班地恋爱、结婚、生子，貌似幸福。可很多这一辈子也没有像她这样的被爱和深爱过呢？就算她和秦慕天没有真正携手走下去，可她已经没有什么好遗憾的了。

左允白取出了一盒烟，抬头跟她说：“你说得对，绿乔，我们不应该结婚的。不应该把我们变成一对怨偶。我们不结婚的话，反而会是一辈子的好朋友。这样知我懂我的好朋友，千金不换。”

“我想告诉你，你比我幸运。因为你爱着的那个人也深爱着你。他来找过我……”她愕然地望着他，一下子不明白他说的。

“他把一切都告诉了我。当年是他对不起你，说你是一个好女子，值得天底下最好男子最好地对待。他说如果我对你不好，他会用尽所有办法毁了我的……呵呵，可见他爱你之深啊！”

“还有我一直想告诉你，上次你车祸，他比我到得还早，一直守在手术室门口。你在病房昏迷了多久，他就在门外守候了多久……”

“如果不是深爱，没有一个男人会如此对待一个女人的……”

她的泪忽然涌了上来，怔怔地落下，许久，她笑着，隔着眼泪迷蒙地笑着，轻轻地道：“是的，他很爱很爱我……我也很爱他，可是我们不可能再在一起了。”他已经真的决然而去了……

她知道，这世界上再也没有一个男子可以像他般地爱她了……可是她永远地失去了……

番　外

峰回路转

一

她抱着丝绒盒子，下了飞机，直奔邵明中给她的地址。

在她烦了他一个多月后，邵明中总算是把他的住址给她了，并把钻石双手交给了她："这个东西我是没有能力帮你转交的。既然你一定要还给他的话，就亲自去吧！"

邵明中笑了笑道："绿乔，于公于私，我其实都不想给你的。于公，我不希望你再去骚扰他，让他更难以平复。于私，为了我妹妹，我更不能给你的。可是，绿乔，我是多少知道些你们的过去的，多少了解你们之间的故事。我想来想去，还是决定告诉你……"

最后，他只说："绿乔，祝你好运！"

在长时间的奔波后，她终于在泳池边的草坪上看到了他。他一个人安安静静地伫立在夕阳里，任余晖将背影拉得很长很长。

他倒会享受的。一个人躲在他的私人庄园舒舒服服地享受阳光、空气和无敌美景，而她呢?

她这一个多月的委屈在此刻一起爆发了出来，扬手将丝绒盒子砸了过去："秦慕天，我自己又不是没有珠宝，谁要你的破钻石！"

他似乎被雷击中一般，浑身猛地一震。大约是不敢置信，好一会儿才有转头的力气，一点一点地扭动脖子。他的眼中满满的全是惊愕和狂喜，可看到地上的丝绒盒子，喜悦又慢慢地散了开去。

千种万种的情绪最后只化成了一声低低的呼唤："小乔……"

她只觉得满是委屈，这些日子以来，她打了多少个电话，连手指也拨疼了。她去他那幢办公大楼多少次，多少人用好奇又鄙夷的眼光看着她，以为她是被抛弃了的"弃妇"，不顾廉耻地来纠缠。

她去求邵明中。天知道，她这辈子从来没有求过人。就算当年他将她一个人遗弃在加州，无处可去，她也没有求过任何一个人。

她甚至还多次忍受邵洁妤的冷嘲热讽。

她还不是为了他！

她"哇"的一声哭了出来："秦慕天。我恨死你了。人家明明要结婚了，你送我什么钻石。谁要你的破钻石。你以为大就了不起啊，不过是一块石头而已。"

他奔了过来，在她面前停住了，想伸手搂她却又顿住了，最后将自己的衣服袖子递了过来，以供她擦拭。苦笑着道："可是我能送你的只是这些而已。"

她用力拍开了他伸过来的手，只是哭，"哇哇哇"地大哭，呜咽着哭，哽咽着哭，后来还是拉扯着他的袖子，死命死命地擦眼泪："秦慕天。我恨死你了！我恨死你了。"

他一个劲儿地道歉："对不起！对不起！"

她哭着骂道："道歉有用的话，要警察干吗？"

他道："对不起，小乔，因为我实在不知道要送你什么礼物来恭喜你？可这件礼物这次不送的话，我怕这辈子都送不出去了！"

她依旧恼怒万分："我结婚关你什么事？谁要你恭喜，谁稀罕你恭喜！"

他的眸色更深了些，她不要他的恭喜，她不稀罕他的恭喜。是的。他忘记了。她连最普通的朋友关系也不想跟他维持。

她还是在哭："谁要你恭喜我！你根本是在诅咒我不能结婚。你不是不知道，我只是想让我爸爸妈妈看着我开开心心地披着婚纱出嫁而已，呜呜……"边说边朝他靠了过来，一点点地靠在他的肩膀上。

他这才有勇气将她拥在胸前，柔声哄道："是我不对，是我不好。我不送你了，好不好？"

闻言，她仰起了头，恶狠狠地道："不好。"

他一手搂着她，一手忙着替她擦泪："好，都听你的。好不好？"

她拨开了他的手，无理取闹地道："那你到底还送不送？"他哑然，道："你说送就送，你说不送就不送，好不好？"

"那到底是送还是不送？"

秦慕天额头都在冒冷汗了，无论选什么，她似乎都准备找他算账似的。可是他竟然很是欢喜。算了，伸头缩头都是一刀："我还是要送！"

"送我，恭喜我结婚吗？你这个笨蛋，你不知道我已经取消婚礼了吗？我不跟左允白结婚了。你还要送什么结婚礼物啊？"

他被她的话砸昏了，半天才反应过来，狂喜着摇晃着她的肩膀："小乔，你说什么？你不跟那个姓左的结婚了吗？是真的？你没有骗我？"

她怔怔地凝视着他，眼中依旧泪水闪烁，但嘴角却上扬着，点了点头："嗯。"

人生很多时候或许就是如此的，笑着笑着，就哭了。哭着哭着，就笑了。人生短短几十年，很多事情不要太执著了。

二

机场，楼绿乔拖着小巧的行李，一位英俊男士跟了上来，殷勤地问道："我能帮忙吗？"秦仲远小朋友忙跑上前，一把拉住妈妈的衣袖，抬头道："妈妈，妈妈，等我一下。"楼绿乔低头瞪了他一眼，知道这小子又要使用那一招了。

只见秦仲远小朋友转头，朝脸色已经微微发灰的英俊男士无比灿烂笑着道："帅叔叔，我爸爸说，如果有苍蝇蚊子靠近我妈妈的话，我要第一时间冲出来。还有哦，我爸爸就在后面，而且啊，他比你帅一百倍。我很负责任地告诉你，你是没有机会的。"

看着英俊男士一副不大相信的模样，秦仲远小朋友"非常非常"好心地用手往后一指；"看到没有，那个穿米色风衣的就是我爸爸。我没有骗你吧，比你帅吧！"

英俊男士转头，果然看到在他们后面三四米的距离处跟着一个穿米色风衣的高大男士，戴了一副黑超，成熟俊挺。脚步不紧不慢地，跟着他们的步调。大概是离得有些远的关系，一般人很难将他们联系在一起。

秦仲远小朋友见爸爸正看着他的方向，忙伸手挥舞着："爸爸，爸爸，我在给妈妈赶苍蝇。"楼绿乔此时已经忍无可忍了，忙伸手捂住了他喋喋不休的嘴巴，朝那男士略带歉意地道："不好意思。我这孩子有小儿多语症。"

见美女主动承认了母子关系，那英俊男士的脸色由红转白，但输人不能输阵，还是很绅士地客气道："没关系，没关系。再见。"拖着行李箱，往另一个方向而去。他走了几步后，不经意回头，只见那风衣男子依旧跟在母子两人身后，保持着不近不远的距离。他摸了一下鼻子，这家人真是奇怪！估计是对正在闹矛盾的夫妻，且妻子目前还在生气中。

机舱里。秦仲远小朋友跟妈妈坐在一起，正津津有味地看着电脑里的动画片。但一小会儿后，他解开了保险带，转头朝楼绿乔道："妈妈，我要坐到爸爸边上。"楼绿乔点了点头，选择继续闭着眼睛听音乐。

秦慕天座位旁此时正站着一个婀娜多姿的美艳空姐，万分殷勤地在服务："秦先生，还需要什么吗？"秦慕天看着已经添加了数次的水杯，摇了摇头道："不用，谢谢。"美丽空姐依旧热情万分："秦先生，您真是太客气了。如有需要，请马上告诉我。我叫Bonnie。"

秦仲远小朋友走到了美女空姐边上，扬着无辜可爱的笑容，甜甜地叫道："Bonnie阿姨，你好。"Bonnie微笑着转头道："小朋友，你好。"

秦仲远小朋友慢慢地挤开她，爬到了秦慕天的腿上，道："爸爸，我想喝橙汁。"Bonnie的脸色一下子变了数变，Today网的秦CEO什么时候结的婚啊，还有这么大一个孩子。

秦慕天宠爱地揉了揉他的头发，转头朝Bonnie客气地道："一杯橙汁，谢谢。"秦仲远小朋友非常热情有礼貌地道："漂亮阿姨，帮我妈妈也拿一杯。她就坐在我们后面的第三排。谢谢。"

见Bonnie看着妈妈的方向，秦仲远小朋友还不忘补上一句："漂亮阿姨，我妈妈是不是比明星还漂亮？”只见空姐阿姨十分不情愿，但又不甘心地道：“是啊。”

秦慕天又揉了一下儿子的头发，亲吻了一下他的头。自己这个儿子的心思他又怎么会不知道呢。

秦仲远仰头，给了他一个鼓励的眼神，道：“老爸，加油。”他相信，在他和老爸的努力下，老妈很快会消气，理睬老爸的。

三

“一杯咖啡……”楼绿乔正在柜台前点餐。

“不要加奶，要加三颗糖。”有人接口了过去。楼绿乔灿灿一笑：“谢谢。你居然记得！”

那人回以一笑，好看的眉眼仿佛在生光，朝她伸出手：“你好，秦慕天。”楼绿乔笑着握住：“你好。我是楼绿乔。”

几天后，她坐在餐厅里用餐。一杯咖啡送到她面前，她抬头，他的眼睛里满满的都是笑，好似凝聚了苍穹里最璀璨的星光：“请你喝。没有加奶，加了三颗糖！”

一年后的某天，在某部电影里看到了类似的场景。她搂着他的脖子，佯装恶狠狠地问他：“你是不是从这里学来的。每次都用这招来泡妞啊！”

他只是坏坏地笑，回答她：“是。”

换来的是她的一顿“狂揍”。他笑着抓住了她肆虐的小手，不紧不慢地道：“这招我只试用过一次，唯一的试用对象就是你。”

她歪着头瞅着他：“真的？”他的头一点点地接近，额头顶着她的额头，彼此间呼吸交融：“你说呢？”

最后所有的话语都消失在两人的唇齿之间……

FOR LOVE

作者的话

看过《最初的爱，最后的爱》（网络名《我心依旧》）的朋友，都知道这本书里的楼绿乔曾经以配角的身份，在水茉的故事里出现过。梅子本人在最初一文写完后，当时脑中就有了要写她的念头。

故事还是很老套的，破镜重圆的故事，希望大家将就着看。哈哈。说实话，梅子实在写不出什么非常有新意的故事了。男女之间的东西，无非是遇见了，爱上了，误会了，分手了，不舍了，又重归于好了等等——梅子很老实的，不用严刑逼供，就先自动招认了。

不知道大家有没有发现梅子所写的小说，有一个小小的特点。就是男女主角之间的故事，往往都是一对一的，很少出现很多复杂又占篇幅的配角。梅子的文中一般是没有过多男配角喜欢女主角，也没有过多的女配角喜欢男主角。

呵呵，透露一下小秘密吧。那是因为梅子的水平有限，实在写不出太纠葛的爱情故事。

因为在梅子看来，恋爱从开始到结束一直都是两个人之间的事情，从来与第三者无关。爱的时候，便是爱了；不爱便是不爱了——在任何时候爱情都应该是简简单单，清清澈澈的。梅子喜欢爱里的简单和纯粹。

时光当真如流水，才一眨眼的工夫，梅子居然已经出第四本小说了。开心庆幸之余，还是有点不敢相信。

犹记得第一本书《人生若只初相见》出版的时候，梅子曾一度以为会连100本都卖不出去。当时就一直觉得自己肯定是属于那种“一本写手”——就是写了一本，就没有出版社会再敢要的那种写手。

没想到写啊写的，一直写到了现在。真的是很感谢很感谢大家的支持，让我可以走到现在。

在这里梅子想要特别感谢一下梅子的美女策划郑中莉和沈晔英，谢谢她们对梅子小说的优秀定位和精彩宣传。如果没有她们，或许也就没有了现在的梅子。

在茫茫人海能和她们相遇，真是一种莫大的缘分。百年修得同船渡，所以梅子经常会想，是不是几百年前曾经和她们一起在峨眉山清风洞一起修炼过啊！所以彼此间才会如此的有缘！呵呵！真的很感谢，很感恩！

关于这本书里头提到的钻石及其相关克拉数，梅子有在网络上查过哦。只是小说内容需要，所以很可能不是太专业，希望大家不要太严苛哦。

另外，楼绿乔工作的定位原本是时尚主编，可是梅子没有接触过时尚杂志主编这一类的人物，所以在写作的时候只有参考电影、电视里的一些人物。可能跟真正的主编相差甚远也说不定，所以请大家尽量原谅哦。

最后在此祝愿大家心想事成，万事如意，平安喜乐！也希望梅子自己可以灵感多多，早日将《青山湿遍》和《流光飞舞》写完交给读者！

爱你们的梅子！2011年5月22日

FOR LOVE

因为爱情